Gli amori difficili

Italo Calvino

困難的愛

故事集

伊塔羅・卡爾維諾

倪安宇 譯

《困難的愛》故事集第一版由都靈的艾伊瑙迪出版社（Einaudi）於一九七〇年六月出版，是《鴕鳥》（*Gli Struzzi*）叢書中〈卡爾維諾短篇〉（*I racconti di Italo Calvino*）系列的第一本，也是唯一一本。當時卡爾維諾為該書寫了一篇前言註記，並未署名，於此完整轉錄（僅刪除數行主要作品書名）。

由於卡爾維諾在前言第三部分〈評論〉已舉出評析《困難的愛》故事集一書的幾本相關書目，因此本書未再依照慣例將所有參考書目逐一羅列。

前言

作者

卡爾維諾的父親是出生在桑雷莫（San Remo）的農學家，曾長年旅居墨西哥及其他熱帶國家。他的妻子是帕維亞（Pavia）大學植物學系助理，薩丁尼亞島人。婚後她隨夫婿四處旅行。第一個孩子於一九二三年十月十五日在古巴哈瓦那郊區出生，當時他們正準備返回家鄉義大利定居。

未來成爲作家的卡爾維諾，人生前二十年幾乎都住在桑雷莫的子午線山莊（Villa La Meridiana），彼時他父親在當地創設園藝實驗中心，另外也在聖若望小鎮（San Giovanni Battista）鄉間的祖傳農地上栽種葡萄柚和酪梨。父母都是自由派，未讓家中小孩受洗。伊塔羅・卡爾維諾從小在桑雷莫接受正規教育：聖喬治學院（St. George College）附設幼稚園，瓦勒杜（Valdesi）教會小學，卡西尼（G.D. Cassini）中學。文科高中畢業後就讀都靈大學農業系（他父親在該系任教，教授熱帶農業），但上過幾門課之後便未再繼續。

德軍佔領義大利二十個月期間，卡爾維諾經歷了同年齡青年皆須面對的義大利社會共和國[1]徵兵，於是他決定參加游擊隊及其他抗戰組織，與十六歲的弟弟加入加里波底突擊軍，在戰事最慘烈的阿爾卑斯山濱海地區作戰數個月。他父母則被德軍俘虜作爲人質數個月。

光復初期，卡爾維諾立即投入義大利共產黨（他在抗戰期間入黨）在北義爲因佩里亞（Imperia）和都靈的學生策畫組織的政治活動，同時開始以戰時生活爲題材創作短篇小說，與米蘭及都靈文化圈（米蘭是維多里尼[2]的《綜合工藝》雜誌，都靈是艾伊瑙迪出版社[3]）有了初步接觸。

卡爾維諾的第一個短篇小說經帕維斯[4]看過後轉給卡洛．穆謝塔[5]，於一九四五年十二月號發表在羅馬的雜誌《阿瑞杜莎》（*Aretusa*）。維多里尼創辦的《綜合工藝》雜誌則刊登了他另一個短篇小說。卡爾維諾並且與該雜誌合作，撰寫一系列討論里古利亞省[6]社會問題的文章。強西洛．費拉塔[7]也爲米蘭的《統一報》[8]向他邀稿。當時的報紙只有一張，一周僅有兩次會出四版。此外，他也爲熱內亞及都靈的《統一報》藝文版寫文章。其中刊載在熱內亞《統一報》上的作品曾獲獎，另一名得獎人是馬伽洛．文圖利[9]；都靈《統一報》編輯群中有義大利詩人阿豐索．卡托[10]。

此時，大學生卡爾維諾轉系了，從都靈大學農業系轉入文學系。當時政府特別照顧戰後學子，所以得以直接註冊三年級。他住在都靈一間沒有暖氣的閣樓裡，埋首搖筆桿，每寫完一個短篇就拿去給在艾伊瑙迪出版社負責整理戰後辦公室雜務的帕維斯和納塔莉亞．金茲伯格[11]看。爲了擺脫糾纏，帕維斯建議卡爾維諾寫長篇小說。給予同樣建議的還有米蘭的強西洛．費拉塔，他是蒙達多利出版社[12]爲了解戰後新作家面貌所舉辦文學新人獎的評審。卡爾維諾趕在截止日期一九四六年十二月三十一日完成的小說《蛛巢小徑》（*Il sentiero dei nidi di ragno*）並未獲得費拉塔及維多里尼青睞，也未進入得獎名單。他將小說拿給帕維斯看，帕維斯雖態度保留，仍推薦給朱利歐．艾伊瑙迪。這位艾伊瑙迪出版社社長倒是非常看好此書，推出時還讓人特別製作宣傳海報四處張貼，結果賣出了六千冊，在那個年代算是頗爲成功。

卡爾維諾第一本小說於一九四七年十一月問世，同年他也取得文學士學位，論文研究的是英國文學，論文主題是關於康拉德[13]。不過老實說，他的養成教育主要是在大學教室外完成的，因爲義大利從二戰敗戰之後到一九五〇年間百廢待興，百姓生活貧苦但熱情洋溢，他藉由辯論認識了許多新朋友和導師，常接受薪資極低的臨時工作。卡爾維諾開始在艾伊瑙迪出版社的廣告宣傳部門工作，那是他接下來數年的正職工作。

艾伊瑙迪出版社，位於都靈主要合作的文人、作家皆是歷史學家和哲學家，各自支持不同政治理念和意識型態的辯論不曾稍歇，這對青年卡爾維諾的養成影響深遠：他一點一點吸收了比他年紀略長一輩的經驗，這些人浸淫於文化圈及政治論戰的時間已有十至十五年，參加過行動黨、天主教左派陣營或共產黨的反法西斯抗爭行動。對卡爾維諾而言至爲重要的還有他與天主教哲學家菲利伽．巴爾博[14]之間的友誼（卡爾維諾並無宗教信仰），當時積極支持義大利共產黨的巴爾博，其道德精神及生動口才令他深深被打動。

爲都靈《統一報》擔任藝文版編輯一年後（一九四八至四九年間），卡爾維諾認清自己並不具備好記者及政治家的天賦。他跟《統一報》持續合作數年，不定期撰稿，除了文學作品外，主要撰寫工會專題、企業及農民罷工和占領工廠等報導。相較於意識形態與文化論戰，他更關心政治及工會組織的實際運作（及同輩同志間的情誼），令他得以度過被同屬義大利共產黨陣營的親近友人和知識分子指責並疏遠的危機（一九四七年，維多里尼及《綜合工藝》期刊；一九五〇年，巴爾博及《文化與現實》期刊[15]）。

讓他最不確定的是文學這條路。第一本小說出版後，卡爾維諾連續幾年的作品皆試圖延續同樣的寫實——社會——頑童歷險路線，悉數遭到他的老師和參謀毫不留情的批判，丟進字紙簍。卡爾維諾厭倦了努力耕耘卻失敗的挫折感，索性依隨他說書人的本性，揮筆而就寫出了《分成兩半的子爵》（*Il visconte dimezzato*）。既然僅是「自娛」之作，原本沒打算小題大作出書，只安排在雜誌上發表，但是維多里尼堅持要在他主編的《籌碼》（*Gettoni*）系列叢書出版。出乎意料之外的是，該書獲得一致好評，甚至還有重量級文評家艾密里歐．伽齊[16]撰文讚許，可以說卡爾維諾因此獲准躋身義大利「官方」文壇（與其他作家平起平坐）。在義大利共產黨陣營內部則爆發了一場關於寫實主義的小小論戰，但不乏權威人士的正面持平評價。

《分成兩半的子爵》獲得肯定後，「寓言作家」（其實早在他發表第一本小說時，就有評論賦予他這個頭銜）卡爾維諾融合斯湯達爾的嘲諷筆法，重現當代經驗的創作開始大放異彩。維多里尼稱之為「充滿寓言況味的寫實主義」與「具有寫實精神的寓言」交錯的完美配方。憑恃著文壇評論肯定他讓知性和詩意元素得以和諧共存：一九五五年在翡冷翠一場研討會上，卡爾維諾公開發表他有組織的寫作計畫（〈獅心〉[17]，發表在《比較。文學》[18]雜誌六月份，第六十六期）。

卡爾維諾在五〇年代的義大利文壇有了一席之地，當時的氛圍與四〇年代末已截然不同，但是理念上仍然相連相通。五〇年代的文化首都是羅馬，即使宣稱自己是「都靈人」的卡爾維諾，大多數時間也都待在羅馬。

那幾年，卡爾維諾接受艾伊瑙迪出版社社長朱利歐．艾伊瑙迪委託編纂民間流傳的《義大利童話》，他從已出版或未出版的十九世紀民間方言故事中篩選、翻譯。這個同時具有教育意義（其研究、編者序跟註解皆然）的工作，重新燃起他對中短篇小說比較研究的熱情，那是原始神話學、中世紀民間史詩和十九世紀語史學之間的三不管地帶。

卡爾維諾關注的另一個焦點是十八世紀。啟蒙時期和雅各賓派文化是歷史學者兵家必爭之地，他身處其中卻只埋首於編輯工作：有法蘭克．文圖利[19]、年輕學者和大師級的康提摩利[20]支持，加上卡爾維諾的家族有共濟會背景，讓他面對十八世紀的思想世界時並不感到陌生。顯而易見地，卡爾維諾創作的最大部頭小說（或諧擬小說）正是將個人及當代神話易容爲十八世紀的一幅寓意畫（《樹上的男爵》，一九五七年），作者似乎借由那本書提出（用他很有信心的嘻笑怒罵方式）知識分子面對政治事務的一個行爲準則。

時機漸漸成熟，大規模的政治辯論即將震撼過去義大利共產黨的一言堂論述。一九五四年至五五年間，義大利共產黨知識分子之間的派系鬥爭短時休兵，卡爾維諾一方面積極爲卡洛．薩里納利[21]、特隆巴多利[22]主導的一份羅馬周刊《當代》（*Il Contemporaneo*）寫稿。另一方面，他跟米蘭的黑格爾—馬克思學者專家往來頻繁，對他的影響至關重要，包括卡瑟斯[23]，尤其是索密[24]，以及之後認識的佛提尼[25]。

佛提尼自此持續跟卡爾維諾唱反調。一九五六年，卡爾維諾專心投入共產黨內論戰（同時跟羅馬的《不設防城市》期刊〔*Città aperta*〕合作），一九五七年退黨。之後有一段時間（一九五八—五九年間）投入新左派社會黨的論戰，並且跟久利提[26]創辦的《過往與現在》（*Passato e Presente*）雜誌及《明日義大利》（*Italia domani*）周刊合作。

一九五九年維多里尼開始發行一系列文本及評論專輯（《裝幀樣本》文學雜誌[27]），以期讓義大利文學界氛圍煥然一新，他讓卡爾維諾的名字跟自己同列發行人。卡爾維諾在《裝幀樣本》上發表了幾篇文章，介紹國際文壇動態：〈客體洪流〉（Il mare dell'oggettività，一九五九年）、〈挑戰迷宮〉（La sfida al labirinto，一九六二年），以及試著勾勒出整體意識形態樣貌的〈勞工對立〉（L'antitesi operaia，一九六四年）。亟欲將所有現象的歷史和意識形態因素都呈現出來的企圖，反而讓卡爾維諾陷入僵局，或許正是因爲如此，他的論述文章、批判立場表態，以及跟報章雜誌的合作逐漸減少。

這些年間卡爾維諾大多長居國外（一九五九—六〇年間就在美國和紐約停留了半年之久）。一九六四年他結婚了，妻子是阿根廷人，原籍蘇俄，從事英文翻譯，定居法國巴黎。一九六五年女兒出生。

近期完成的作品是他回歸年少熱情的見證：他用天文學和宇宙學理論建構了一

個與原始部落類型有關的、現代「起源神話」的索引。同樣意義獨具的，還有他爲了向反證的的百科全書型作家葛諾[28]致敬，完成了《藍色小花》（*Les fleurs bleues*）的翻譯工作。秉持同樣精神，卡爾維諾以他近期對蘇俄和法國「敘事現象學」所做的研究爲基礎，計畫以塔羅牌作爲故事和人類命運排列組合的敘事工具。所有這些嘗試（及《樹上的男爵》延伸出來的十八世紀思維）的中心點，是烏托邦論者傅立葉[29]的著作，卡爾維諾往後由此出發，展開多元創作。

作品

卡爾維諾集結出版的這本短篇小說集書名爲《困難的愛》（這些作品一九五八年曾收入《短篇小說集》〔*Racconti*〕中），自然是反諷，因爲有愛，或有了感情，困難應該相對減少。或許應該說，這些故事大多數的癥結所在是溝通困難，那是人際關係中最底層的一個靜音區：一名士兵在火車上不動聲色地對鎭靜自若的婦人上下其手，這段欲拒還迎的關係後續有出人意表的發展，有時是不可逆的大獲全勝，有時又擔心是無法確定的錯覺幻影；結束意外的一夜情後，男人帶著祕密回到他一成不變的上班族生活中，試圖用平常的話語手勢炫耀他的興奮心情卻發覺所有說不出口的感受瞬間即逝。

一九六四年這些短篇翻譯爲法文後出版，書名爲《奇遇記》（*Aventures*）。出現在每一個短篇標題中的「奇遇記」，自然也是反諷：如果看出開頭幾個故事的玄機（其中一則心思轉折細膩的故事，描述婦人在人潮擁擠的海邊游泳，泳褲卻溜走不見的悲慘遭遇，評論稱此是「挖掘赤裸裸的小資產階級」之作），就會發現書中絕大多數情境都是一種內在運作，是心情故事，也是走向沉默的路線圖。

必須說明的是，這個沉默核心，對卡爾維諾而言並非人際關係中無法刪除的被動式，反而本身具有珍貴的、絕對的意義。「太陽中心一片寂靜」，〈詩人奇遇記〉中這麼說，這個故事的文字固然勾勒出美麗幸福場景，卻淡然簡潔簡短，然而一涉及生活的艱困，便鉅細靡遺、不厭其煩、滔滔不絕。

這些短篇大多描述的是一對戀人想見而不得見的故事，作者除了呈現他們不得見的絕望外，也呈現了愛戀關係的基本元素，或許可以說呈現了愛情的本質：爲了見到愛人踏上旅途的男人在旅途結束時，明白眞正的繾綣之夜是他在奔向她的火車上簡陋的二等車廂中度過的那一夜。此外，少數談及婚姻關係的短篇中，有一個故事描述一對夫妻在工廠上班，但是他値夜班，因此她値日班的這個安排並非偶然。或許更適合這幾個有共同點的短篇標題應該是〈愛情與缺席〉。

（幾乎）所有這些短篇都屬於「五〇年代」，這個日期指的不是卡爾維諾執筆的時間，而是指它們都符合一九五〇年至一九六〇年間義大利文學界的主流氛圍，當時許多小說家和詩人都想找回十九世紀的表現形式[30]。卡爾維諾仍屬於少年時期讀過莫泊桑和契訶夫完整作品的那一代：追求「簡約」的敘事元素，結合自我解嘲（或許跟斯維渥[31]有點關係）的「詼諧」理念，就是《困難的愛》故事集的創作觀點。

如果再三檢視十九世紀的小說，對卡爾維諾而言重要的應該是其嚴謹構思，虛構組合，對稱和對比的結構，讓棋盤上的白子黑子根據極爲簡單的程序互相交換位置，就像〈近視眼奇遇記〉中主角不斷戴上或拿下眼鏡[32]。

所以結論是，如果短篇故事對十九世紀的作家而言是「一小塊人生」，那麼對今天的作家來說，所有白紙黑字都是一個行使自主權的世界嗎？（〈讀者奇遇記〉裡讀者眼中的英雄冒險犯難故事比他親身經歷的的海邊戀情故事更**真實**？）或許應該說，建構一個短篇時（亦即建立不同敘事功能之間關係的模型），作者凸顯的是讓人與經驗事實之間，也能建立關係的邏輯方法[33]。

《困難的愛》故事集第二部分是兩篇較長的故事，原收錄在《短篇小說集》名爲〈困難人生〉的最後一部分。這兩篇故事截然不同，是作者不同時期的創作：〈阿根廷螞蟻〉（最早發表於國際文學期刊《暗店》[34]第十期，一九五二年），故事背景是里古利亞省西岸，這裡也是卡爾維諾諸多早期創作（不只是早期）設定的背景，這個故事或許可聯想到伽齊談及早年的卡爾維諾，他曾如此引介「以純粹哥德品味的具象生動」呈現「動物或植物令人毛骨悚然之處」。第二篇〈煙雲〉（最早發表在莫拉維亞[35]主持的《新議題》期刊[36]上，一九五八年）的故事背景是某工業城市，雖未明說，但從蛛絲馬跡可推斷爲都靈，屬於許多義大利作家在義大利過渡到經濟發展新階段那幾年投入的社會學偵查路線。

這兩個如此迥異的作品間的雷同之處，在於兩者思考的都是「生之惡」，以及該採取怎樣的態度面對它。前者之惡是自然災害：在沿海一帶肆虐的小螞蟻；後者之惡則是人類文明發展的結果：工業城市裡的煙害、霧霾和化學懸浮粒子。

在這兩篇故事裡，都有一個主角以第一人稱說故事，但是沒有姓名也沒有面貌，遊走在一群小人物之間，他們每個人都有自己對付螞蟻或煙雲的方法。這兩個主角的背景不同，一個是移居外地、無產階級的一家之主，一個則是失了根、未婚的知識份子，但兩者都有所堅持，拒絕任何虛幻的解決之道，也拒絕背叛理念。在別人建議他們遵循的行爲模式中，他們總能看出避重就輕之處，看出別人不願正視的敵人。

〈煙雲〉中的英雄（似乎）身陷我們並不清楚原因的低潮中，但他堅持盯著看，不肯移開視線，如果說他還有所期待，也只不過是期待能夠看見一個畫面對抗另一個畫面，而且未必能等得到。〈阿根廷螞蟻〉中那位英雄卑微但堅毅的故事，有些雷同，但是更爲艱難，而且少了知識份子自我感覺良好。兩個故事雷同處在於結尾藉由眼前景物得到了暫時的心靈洗滌。

評論

卡爾維諾《短篇小說集》（一九八五年）出版後的相關評論，與這個版本[37]收錄作品直接有關的共計四篇（兩篇正面評價，兩篇負面評價），每一篇都對作者提出了獨一無二但全面的看法。四位評論家分別是齊塔提[38]、佐拉[39]、雷納托·巴瑞里[40]及瓦爾[41]。[42]他們從不同角度切入得到不同結論，若彼此對照，形如同對這本書做了一場辯論[43]。

齊塔提（從他開始寫評論起，便持續關注卡爾維諾的創作，勾勒出的作家面貌格外清晰、生動且細膩）讚譽有加的是卡爾維諾早期發表的短篇作品（〈某日下午，亞當〉〔Un pomeriggio, Adamo〕、〈滿載一船螃蟹〉〔Un bastimento carico di granchi」，和〈最後來的是烏鴉〉（Ultimo viene il corvo」），「文筆洗鍊、犀利，創意源源不絕」，並且說卡爾維諾顯然是，也必然是，「理性」和「童話」的結合：

所以說，卡爾維諾會投入寓言的世界並不令人意外。他完成了《分成兩半的子爵》和《樹上的男爵》，並編纂了大部頭的《義大利童話》。最適合寓言心靈萌芽的條件，莫過於清澄精確的理性。理性主義者尤其痛恨的是日常生活中的貧瘠和荒謬瑣碎，也就是心靈行為和心靈運作的持續失序。不過寓言故事中純粹的、堂而皇之的荒謬，即便被顛覆，仍不受絕對理性的掌控嗎？童話的天馬行空往往來自於**幾何學精神**[44]和**敏銳精神**[45]。或許，只有理性主義者才會夢想著（所有貝侯[46]）要建構一個純然只有事物外在律動的故事：符號、指涉、無懈可擊的一致性（……）。

對理性主義者來說，真實不會抗拒，因此可以虛構真實，或用簡單幾句話扭曲真實，卡爾維諾這點就做得很好。真正頑強抵抗的，其實是心理學，而且心理學對法國道德哲學家的幾次偉大知性運動留下了雜音，清空了心靈，難以恢復。卡爾維諾向來堅持唱反調，因此他不顧一切奔向真正的心理學懷抱。從他的「奇遇記」系列短篇，尤其是他的〈阿根廷螞蟻〉、〈營建炒作〉和〈煙雲〉（《短篇小說集》中最重要的三篇作品），可以看出卡爾維諾無意識地以一貫姿態遊走於心理學範疇中，如同遊走於人類心靈之中，所以那應該是他所深惡痛絕。沒錯，這也是心理學，是一種抽象心理學，一種純粹的分析工具，與個人行為無關，因此可以擺出知性奇遇記的純粹公式化姿態。就這個角度觀之，卡爾維諾（有時候）傾向於放肆而為，但是他的寬厚背叛了他。無須驚訝。知性作家的精確總是帶有先驗色彩，精確來自想像這個行為，而非素材內在的必要性。卡爾維諾的世界似乎沒有邊界，他只不過在等待新想法、新發現的撩撥挑釁。但這個世界也可以是曖昧的，夾雜不清的。有時候，那不過是真實對只選擇知性和精確的那些人展開的反諷復仇。

闡述完卡爾維諾用不同姿態掩藏自己之後，齊塔提指出作者在〈煙雲〉裡「故作姿態沉思冥想，藉由平庸的上班族小人物無法扭轉的卑微晦暗人生，彰顯出自我毀滅傾向。原本用來粉飾優雅、聰慧、可靠的討好手法，如今卻把最糟的穢物堆在自己身上（……）。這會是他最後一次化身爲卑微平凡的小人物嗎？我很懷疑。卡爾維諾的不同面貌始終跟萬花筒一樣多變。他呈現過最完整的自身樣貌，仍然是《樹上的男爵》，那位因爲反抗父親，跑到櫟樹上再也不肯回到地面、在樹上度過一生的科西莫，沒錯，他批判世界，批判人，熱愛改革，也計畫改革，但是始終在高空盤旋，雖然美好但是很搞笑，從來不沉溺，也不暴露自己，永遠待在樹上。」

類似的描述出自大力抨擊現代文明的佐拉，不過是負面的：「卡爾維諾的狡詐空想是笨蛋農民空想的自命清高版」。佐拉指控卡爾維諾有諸多僞裝，包括風格也不例外，但並未阻止這位作家觸及某些眞實時刻：

卡爾維諾的詩學走中間路線，所以他的嘲諷永遠不會是挖苦或損人，也沒有辛辣的對白，本質上是屬於防禦性武器，用來預防寓言式入侵。這個不具備真實危險性的完美折衷機制是要付出代價的，他身陷**偷窺癖**中難以自拔，那是笑裡藏刀投機者的特有疾病，這種人必須盡可能以優雅和嘲諷保有其可支配性，不小心就會變成內在空虛，跟為了避免被社會戕害只好適應社會一樣。不過在書中最後那幾篇短篇小說，也是義大利戰後最美的幾個作品中，並沒有因為這樣的心理而減分。〈阿根廷螞蟻〉中的田園美景變成了真實的、稍嫌無情的和知性的遊樂場（……）。〈煙雲〉最後的絕望不再遮遮掩掩，義大利的小品文學消失了，生活中所有細微苦澀都得到了完美呈現。結尾並不美好恬靜，而小職員只想把眼前景物刻印在看穿上班族生活虛華、感慨萬千的心裡（……），真正的對話不存在，即使當他想起那些愛戀影像的時候亦然，他看著貝圖拉船塢一帶的鄉間風光，心中沒有喜也沒有怒，只有淡淡惆悵，讓人不由得想起布萊克穆爾[47]的幾句詩：**溫柔的夜恐懼不退／荒涼邊境覆**

蓋雪和月／黑暗中合掌暗自垂淚／人生啊，會自行療癒／真實恐懼盤據不去／即便泥濘漸漸乾涸／赤裸聲音依舊呼喚。

比墨守成規的佐拉（他對缺乏悲劇性的批評論述也接近如此）提出更負面評價的是巴瑞里。這位年輕的文學評論家短短幾年後變成新前衛主義「'63團體」[48]的理論家之一，對卡爾維諾的短篇小說毫不留情長篇大論地嚴加指責：

其立場，由外觀之，若檢視他界定他與世界之間關係的心理學和認識論層面，不激進也不極端。他之前說過，面對物，他是「目視」，是水晶體。這些說法立刻讓人聯想到法國新小說「目視派」[49]的霍格里耶[50]和布托爾[51]，不過他們之間的關聯是外在的。那兩位法國作家嘗試的遊戲十分困難，大膽而獨特，時有天才之作，超越「常理」和受重力法則規範的宇宙以人為中心等限制，他們發現了人與物的全新關係，將長久以來被塵封、被損耗且震撼人心的權力重新還給了物。當然，這個新穎之作不光是個人表現出眾，給予它協助和支持的，除了文學的潛在傳統外，還有文化。像法國文化，早已習慣了認識論、心理學、教育學等各種不同研究領域最大膽的思辨。卡爾維諾背後則是最平靜無波、工整規矩的義大利文化，不允許他有太多揮灑空間。所以，如果要鼓起勇氣到一個處處設限的地方釣魚，那裡的物品放大後從四面八方擠進你的視線中渴望能採取主動，偏偏你沒有力氣拋棄「常理」這個門檻，最後還把在人的世界內施行的法規和階級強加在物的世界裡。而作者並未脫離那個比例如常的世界，而且對那熟悉的、唾手可得、完全受控的狀態完全信任。很有可能他是受到誘導，所以相信這個平衡關係，相信萬物皆在其位，即意味著理性態度戰勝了歐洲頹廢主義的非理性。比較悲觀的我們，則認為這是義大利「善良風俗」的勝利，這個名詞會聯想到的無非是目光短淺、人云亦云這些具侷限性含意的說法，是神經質，是激情，而非生命力。麻煩的是，在『常理』中往往會以沉溺於瑣事和空泛作為掩護，如果仔細分析思索，這偏偏是卡爾維諾積極挖掘的。看看《困難的愛》故事集系列短篇，或是其中那篇〈旅人奇遇記〉，如先前所說，這個短篇隱隱約約是向布托爾的模式——小說靠攏：主人翁一連串微不足道的動作被一一記錄下來，定格，但仍然被放在邊緣位置，在那個「常理」世界裡只占有偏低的比例，不會站到第一線，不會升高到悲劇那樣的地位（跟布托爾相反）。所以說，卡爾維諾的鉅細靡遺只會在一個次要的、可愛的、討喜的、仔細盤算過的遊戲中展現其野心，尋找各種可能性，不會踰矩，也不可能追尋更高的價值。基於這個原因，或許卡爾維諾比那兩位法國年輕作家更適合被定義為「目視派」，因為他跟物的關係是線性的，是「照片」式的，沒有牽涉到本體論，也沒打算導入新的現象秩序：「目視」，是有益健康的動作，乖乖聽從「無心」的指揮，帶著反覆無常的好奇心和不安，從一個物件換到另一個物件上。

這些短篇小說的**視覺**詩學（佐拉稱其爲「身陷偷窺癖中難以自拔」，巴瑞里說是無心的「有益健康的動作」）卻被瓦爾視爲卡爾維諾作品的風格（及道德）本質。瓦爾是與這位義大利作家建立起評論合作關係的少數外國評論家之一，而且他總是從不同理論出發（法國新評論的理論）。瓦爾說：

真實的震撼導致影像出現，雖然依然真實，但已經是另一樣東西了。影像是要傳達經驗，但是影像更有意義，而且是另一個層面。這個象徵符號自顧自地活著，發展出它專屬的**邏輯**，自己具備交織的事件和人物，有它的語調，它的語彙。而這個邏輯，也有它自己的節奏，以及從一開始就設定的目的地，只要緊追著程式和事件跑就能實踐，最後在冥想的平靜中結束。卡爾維諾每個作品的流程都是如此。用我們不那麼習慣的語句寫作，直到我們漸漸熟悉（……）。

邏輯，我們說：瘋狂的邏輯，從一個可能的數據不受干擾地發展出所有不可能中最不可能的邏輯。卡爾維諾筆下的英雄筋疲力竭，除了在目視的平靜中尋找對策外別無他法：士兵站起身來看著窗外，新房客走向海邊在堤防上坐下，年輕新娘的丈夫不在身邊，她唯一擁有的是他在床上留下的體溫。若把這些視為一種漠不關心，那可就錯了：不是他拒絕採取行動，而是身處荒謬情境中除了掙扎，什麼都不能做，因為一切都是白費（……）。

我們還是讓讀者自行發掘〈詩人奇遇記〉我們費盡唇舌剖析的創作機制為何吧。我只想特別強調有一個主題是卡爾維諾幽默以對從未放棄的：男性成為一時興起的女性獵物之後的**不幸遭遇**（……）。大家應該也會注意到（以布萊希特[52]的方式）對抗無用焦慮的最佳方法就是實際行動：漁夫捕魚。但是他，身為一個詩人，唯一能做的則是以目視當作避難所，所以〈詩人奇遇記〉最後用令人驚豔的文字版「移動攝影」畫面作為結尾，那個曝曬在烈日下的南方小鎮，將它的美和它的淒厲吶喊同時呈現在我們眼前。假設這篇跟他其他短篇的出發點相同，那麼這則短篇多說了一件事：我們要面對的不是控訴，而是**講——習**。

註釋：

1（譯註）義大利社會共和國（Repubblica Sociale Italiana），咸稱薩洛共和國（Repubblica di Salò）。是一九四三年義大利國王與同盟國簽署停戰協定後，由希特勒扶植、墨索里尼專政的僞政府，一九四五年四月二十五日垮台。

2（譯註）維多里尼（Elio Vittorini, 1908－1966），義大利作家。一九四二年加入地下共產黨，參與對德游擊戰。一九四五年擔任共產黨黨報《統一報》（Unità）米蘭分部負責人，並創辦當代文化期刊《綜合工藝》（*Il Politecnico*）。五一年受艾伊瑙迪出版社之邀主編《籌碼》（*I Gettoni*）系列，與年輕作家卡爾維諾密切合作。

3（譯註）艾伊瑙迪出版社，一九三三年由朱利歐．艾伊瑙迪（Giulio Einaudi, 1912－1999）在父親路易吉．艾伊瑙迪（Luigi Einaudi, 1874－1961，著名經濟學家，曾任義大利總統）資助下所創辦。與當時鼓吹改革的年輕知識份子如金茲伯格、帕維斯等過從甚密，引起法西斯政權側目後將出版重心轉向文學、哲學及歷史學路線。戰後確認其左派傾向，與義大利共產黨往來密切，廣納義大利及國際文化現象，觸角也伸及左派官方路線之外的領域，如人類科學、人類學、宗教史等。蒙塔雷（Eugenio Montale）、卡達（Carlo Emilio Gadda）、夏俠（Leonardo Sciascia）及卡爾維諾都是經由艾伊瑙迪出版社而受到矚目的作家。

4（譯註）帕維斯（Cesare Pavese, 1908－1950），義大利作家、詩人及翻譯家。幼年喪父，母親管教嚴格，因經濟壓力之故時常遷居，造成其悲觀被動個性。才華洋溢，擔任艾伊瑙迪出版社系列叢書主編，發掘卡爾維諾的文學創作潛力。感情路上多遇挫折，亦常爲自己未參與對德游擊戰而自責。自殺身亡。著有《月亮與篝火》（*La luna e i falò*）、《活著這件事》（*Il mestiere di vivere*）等。

5（譯註）卡洛．穆謝塔（Carlo Muscetta, 1912－2004），義大利文學評論家、詩人。曾擔任多家出版社系列叢書主編。

6（譯註）里古利亞省（Liguria），義大利西北方一省，在亞平寧山及阿爾卑斯山間，南向面海，以自然美景聞名。卡爾維諾家鄉桑雷莫即位在里古利亞省。

7（譯註）強西洛．費拉塔（Giansiro Ferrata, 1907－1986），義大利作家、文學評論家。

8（譯註）《統一報》（*L'Unità*），一九二四年由義大利共產黨靈魂人物葛蘭姆西（Antonio Gramsci, 1892 – 1937）創辦，至一九九一年爲止都是義共黨報。

9（譯註）馬伽洛・文圖利（Marcello Venturi, 1925 – 2008），義大利新寫實主義作家。

10（譯註）阿豐索・卡托（Alfonso Gatto, 1909 – 1976），義大利詩人。創辦《操兵場》（*Campo di Marte*）文藝雙周刊，旨在讓讀者了解文藝創作爲何。

11（譯註）納塔莉亞・金茲伯格（Natalia Ginzburg,1916 – 1991），二十世紀義大利最重要的女性作家之一，文風淡雅，寫實白描，著有《家庭絮語》（*Lessico famigliare*）、《通往城裡的路》（*La strada che va in città*）等。

12（譯註）蒙達多利出版社（Arnoldo Mondadori Editore），由阿諾德・蒙達多利（Arnoldo Mondadori, 1889 – 1971）創辦於一九〇七年，一九六五年推出可在書報攤販售的「口袋書」，十分成功。今天是義大利重要的出版集團之一。

13（譯註）康拉德（Joseph Conrad, 1857 – 1924），生於英國的波蘭小說家，被譽爲現代主義的先驅。

14（譯註）巴爾博（Felice Balbo, 1913 – 1964），二十世紀上半葉義大利文化界的代表人物，積極參與二次世界大戰後義大利的政治改革。

15（譯註）《文化與現實》（*Cultura e realtà*）是義大利作家馬利歐・摩塔（Mario Motta, 1923 – 2013）和巴爾博、帕維斯、卡爾維諾等人創辦的期刊。

16（譯註）艾密里歐・伽齊（Emilio Cecchi, 1884 – 1966），義大利二十世紀上半葉最重要的文學、藝術評論家之一。

17（譯註）〈獅心〉（Il midollo del leone）討論新寫實主義面臨的危機，卡爾維諾認爲可以接受文學肩負教育和道德訴求責任的假設，但反對文學淪爲政黨指導棋下的記錄工具。

18（譯註）《比較。文學》（*Paragone. Letteratura*），一九五〇年由藝術史家龍奇（Roberto Longhi）創辦的文學藝術月刊，分爲文學及藝術兩冊，分別採藍色及紅色封面。此處所謂《比較。文學》雜誌，實指文章發表在《比較》的文學單冊中。

19（譯註）法蘭克・文圖利（Franco Venturi, 1914 – 1994），義大利歷史學家，專攻人文主義及蘇俄史。

20（譯註）康提摩利（Delio Cantimori, 1904 – 1966），義大利歷史學家及政治家。曾任艾伊瑙迪出版社顧問，並翻譯馬克思《資本論》。

21（譯註）薩里納利（Carlo Salinari, 1919 – 1977），義大利作家。

22（譯註）特隆巴多利（Antonello Trombadori, 1917–1993），義大利記者、藝評家。

23（譯註）卡瑟斯（Cesare Cases, 1920–2005），從事文學創作及文學評論，在艾伊瑙迪出版社負責德文作家如湯瑪斯·曼（Thomas Mann）、布萊希特（Bertolt Brecht）等作品的編輯出版工作。

24（譯註）索密（Renato Solmi, 1927–2015），德國文學學者，一九五一—六三年間在艾伊瑙迪編輯部工作。是引進、翻譯阿多諾學派著作的第一人。

25（譯註）佛提尼（Franco Fortini, 1917–1994），義大利詩人、文學評論家，是二十世紀義大利文壇代表人物之一。

26（譯註）久利提（Antonio Giolitti, 1915–2010），義大利政治家，曾是共產黨員，後加入社會黨。擔任多任財政部長，是義大利數個重要經濟計劃的推手之一。

27（譯註）《裝幀樣本》（*Il Menabò*），一九五九年由維多里尼與卡爾維諾共同創辦的文學雜誌，不定期出刊，至一九六六年維多里尼過世停刊。以文學議題專輯形式出版。

28（譯註）葛諾（Raymond Queneau, 1903–1976），法國作家、詩人、數學家、劇作家，是迦利瑪出版社（Gallimard）的重要成員，負責大百科全書的編纂工作。這位法國文學實驗大師的文學創作結合不同學科，以文字遊戲拆解語法規範，突破傳統文學架構。除卡爾維諾翻譯其作品《藍色小花》（*Les Fleurs Bleues*）外，安貝托·艾可（Umberto Eco）亦翻譯了《風格演練》（*Exercices de style*）。

29（譯註）傅立葉（François Marie Charles Fourier, 1772–1837），法國哲學家、經濟學家，批判資本主義社會現象，希望建立社會主義社會。

30（原書註）但是那些年卡爾維諾寫出《分成兩半的子爵》、《樹上的男爵》和《不存在的騎士》，以及其他理論著述，老實說更傾向從十八世紀、騎士文學或民間童話故事出發，寄語未來，希望能永保當年的游擊隊熱忱。只不過爲了回應不同期許，他的工作總是與己願背道而馳，只能努力讓雙邊同時並進而非相互抵消。

31（譯註）斯維渥（Italo Svevo, 1861–1928），義大利作家，視文學爲人生救贖，唯有用敘述或文字記錄，才能留住人生重要時刻。最爲人所熟知的小說有《季諾的告白》（*La coscienza di Zeno*）。

32（原書註）這種來回奔波、你來我往的混亂早見於一名流鶯的房間裡：短篇〈過床不上〉（Un letto di passaggio），就風格而言屬於卡爾維諾早期「海明威」路線作品（爲了符合主題一致性，這個短篇收入《困難的愛》改名爲〈盜賊奇遇記〉）；也見於前後競逐的高速公路上：比較新近的短篇〈夜間駕駛〉（Il guidatore notturno，更名為〈汽車駕駛奇遇記〉，是《困難的愛》第一部分最後一篇）。除了「借用」這兩個短篇外，《困難的愛》新版本還收錄了兩篇未發表過的〈滑雪者奇遇記〉（L'avventura d'uno sciatore, 1959年）及〈攝影師奇遇記〉（L'avventura d'un fotografo）。後者是原為散文的「改編短篇」（套用「改編搬上舞台」這個說法），原始標題是〈取景框之迷〉（La follia del mirino，發表在羅馬的《當代》雜誌，一九五五年四月三十日）。

33（原書註）〈小兵奇遇記〉靈感來自尼諾．曼傅瑞迪（Nino Manfredi）執導、演出的電影短片；〈盜賊奇遇記〉靈感則來自法蘭克．澤菲雷利（Franco Zeffirelli）的舞台劇〈過床不上〉；〈小夫妻奇遇記〉靈感來自瑟吉歐．李貝洛維奇（Sergio Liberovici）的一首歌〈悲歌〉（Canzone triste）及馬力歐．莫尼伽利（Mario Monicelli）執導的分段電影。〈阿根廷螞蟻〉早年發表時有法蘭克．甄堤里尼（Franco Gentilini）的插畫。

34（譯註）《暗店》（Botteghe Oscure），一九四八年創辦於羅馬的文學期刊，旨在介紹讀者還不熟悉的新作家。

35（譯註）莫拉維亞（Alberto Moravia, 1907－1990），義大利作家，早年作品為新寫實主義風格，記錄戰火中小市民生活的艱辛與無奈，如《羅馬故事》（*Racconti romani*）、《鬧劇》（*Racconti*, 1927－1937），晚年轉而投入情慾小說寫作，如《我和他》（*Io e lui*）和《偷窺者》（*L'uomo che guarda*）。

36（譯註）《新議題》（*Nuovi Argomenti*），一九五三年由卡洛奇（Alberto Carocci）及莫拉維亞在羅馬共同創辦的文學季刊，之後帕索里尼（Pier Paolo Pasolini）亦加入。

37（原書註）〈煙雲〉（以及《短篇小說集》書末最後一個短篇小說〈營建炒作〉）比較受到社會主義和共產主義路線的評論關注（阿瑟．羅薩（Alberto Asor Rosa），《勞工世界》（*Mondo Operaio*），一九八五年，n.3－4；米凱雷．拉茍（Michele Rago），《統一報》，羅馬，一九五九年一月十七日；米蘭，一九五九年一月二十三日；蘇格拉特（Mario Socrate），《明日義大利》，一九五八年十二月二十八日；卡洛．薩里納利，《新路》（*Vie Nuove*, 一九五八年十二月二十七日），指出卡爾維諾的悲觀主義和身為觀察者的即時性「頗有新意，不是抗戰結束後的幻滅，也不是社會民主路線的一場幻夢」（蘇格拉特）。

38（譯註）Pietro Citati（1930－），義大利作家、文學評論家。卡爾維諾為哈佛大學諾頓講座撰寫的講稿（《給下一輪太平盛世的備忘錄》）在義大利出版時書名為《美國功課》（*Lezioni americane*），即因一九八五年夏天齊塔提常去探望他，關心講座內容準備進度，總是問「你的『美國功課』做好沒？」

39（譯註）Elémire Zolla（1926－2002），義大利作家、哲學家、歷史學家。

40（譯註）Renato Barilli（1935－），義大利藝術及文學評論家。

41（譯註）François Wahl（1925－2014），法國出版人。

42（原書註）四篇評論分別發表在：齊塔提，《句點》（*Il Punto*），一九五九年二月七日；《義大利幻夢》（*Illusione Italiana*），一九五九年一月。佐拉，《現在式》（*Tempo Presente*），一九五八年十二月。巴瑞里，《磨坊》（*Il Mulino*），n. 90，現收錄在《自然主義的屏障》（*La barrier del naturalismo*），Mursia 出版社，一九六四年。瓦爾，《巴黎評論》（*La Revue de Paris*），一九六〇年十一月。

43（原書註）義大利最早以語言、文法、語意分析做文學評論的實驗中，有一篇是馬利歐．波瑟利（Mario Boselli）談〈煙雲〉的文章（發表在《新潮流》（*Nuova Corrente*, 1963, n.28－29）。這篇文章啟發卡爾維諾另外寫了一篇風格自我分析文章，發表在同一份雜誌上（1964, n.32－33）。

44（譯註）esprit de géométrie，是法國神學家、哲學家及科學家布萊茲．帕斯卡（Blaise Pascal，1623－1662）提出的論述，以幾何學爲範例，闡述發明並證明眞理、辨別眞僞的方法，認爲我們只能把看起來跟虛假相反的東西定義爲眞理。

45（譯註）esprit de finesse，也是帕斯卡的論述，指的是近乎精確的覺察力。

46（譯註）貝侯可包括：童話故事作家夏爾．貝侯（Charles Perrault, 1628－1703，著有《鵝媽媽的故事》），建築師克勞德．貝侯（Claude Perrault, 1613－1688，作品有羅浮宮東面擴建）。

47（譯註）Richard Palmer Blackmur（1904－1965），美國詩人、文學評論家。

48（譯註）Gruppo '63，爲與前衛主義區隔，自詡爲「新前衛主義」。因年輕一輩的藝文人士對文學作品仍謹守五〇年代的傳統敘事模式表達強烈批判，於一九六三年十月成立。成員包括詩人、作家、評論家及學者，希望能打破傳統新寫實主義的窠臼，實驗新的表達方式。艾可（Umberto Eco）也是成員之一。

49（譯註）Ecole du regard，是法國二十世紀五〇、六〇年代新小說運動中的一個流派，這類文學作品偏好對物件和外在眞實面做鉅細靡遺的視覺描繪，人被簡化爲眼睛，被動觀看，類似照相機功能。

50（譯註）Alain Robbe－Grillet（1922－2008），法國作家、導演、劇作家。

51（譯註） Michel Butor（1926－），法國詩人、作家。

52（譯註） Bertolt Brecht（1898－1956），德國戲劇家，詩人。提出疏離效果理論，認爲不應該讓觀眾對舞臺上的戲劇投射情感，以免妨礙他們的冷靜判斷。

第二部曲　困難人生

Gli amori difficili

第　一　部　曲

困難的愛

小兵奇遇記

L'avventura di un soldato

火車車廂裡，一位高䠷豐滿的女士坐到小兵托馬葛拉身旁。從她的衣服和面紗判斷，她應該是鄉下人，守寡中。黑色絲綢洋裝是專爲長期服喪的人所做，搭配多此一舉的滾邊和蝴蝶結，遮住臉的面紗從一頂老氣笨重的帽緣垂下。小兵托馬葛拉注意到車廂裡有很多空位，他原以爲那名寡婦會在那些空位之中選擇，沒想到她竟然在這裡坐下，也不管身旁緊貼著一名年輕士兵。顯然她有旅行上的一些考量，小兵連忙告訴自己，因爲不想吹風，或是跟行車方向有關。

女士身形健美，頗爲結實，其實有點壯碩，幸而她莊重的溫柔表情讓所有高高隆起的弧線軟化許多，所以他猜測她大約三十出頭。然而若是看臉，她放鬆的紅潤臉龐面無表情，眼皮低垂看不到眼神，烏黑眉毛十分濃密，緊抿的雙唇輕輕一抹刺眼的朱紅，感覺起來則應該超過四十歲。

托馬葛拉，是第一次放假（復活節）的年輕士兵，擔心那位女士如此高大豐腴，可能會進不來，坐在位子上的他把手腳都縮起來，然後聞到身邊傳來她的香味，那香味很熟悉，或許是便宜貨，依照慣例，已經混雜了人體身上的味道。

那位女士儀態端莊地在托馬葛拉身邊坐下來後，他才發現她的身形不如站立時那麼龐大。她雙手交握，擱在大腿上，幾枚暗色的戒指緊箍著肉肉的手指，腿上還有一個漆皮小皮包，她脫下外套，露出渾圓雪白的臂膀，然後將外套也放在腿上。

托馬葛拉見她脫衣服，連忙閃躲好騰出空間來讓她的手臂能夠轉圜，但是她幾乎沒怎麼動，簡單幾個肩膀動作搭配扭腰，就掙脫了袖子的束縛。

這個火車座位坐兩個人還算舒適，托馬葛拉覺得自己跟那位女士靠得著實很近，但不至於會有肢體碰觸冒犯到她。不過，托馬葛拉心想，對方身爲女性，之所以沒有對他露出嫌惡態度，肯定是因爲他身上穿的硬挺軍服，否則應該會選擇坐離他遠一點。想著想著，托馬葛拉原本緊繃的肌肉漸漸放鬆，在他沒有移動的情況下開始橫向擴散，原本肌腱收縮的大腿跟褲管各自爲政，如今一旦鬆懈後大腿便向褲管舒張，而他的褲管又輕觸著寡婦的黑色絲綢洋裝，於是透過褲管和絲綢，小兵的大腿形同貼著她的大腿，儘管輕柔而短促，彷彿鯊魚海中交會，潮水一波波推著他迎向她。

其實那碰觸猶如蜻蜓點水，每次火車震動就會讓他們膝蓋輕觸後再分開。那位女士的膝蓋堅硬而厚實，每一次晃動托馬葛拉的膝蓋骨便會懶洋洋地晃過去感覺一下，至於她那滑順微突的小腿肚，則需要若有似無地略爲出力才能跟他自己的小腿肚碰到。能碰觸到小腿肚實屬難得，得花一點功夫：因爲人體重心會移動，輪流靠臀部左側或右側支撐，而且不像膝蓋晃動那麼溫柔。所以，如果想得到令人滿意的自然坐姿，必須在座位上稍微挪動一下，加上換軌道時車身傾斜的幫助，還有可想而知，偶爾必須自己借力使力一下。

那位女士不動如山。頂著名媛帽的她，眼皮低垂的目光停滯，雙手抓著放在大腿上的皮包，但她的身體，有好長一段身體緊貼著小兵的身體，難道她都沒察覺？難道她逃家？或只是鬧脾氣？

托馬葛拉決定想辦法傳遞訊息給她：他收縮小腿肚的肌肉，彷彿那是一方硬梆梆的拳頭，然後用這個小腿肚拳頭（就好像小腿肚裡有一個拳頭拼命想張開）去敲打那名寡婦的小腿肚。當然，那動作其實一閃而逝，不過是肌腱鬆緊之間的事。重要的是她沒有退縮，至少在他看來是如此！他爲了掩飾剛才那個小動作，刻意抖了抖腳，一副活動筋骨的樣子。

現在得從頭來過。剛才費了一番精神、小心翼翼才完成的碰觸已經落幕。托馬葛拉決定鼓起勇氣，假裝找東西把手伸進口袋裡，靠近她那一側的口袋，然後故作放空狀讓手留在口袋裡。那個動作很快，看似無意，托馬葛拉也不知道自己究竟有沒有碰到她，不過他知道往前進一步極其重要，也知道自己在玩的是非常危險的遊戲。此刻他的手背挨著黑衣寡婦的臀部，感覺到她的重量壓在每一根手指、每一根指骨上，不管他的手做什麼動作都是跟那名黑衣寡婦的初次親密接觸。托馬葛拉摒住呼吸，手在口袋裡轉了一圈，讓手心朝向她，儘管隔著口袋，但是掌心貼著她展開。那個姿勢實在很怪，得擰扭著手腕，不過既然已經轉了，不如再大膽一點：那隻反轉的手開始蠕動指頭。現在所有疑慮一掃而空：黑衣寡婦不可能對他的動作毫無所察，可是她沒有閃躲，假裝鎮定自若，或心不在焉，也就是說她並不討厭他做的事。不過，仔細想想，也有可能她對托馬葛拉的手動來動去不在意是因爲她眞以爲他在口袋裡找東西：找車票，或找火柴……。所以，如果說那小兵的指腹突然間具備一種洞察力，能穿透不同布料感覺到她襯裙的花邊，甚至皮膚的細微凹凸，毛孔和痣，如果，他的手指眞的如此神奇，那麼或許她那平滑慵懶的肉體眞的只能感覺到小兵的指腹，並不會感覺到手背、指節或指甲。

托馬葛拉的手偷偷摸摸地離開了口袋，懸在那裡猶豫了一會兒之後突然急忙忙整理起長褲，手從褲腰皮帶的位置漸漸游移到膝蓋上。或許應該說他騰出了空間以便另起爐灶，因爲若想要更進一步，他的手必須偷偷溜進他和那名女子之間，那是一個過程，雖然很快，但是充滿了緊張和甜蜜的悸動。

必須說明的是，托馬葛拉現在的策略是反向操作，當然也可以說他睡著了：是這樣的，與其說這是掩護，不如說是爲了她著想，萬一他的努力不懈讓她覺得不舒服，至少她曉得那些動作是他在深沉睡夢中的無心之舉，應該可以讓她沒那麼難過。從那裡開始，托馬葛拉以貌似熟睡的警覺，讓原本握住膝蓋的手鬆開一個指頭，是小拇指，他讓小姆指四處查探。小拇指爬上她沉默溫馴的膝蓋，半瞇著眼的托馬葛拉本可以放縱小姆指在那弓起來的淺色絲襪上盡情變換姿勢，但是他意識到冒這個風險收穫不大，因爲小姆指肉不多，而且行動不靈敏，只能傳遞部分感覺，既不能勾勒形體，也無法領會觸摸對象的本質。

於是他讓小姆指重新跟手會合，不是收回小姆指，而是讓無名指、中指和食指跟它合體：現在他整隻手穩穩地地擱在那名女子的膝蓋上，隨著火車輕輕搖動。

這時候托馬葛拉才想到其他人：就算那名黑衣寡婦是爲了委曲求全，或某個神祕理由動彈不得，所以對他的冒進沒有抵抗，問題是車廂裡還坐著其他乘客，他們很可能會對他有失軍人體面的行爲，以及那女子的默不作聲大做文章。主要是爲了避免那名女子遭人質疑，托馬葛拉把手收了回來，還把手藏了起來，彷彿錯都錯在那隻手。但是把手藏起來，他想想，其實是一種僞善的託辭，事實上，放開坐在那裡、佔據了整個座位的那名女子的目的是爲了能夠更靠近她。

果不其然，他的手還在附近摸索，手指察覺到她的存在後便像蝴蝶一樣停靠其上，只需要輕輕一推整個手掌就能順勢貼上去，然而他看不透那名黑衣寡婦面紗下的眼神，她的胸脯隨呼吸微微起伏，怎麼會呢！托馬葛拉立刻把手抽回來，像老鼠逃竄。

「她完全沒反應，」他心想。「表示她同意。」但是他又想：「要不是我閃得快，說不定就來不及了。她有可能在觀察我，隨時準備大鬧一場。」

於是，爲了謹愼起見，托馬葛拉的手溜上椅背，等待火車晃動，即便是感覺不出來的小小晃動，都足以讓手指順理成章滑下來搭在那位女士的身上。要說等待，其實不盡正確，他的手立起指尖以蟹行方式從椅背朝她前進，動作極小，可以歸因爲火車震動所致。但是他突然停了下來，不是因爲那位女士表現出不樂意的樣子，而是因爲，托馬葛拉心想，如果她接受，輕而易舉就可以運用肌肉半轉身子來滿足他，也就是說，把她整個人倚在等待的那隻手上。爲了替自己的孜孜不倦向對方釋出善意，托馬葛拉的手即便壓在位女士身體下面，仍然考慮周到地繼續蠕動手指。那位女士望著窗外，一隻手懶洋洋地撥弄著皮包上的扣環，一會兒開一會兒關。那些暗號是爲了告訴他住手，那是她最後一次對他忍讓，警告他不要再持續試探她的耐心？「是這樣嗎？」托馬葛拉心想。「是這樣嗎？」

他發現他的手像一隻水蛭，緊咬著她的肉不放。一切都已底定：托馬葛拉已經不能反悔了，而她，她依舊高深莫測。

小兵的手有如螃蟹在她的大腿上橫行。他竟如此明目張膽，當著所有人的面這麼做？沒有，黑衣寡婦拿起原本摺好放在腿上的外套，披在單肩上。是爲了讓他有所遮蔽，還是爲了阻擋他前進？現在他的手可以來去自如，而且沒有人看得見，他緊緊攫住她，打算像一陣風吹拂大地那樣輕撫她。而那黑衣寡婦的臉始終看著窗外，望著遠方，托馬葛拉盯著她裸露在外，在耳後和髮際線之間的皮膚看。耳後那裡有一根血管脈動起伏，那就是她的答覆，很清楚，讓人怦然心動，卻又難以捉摸。她突然轉過臉來，那驕傲、沒有表情的臉，像掀開布幔那樣她掀開從帽緣垂下的面紗，眼睛低垂，眼神茫然。但是那眼神越過他，越過托馬葛拉，或許完全沒有停留在他身上，看向他身後的某個東西，或看向空無，尋找思緒的落點，總之是看向比他重要的某個東西。那是他後來才想到的，因爲先前，當她把臉轉過來的時候，他立刻退縮，緊閉雙眼假寐，努力忍住在他臉上泛開的紅暈，因此錯過了迎向她的目光以釐清他內心所有疑惑的機會。

他的手，躲在她的黑色外套裡，幾乎不再屬於他。手發麻，手指拼命縮向手腕處，那不再是一隻手，失去了感覺，不過是枯骨之樹。幸好黑衣寡婦很快就結束她暫時脫離冰封、茫然環顧四周的狀態，於是那隻手的血液和勇氣一併回流。當他重新接觸到那圓潤柔軟的大腿時，發現遇到了瓶頸：他的手指在裙子邊緣游走，再過去，就是突出的膝蓋，然後是懸崖。

走到盡頭了，托馬葛拉心想，這段祕密的歡樂時光結束了。此時此刻，仔細回想，那在他的記憶中其實十分貧乏，是他拚了命放大自己的感覺：但不容他否認的是，若不是他那身叫人憐憫的軍服，那位女士不可能如此低調、不落痕跡地給予眷顧，讓他得以笨手笨腳地輕撫那件黑色絲綢洋裝。

不過，就在他悲從中來，正打算收手的時候，看見她處理原本放在膝蓋上那件小外套的方式，於是打消了念頭：她把外套攤開（原本是摺好的），仔細地搭在肩膀上，衣角垂落遮住雙腿。所以他的手被關在密室裡：這或許是那位女士給他最後一次信任測試，因爲她知道她跟小兵之間的不對等關係，讓他絕對不敢踰矩。小兵勉力回想，直到那一刻爲止黑衣寡婦和他經歷了什麼，在回憶中搜尋她是否有什麼表示所以讓他決定更進一步，他回想自己做過的動作，一下子覺得是蜻蜓點水般的觸碰和不小心的擦撞，一下又覺得非常親密，讓他無法輕易退縮。

他的手自然傾向於接受記憶中的後者，因爲，在他還沒想清楚這樣下去會不會一發不可收拾的時候，他的手已經越過了隘口。那位女士呢？她在睡覺。戴著那頂名媛帽的頭抵著牆角，眼睛閉著。所以他，托馬葛拉，應該尊重她的睡眠權，不管是眞睡還是假睡，把手收回來嗎？或者，那是女子的權宜之計，他早該看出端倪，而且應該心存感激？走到這一步也來不及回頭了，只能繼續前進。

小兵托馬葛拉的手小小的，短短的，硬皮和老繭深深嵌入肌肉裡，所以看起來依舊柔軟平整，而且感覺不到骨頭，控制動作的主要是柔軟的筋，不是指骨。那隻小手的動作持續不間斷，很全面也很細膩，因此觸摸時能兼顧熱烈與熱情。但是當這第一次騷亂有如將遠方一波波浪潮導入祕密地下水道般進展到黑衣寡婦最柔軟之處時，小兵卻倍感意外，因爲如果那名寡婦完全沒有察覺的話，很有可能她是眞的睡著了。他嚇了一跳，連忙把手收回來。

此刻他的兩隻手乖乖地擺在自己的膝蓋上，整個人蜷縮起來，跟女子走進來當下他擺出的姿勢一樣。他這樣很可笑，他自己知道。於是，他腳跟一跺，扭動了一下臀部，一副急著想要重新建立關係的樣子，但是他的謹愼同樣可笑，他似乎想要從頭再來一次那需要十足耐心的過程，但是對自己已經達到的目標毫無把握。他眞的達到那些目標了？抑或只是一場夢？

鐵路隧道突然從天而降。車廂內越來越暗，於是原本托馬葛拉還略顯羞澀，不時把手移開彷彿那眞是第一次接觸所以對自己的膽大妄爲也詫異不已，漸漸試著說服自己其實他跟那名女子已經達到一種極爲親密的狀態，他焦慮的手像小雞往她的胸脯前進，那碩大且因爲沉重有些下垂的胸脯，他氣喘吁吁的摸索是爲了讓她知道他心中卑微的、快要承受不住的快樂，還有他的需求，不求別的，只求她能從她的閉塞中走出來。

黑衣寡婦果然有了反應，卻是突然伸手護住自己，同時推開他。馬上讓托馬葛拉退到角落裡，緊張地直搓手。但那很可能是虛驚一場，因爲車廂走道有光閃過讓寡婦擔心火車即將離開隧道。也或許，是他踰越了界線，對表現寬容大氣的她做出了嚴重失禮的行爲？不對，他們之間已經沒有是什麼不能做的了，她剛才那個動作就說明先前一切不是他的幻覺，她不但接受，而且樂在其中。托馬葛拉又湊上去。當然，他爲了釐清事情原委浪費了很多時間，火車在隧道裡所餘時間無幾，萬一突然天光大亮就糟了，不得不審愼，托馬葛拉知道車廂內隨時有可能由黑轉灰。但是他遲疑越久，再採取行動就越危險，但是隧道明明很長，他之前坐過這個路線好幾次，記得這條隧道極長，如果他早點把握機會，時間其實很充裕，但現在最好等待結束，到底爲什麼還不結束，這可能是他最後的機會，黑暗漸漸淡去，火車總算駛出隧道了。

剩下最後幾站這列鄉間火車就要抵達終點，車上的人越來越少，車廂內大部分乘客都下車了，其他的也紛紛卸下行李，往車廂門口移動。最後車廂裡只剩下小兵和寡婦，兩個人很近又很遠，雙臂在胸前交叉，不發一語，眼神放空。托馬葛拉還需要再想一想：「現在所有座位都沒人，她如果不想被打擾，坐得舒服一點，如果她討厭我，可以換座位坐……。」

還是有事讓他躊躇不前擔心害怕，或許是因爲還有一群抽菸的乘客站在走道上，或許是因爲天要黑了所以車廂內燈亮了。他想把面向走道玻璃門扇的簾子拉下來，有人在火車上想好好睡一覺的時候會那樣做，他大力站起來，慢慢地小心翼翼地解開一扇扇簾子往下拉，固定好。他轉過身，發現她整個人躺平，貌似打算睡覺的樣子，可是睜著眼睛，盯住一處看，她雖然躺下，仍維持了原本的端莊儀態，靠著扶手的頭上依舊戴著那頂叫人肅然起敬的帽子。

托馬葛拉站在那裡，爲了保護裝睡的她，準備把車窗那一邊的簾子也拉下，便伸長了手越過她想要解開簾子。但是他在那位不動聲色的寡婦上方笨拙地忙碌半天之後，決定放棄折騰那卡在溝槽裡的窗簾，同時意識到自己應該另外採取什麼行動，好讓她明白自己內心多麼急切渴望，而非向她解釋以免她誤會，必須告訴她：「是這樣的，您對我如此遷就，是因爲您相信我們與生俱來對於情感有所需求，相信我們這些孤零零的可憐士兵，而我這樣的人，收到您釋放的善意後，您看看，我現在竟然起了如此不堪的貪念。」

事實擺在眼前，那名寡婦顯然毫無畏懼，或者應該說不管發生什麼事都在她的預料之中，所以小兵托馬葛拉唯一該做的就是不要再心存懷疑，讓他的瘋狂慾念找到同樣沉默的對象，也就是她。

當托馬葛拉站起身，下方那名黑衣寡婦的眼神清亮肅穆（她的眼睛是藍色的），從帽緣垂下的面紗依舊遮著她的臉，在田野間奔馳的火車鳴放尖銳汽笛聲，車外是綿延不見盡頭的一排排葡萄藤架，全程不休敲打玻璃窗的雨滴再度奮力潑灑而下，小兵托馬葛拉對自己竟然如此大膽，感到忐忑不安。

女泳客奇遇記

L'avventura di un bagnante

在＊＊＊海邊戲水的伊索塔．巴爾巴里諾女士遇到了一件令人傻眼的意外。原本在水中游泳的她覺得差不多該回去了，轉身往岸上游去的時候，發現發生了無法補救的事情。她的泳衣不見了。

她也不知道是在轉身那瞬間掉的，還是她已經光溜溜地游了好一會兒。總之，她身上穿的那種新款兩件式泳衣只剩下上半截。可能是臀部擺動的時候綳開了幾顆鈕釦，以至於那條三角泳褲變成了一塊破布，順著另一條腿滑走了。或許此刻在她下方不遠處正慢慢往海底沉，她鑽進水裡尋找，但很快就沒氣了，而且只看到一團團綠色的影子在她眼前閃過。

心中越來越焦慮，讓她喘不過氣，她試著冷靜下來整理思緒。現在是中午，人群不是在海邊，在小筏上，在遊艇上，就是在游泳。她誰都不認識。她是前一天到的，她先生有事不得不立刻返回城裡。現在別無他法，伊索塔．巴爾巴里諾女士這麼想，同時對自己如此不慌不亂、思路清晰感到自豪，只能想辦法找到救生員的船，按理說應該會有才對，或是任何一個看起來值得信賴的人，開口叫他，或自己游過去，請對方協助自己，並且保持低調。

浮在水中的伊索塔一邊想這些事情，一邊盡可能讓自己縮成一團，不敢抬眼看四周。只露出腦袋的她不自覺地低著頭讓臉貼近水面，不是爲了找回失物，因爲已經無法挽回，那個動作就像是把眼睛和額頭抵著床單或枕頭搓揉，好忍住夜裡胡思亂想在眼眶中打轉的眼淚。她的眼淚確實呼之欲出，含在眼角，或許她出於本能低著頭就是爲了讓大海抹去她的淚水：她眞的嚇壞了，她的感性和理性之間有著巨大落差。她其實一點也不冷靜，她絕望至極。那片靜止的汪洋大海，久久才有一波緩浪推進，她也讓自己靜止不動，停止手臂慢慢划水的動作，只用手掌在水中作祈求手勢輕輕拍打，她自己恐怕都沒有察覺，看起來她的情況最令人擔憂的是她不想出力，似乎打算等待那漫長的筋疲力竭時刻到來。

那套兩件式泳衣她是今天早上第一次穿，在沙灘上，身處於那麼多陌生人之間，她頓時覺得有些不自在。不過一進到水中，她就感覺很開心，因爲動作更自由，也就更有游水的欲望。她喜歡在海裡待很久，不是因爲她喜歡運動，她其實有點胖，又有點懶，她要的是跟水親近，覺得自己是那片寧靜海洋的一部分。那套新泳衣就給她這種感覺，而且她一下水，心裡第一個念頭就是：「我好像裸體喔」，唯一的煩惱是想到沙灘上人那麼多，她接下來認識的人從她穿的那套泳衣對她這個人的第一印象很可能之後還會改變：倒不是擔心別人認爲她輕佻，反正所有女性到海邊都是那樣穿，而是擔心別人以爲她，例如說，是活潑好動的，或是追求流行的人，而事實上她不過是個循規蹈矩的家庭主婦。或許就是因爲她覺得自己跟平常不太一樣，所以事情發生的時候她才會毫無感覺。此時此刻，她在岸上的不自在，海水沖刷裸露肌膚的新鮮感，得再回到人群間的憂心，全都被放大，然後被更新更巨大的驚惶失措所取代。

她最不想看的地方就是岸上。但是她看了。日正當中，一把把黃黑同心圓圖案的遮陽傘矗立在沙灘上，投射出一朵朵陰影，下頭是一個個躺平的人體，海裡則密密麻麻擠滿了戲水人群，雙槳筏全都出海了，只要有筏回到岸邊，還沒來得及靠岸就有人一擁而上，看不到盡頭的蔚藍海岸那道黑色邊緣不斷有白色水花四濺，尤其是那一排排吵鬧小孩聚集的地方，每一次有波浪緩緩推進岸邊就掀起一陣驚呼然後被浪花轟隆聲淹沒。遠離岸邊的她，赤裸著身子。

看見她只露出一顆頭，一點手臂和一點胸頸，繞著圈划水，不讓身體浮出水面，應該不會有任何人起疑才對。所以說她可以不動聲色想辦法求援。爲了確認別人不會看見自己赤身裸體，伊索塔女士會不時停下所有動作，近乎垂直浮在水中認眞地低頭觀察自己。焦慮的她看著水中陽光若隱若現地在海底閃爍，照亮了漂浮的海藻、一群群快速前進的條紋小魚、海底呈波浪狀的沙地，還有她的身體。她雖然雙腿交纏，以免看到她不想看的，但是光溜溜的肚子皮膚白皙，在古銅色的胸部和大腿間無所遁形，即便海水流動加上在水中漂來漂去的海藻都無法遮掩小腹的黑白分明。於是她又恢復那奇怪的泳姿，盡可能讓身體往下沉，一邊游泳一邊轉頭用眼角餘光往後看：每一次划臂，她整個雪白的身體都暴露在日光下，或清晰可辨或若隱若現。她氣喘吁吁地改變了游水的方式和方向，在水中轉身，觀察自己在不同光線下的每一個角度，不停翻轉扭動，可是那討人厭的裸體始終如影隨形。伊索塔女士很努力想要逃離自己的身體，彷彿想要擺脫另外一個人，拯救陷入危難關頭的自己，但最後無能爲力，只能任憑命運擺布。可是這個豐腴藏不住的身體卻也是她向來引以爲傲、自得自滿的。都是因爲一連串看似合理的矛盾巧合，她現在才會對自己的身體感到如此羞愧。或許並非如此，或許是因爲她這一生都只跟穿著衣服的女子打交道而她平日也是她們其中一員，她的裸體幾乎不屬於她自己，那個天性中的率性狀態不時讓人類感到詫異，她尤其覺得駭然不已。此刻伊索塔女士想起即便她一個人或跟丈夫獨處的時候，赤身裸體總讓她有一種罪惡感，介於侷促不安和神經兮兮之間的鬼祟感覺，好像臨時換上了夫妻床笫間祕密狂歡專用的某些難登大雅之堂的嬉鬧裝扮。伊索塔女士對最初那幾年的浪漫期望落空後，有些不甘不願地習慣了自己的身體，像是理解了自己有權利多方分配財產的人那樣漸漸將身體據爲己有。如今，她對自己這個權利的自覺又消失在古老的恐懼中，也消失在人聲鼎沸的沙灘喧鬧中。

中午過了，原本散布在海中的泳客開始回流上岸，各家旅館供餐的時間到了，遊艇上的人紛紛回船艙裡用餐，日正當中的沙灘正是最滾燙的時候。一艘艘遊艇和筏槳行過伊索塔女士身邊，她盯著船上那些人的臉看，好決定要游向誰求援。可是每次只要有人的睫毛下眼神一閃，肩膀或手肘一抖，她就立刻逃開來，故作從容划著水，用平靜的假面遮掩沉重的憊倦。船上的人不管是獨自一人或三五成群，若非執迷於健身的年輕人，就是自負狡猾、眼神固執的中年男子，看到她孤身一人在大海中，一臉懊惱的臉上藏不住擔憂焦慮乞求，戴著泳帽有點愛亂發脾氣的小女孩模樣，軟而無力的雙臂拿不定主意地胡亂划水，立刻從原本的放空或激昂情緒中醒過來，有同伴的就抬抬下巴或眨眼示意他人注意她，獨自一人的就放慢划槳速度同時轉調船頭企圖擋住她的去路。她需要可以信賴的人，回應她的卻是高築的惡意和種種暗示，一道道銳利目光，有所發現後的曖昧笑容，突然停止動作擱置在水面上的船槳包圍著她，她唯一能做的只有逃跑。有幾個人悶著頭憋著氣在水中游泳經過，換氣時鼻孔掀動眼睛不動，但是伊索塔女士也不相信他們，急忙閃躲。的確，這些人游過她身邊一段距離後，突然覺得累了就整個人放鬆在海中作水母漂，只有兩條腿缺乏節奏地蹬呀蹬，在那附近兜圈，她忍住心中嫌惡默默游開。那張必然另有所圖的網已經在她身邊張開，等著擒住她，彷彿多年來這些男人都在等待能有一個女子發生這樣一件此刻發生在她身上的事，所以他們每年夏天都到海邊來以免錯失良機。沒有退路，那些早有準備的男人組成的陣線密不透風沒有缺口，她原本認定一定會出現來救她，跟天使一樣的無名英雄，或是救生員，或是船員，顯然根本不存在。她看見經過自己身邊的那個救生員，因爲海象平靜顯然只有一人駕著小船巡邏以防意外發生的那個救生員，有一張豐厚的唇，肌肉精實，她無論如何提不起勇氣向他求救，在心中起伏的那一刻她甚至還想到，自己恐怕就連請他開更衣室的門或固定遮陽傘都做不到。

在她落空的期待中，原本寄望的對象都是男性。她沒想過找女性求援，雖然找她們的話事情應該比較簡單。在事態如此嚴重的情況下，女性肯定會團結起來採取行動。可是伊索塔女士跟同性之間的互動機會比較少，也比較沒把握，相反的，跟男性相處雖然危險但是反而容易。然而這一次女性對她的敵視讓她進退兩難。大多數乘坐雙槳筏的女性經過那裡，身旁都有一位男士相伴，她們善妒又拒人於千里之外，只想避開她，因爲讓她感到羞愧的那個無用的身體，對她們而言卻是戰役中具侵略性、別有心機的武器。有幾艘船經過，上頭擠滿了吱吱喳喳、亢奮聒噪的女孩，伊索塔女士心想，在自己可悲的低賤粗鄙跟她們輕盈的無憂無慮之間有什麼差別。不知道她要重複呼救多少次才有用，因爲顯然第一次說完之後她們肯定不會明白。她心裡想著等她們聽懂之後表情會有怎樣的變化，她不知道向她們呼救的結果會是什麼。經過伊索塔女士身旁的還有一身小麥色肌膚的金髮女子，獨自一人駕著小艇，一副自我中心、自視甚高的模樣，她出海當然是爲了能夠脫光光做日光浴，絕對不會閃過裸體是倒楣事或需要被指責的念頭。伊索塔女士那時才意識到女人有多麼孤獨，女人在同性之間很難（或許是跟男性達成了協議）獲得自發的支持打氣，所以她呼救無門，而且在發生不好聲張的倒楣事時大家默契一致置之不理，這些事男人不會懂的。女人絕不會出手救她，她需要的是男人。伊索塔女士的力氣即將耗盡。

海面上有一個小小的橘色浮標，原本被一群跳水的年輕人霸佔著，忽然間他們集體一躍，浮標淨空了，一隻海鷗停在上面，隨即拍拍翅膀飛走，因爲伊索塔女士一把抓住了浮標。她快要溺水了，幸好及時抓住浮標。其實她不會死，她連這個不合情理的莫名機會也沒有。因爲她開始失去意識，下巴越來越抬不起來，漸漸沒入水中的時候，看到周圍幾艘船上的男人立刻有所警覺，準備跳下水來救她。他們等在那裡就是爲了救她，把赤裸昏厥的她帶到好奇的眾人面前任人打探觀看，她躲得過死神卻躲不過她努力避免的荒誕可笑結局。

她抓著浮標，眼看著游泳的人和划槳的人似乎都慢慢返回岸邊，想著他們戲水結束後通體舒暢的疲憊，聽著這艘船對另一艘船上的人高聲說：「我們岸上見！」或是：「比賽看誰先到岸邊！」都讓她滿心忌妒。但她發現海面上只剩下一個瘦削的男子，身穿緊身工作褲，站在沒有發動的汽船上，不知道盯著水裡什麼東西一直看，她立刻打消了游回岸上的念頭，只擔心自己被看見，憂心忡忡地躲在浮標後面。

她不記得自己在那裡待了多久，沙灘上的人群散去了，雙槳筏在岸上排列得整整齊齊，一支支遮陽傘收起來後只剩下半截支撐底竿的荒涼，海鷗沿著海面飛翔，那艘汽船上的瘦削男子不見了，取而代之的是一頭捲髮的小男孩趴在船舷神色驚愕，一朵雲被輕快的風吹著經過太陽後跟其他積雲在山峰頂上會合。伊索塔女士想著從陸地上眺望那個時刻的海景，想著那些行禮如儀的午後時光，想著她以為她這輩子會過著謙遜得體、受人尊敬的快樂生活，結果被突然發生的不合邏輯丟臉事給搞砸了，她就像是明明沒犯錯卻無辜受罰的人。沒犯錯？她在海水浴場任性而為，執意一個人下水游泳，招搖地選了兩件式泳衣還樂陶陶地穿上展現自己的胴體，不就是她早想脫離那種生活的徵兆，蓄意挑釁造孽，醞釀著一步步走向此刻半裸狀態的失心瘋表現嗎？只是現在她才看清楚自己的可悲無恥。那些男人，她覺得自己可以全身而退所以故作天真像隻大蝴蝶周旋於其間的那些男人，如今露出了殘酷的眞面目，雙面人的邪惡本質，她沒有事先做好預防以對付那樣的惡，或準備好面對刑罰。

她用沒了血色、泡水太久全是皺褶的指頭緊抓著浮標的螺絲，伊索塔女士覺得自己被全世界流放了，她不懂爲什麼明明所有人從出生起就是裸體，此刻卻只有她被流放，彷彿全世界只有她是裸體的，是唯一一個可以在天空下赤身裸體的生物。她抬頭看見汽船上那個男人和男孩一起站起來對她比手勢意思是叫她留在那裡，不需要擔心。那兩個人，一臉嚴肅又善解人意的樣子，跟之前那些男人不一樣，他們好像在對她說：不要介懷，你是被揀選來代大家受過的。他們比劃手勢的時候臉上帶著微笑，笑容沒有惡意，彷彿要她心甘情願接受自己的苦難。

汽船隨即出發，比想像的速度更快，船上那兩個人忙著顧馬達和航向，沒有回頭看對著他們還以微笑的她。她的笑似乎是爲了說明她如此懲罰自己不是爲了別的，而是因爲她就是這麼一個讓所有人呵護疼惜的人，她是爲了我們這略顯笨拙的悲憫之心在贖罪，她願意一肩承擔所有重量，無怨無悔。

那艘神祕兮兮的汽船，還有那一堆亂七八糟無解的難題，讓她太過驚駭詫異所以一時之間沒感覺到冷。略爲厚實的脂肪讓伊索塔女士可以待在冰冷水中較長時間，這常讓她的瘦子丈夫和瘦子家人感到不解。但是她泡在海水裡實在太久了，天色漸暗，她原本光滑的皮膚上爬滿了雞皮疙瘩，血液也開始慢慢結冰。但是，她一邊打哆嗦，一邊意識到自己活著，雖然差點死掉，而且意識到自己是無辜的。裸體彷彿是突然間從她身上長出來的，她始終坦然面對，不視其爲罪，那是她所渴望的純眞，像是跟其他人之間的祕密結盟，也像是她存在於這個世界上的肉身和根。他們呢，那些駕著小船的狡猾之人，躺在遮陽傘下的無畏勇士，卻不肯接受她的裸體，還冷嘲熱諷說裸體是罪，是大逆不道，其實他們才是罪人。她不想代他們受過，她蜷縮著身子緊抓著浮標，牙齒打顫，滿臉淚水……。這時那艘汽船從港口開了回來，比原先的速度更快，坐在船頭的男孩舉起緊握在手中的綠色風帆：那是一件罩袍！

汽船在她身邊停下來，那個瘦削的男人伸出一隻手要把她拉上船的同時，微笑著用另外一隻手遮住了眼睛。伊索塔女士幾乎已經放棄有人會來救她的希望了，加上她的思緒已經不知道飄到哪裡去，所以一時之間無法思索也無法理解那個手勢的意思，她還沒搞清楚怎麼回事，就已經向確定不是憑空幻想的那隻手伸出了自己的手，那艘汽船也是眞實存在的，而且是特別來救她的。她懂了，就在那瞬間一切都變得好完美，好理所當然，那些胡思亂想、寒冷、害怕都被拋在腦後。原本蒼白的她，也變得跟火一樣紅，她現在站得直挺挺地在船上穿衣服，那個男人和男孩則面向海平線看海鷗。

他們啟動馬達，她穿著一件橘色大花圖案的綠色長裙坐在船頭，看到船尾有一個潛水蛙鏡，頓時明白那兩個人怎麼發現了她的祕密。男孩戴著蛙鏡跟魚叉在水裡游泳的時候看到她，他告訴那個男人後，男人也下水查看。之後他們比手勢叫她在原地等，但是她沒看懂，他們就奔回港口找了一件漁夫妻子的衣服來救急。

那兩個人坐在船尾，手放在膝蓋上，臉上帶著笑意。一頭捲髮的男孩大約八歲，眼睛瞪得大大的，像幼駒那樣笑得天眞爛漫；那個男人一頭灰色短髮，身上肌肉結實，曬得紅通通的，臉上的笑容帶著一絲惆悵，嘴上叼著一根熄了的菸。伊索塔女士忍不住想，他們兩個看著穿上了衣服的她，說不定心裡在回想之前看見她在水中的模樣。但是她不覺得尷尬。畢竟總得要有人發現她才行，她很高興是那兩個人，即便他們曾經好奇或有遐想。爲了靠岸，那個男人讓汽船沿著堤防、港口的住家和菜園航行。陸地上的人看他們三個肯定以爲是一家人，結束一天的海釣後傍晚乘船返家。碼頭上有一排灰撲撲的房子，是漁民的住家，有一張張紅色的網子晾在短桿上，幾個年輕人從停泊在岸邊的漁船上抱起一條條鉛灰色的魚交給倚坐在低矮方形籃子邊緣等在那裡的女孩們。幾個戴著小小金耳環的男人坐在地上伸長了腿，縫補看不到尾巴的漁網，石壁凹洞處有幾個大木桶，裡頭熬煮的是鞣酸，準備給漁網重新染色，石頭堆砌的矮牆將臨海的菜園一畦畦隔開，漁船靜靜地躺在苗圃瓜藤旁，婦女口中含著鐵釘協助躺在龍骨下的丈夫修補漁船破洞，幾乎家家戶戶都立有棚架，上頭的格柵鋪滿了切成兩半、撒了鹽巴風乾的番茄，小孩在種了蘆筍的土裡挖蚯蚓，幾個老人拿著噴灑器給歐楂果噴除蟲劑，綿延一片的綠葉下是一顆顆黃澄澄的哈密瓜，老太太不是在用平底鍋油煎魷魚和章魚，就是油炸裹了麵粉的櫛瓜花，高高架起漁船船頭的船廠裡有剛剛採伐、香氣撲鼻的木頭，年輕的造船工人一陣哄笑，沾著黑色瀝青的刷子便成了武器，再過去則是小朋友棄置在沙灘上的小城堡和火山堆沙。

伊索塔女士跟另外兩個人一起坐在汽船上，身上穿著誇張的綠配橘衣裳，心中暗自希望這趟船行永遠不要結束。可是船頭已經轉向陸地，救生員將折疊躺椅收好搬走，那個男人彎腰操控馬達背對著她：他的背脊曬得很紅，中央有脊椎骨經過，包覆其上、有海鹽殘存的緊實肌膚抽動了一下，似乎是因爲嘆息。

盜賊奇遇記

L’avventura di una bandito

重要的是不能立刻被逮。吉姆躲在一扇門邊凹洞裡，警察好像都往前面追了，但是突然間他又聽到他們折返的腳步聲轉進巷子裡。他拔腳就跑，身手敏捷。

「吉姆，站住，不然我們要開槍了！」

「最好是，還開槍呢！」吉姆心想，他早就在射程外了。他加快腳步衝過舖著卵石的花園旁，沿著老城區的下坡路狂奔，蹬上噴泉翻過斜坡旁的護欄，鑽進會放大腳步聲的拱門下。

所有他想得到的地方都不能去。不能找羅拉，不能找妮達，也不能找芮妮。再過一會兒，那些警察就會到處搜人，到處敲門。那一晚夜色清澄，雲朵清晰可見跟白天相去無幾，高掛在城裡巷弄中聳立的拱門上。

奔入新城區寬敞街道後，綽號吉姆．波麗露的馬力歐．阿爾巴內西稍微放慢腳步，把垂到額前的凌亂髮絲撥到耳後。後方沒有腳步聲。於是他保持警覺，大步穿過馬路，走到亞曼達家的大門前，上樓。這個時候她那裡應該沒人了，肯定在睡覺。吉姆大力敲門。

「誰啊？」過了一會兒，才有一個男人扯著嗓子問。「這麼晚，大家都睡了……。」說話的是李霖。

「開門，亞曼達，是我，我是吉姆。」他聲音不大，但語氣堅決。

阿曼達在床上轉過身來。「吉姆，帥哥，是你啊，我現在就幫你開門。欸，吉姆來了。」她的手伸向床頭上的拉桿開關，壓下去。

門開了，緩緩打開。吉姆雙手插在口袋裡，穿過玄關，走向臥房。亞曼達那張大床上被單高高隆起，看似她的身體佔滿了整張床。枕頭上她素顏的臉龐，黑色瀏海下方，是不受控制的眼袋和皺紋。床的另一邊，彷彿是被單的一彎皺褶，蜷臥著亞曼達的丈夫李霖，他泛青的那張小臉深埋在枕頭裡，彷彿這樣就能重回被迫離開的夢鄉。

李霖得等到最後一名客人離開才能躺回床上消化懶散一整天累積起來的睏倦。他這個人什麼都不會做，也不想做，只要有菸可抽，他就不囉嗦。亞曼達也無法埋怨李霖是她的負擔，因爲他一天的花費也不過就那幾包菸。他每天早上帶著菸草出門，到修鞋店、舊貨店和爐灶修理店幾個地方坐著，捲了一根又一根菸草。他坐在店裡的小板凳上，專門偷雞摸狗的那雙修長的手擱在膝蓋上，眼睛黯淡無神，像情報人員一樣偷聽大家說話，幾乎從來不插話，最多吐出簡短幾個字，或出其不意露出詭異莫名的笑容。天黑後，等最後一家店打烊，他就到「嘗鮮」酒吧裡喝光一公升的酒，把剩下的菸抽完，直到那裡也拉下鐵門才離開。他老婆還穿著春光畢露的衣服在街上拋媚眼，腫脹的腳踩著狹小的鞋子。李霖從街角現身，對她低聲吹個口哨，說幾個字，提醒她時間晚了，該上床了。站在人行道上彷彿站在舞臺上的亞曼達轉頭不看他，彈性纖維和鋼箍構成的馬甲積壓她的胸脯，那身少女服裹著她青春不再的軀體，她有些神經質地把皮包在兩手間換來換去，鞋跟在人行道上刻意踩踏一圈，突然開口哼唱幾句，然後回答說不要，還有人經過，讓李霖走開到旁邊等。他們如此應和，每晚都如此。

「怎麼了，吉姆？」亞曼達揉著眼睛問他。

吉姆已經找到擺在床頭的菸，點了一根。

「我今晚得在這裡過夜，就一晚。」

他脫了西裝，解開領帶。

「好，那吉姆上床睡吧。你去沙發睡，李霖，乖，乖李霖，你去外面，這裡讓吉姆睡。」

李霖沒有動靜，過了一會兒才爬起來，嘟囔說了一句含糊不清的話，下床拿了自己的枕頭，一條被單，擺在床頭的菸草和捲菸紙、火柴、煙灰缸。「快去，李霖乖。快去。」他帶著那些東西駝著背，踏著碎步走向玄關旁的沙發。

吉姆邊抽菸，邊褪去衣服。他把褲子摺好掛起來，把西裝搭在床旁一張椅子上，把五斗櫃上的菸、火柴、菸灰缸放到床頭櫃上，在床上躺下。亞曼達關掉床頭小立燈，嘆了一口氣。吉姆抽著菸。李霖睡在玄關旁沙發上。亞曼達翻身。吉姆擰熄了菸。有人敲門。

吉姆一手伸向西裝口袋裡的左輪手槍，另一手抓住亞曼達的手肘，要她留意。亞曼達的手臂肉肉的，軟軟的。他們定住不動。

「李霖，問問是誰。」亞曼達輕聲說。

李霖哼了一聲。「誰啊？」語氣不怎麼和善。

「欸，亞曼達，是我，安傑羅。」

「哪個安傑羅？」亞曼達問。

「安傑羅警官，亞曼達，我經過這裡，想說上來一下……你可以幫我開門嗎？」

吉姆下床，比手勢要大家別出聲。他打開廁所的門，看了一眼，就把搭了西裝的那把椅子搬進去。

「你們都沒看到我。讓他快點走。」他壓低聲音說完，就把自己關進廁所裡。

「李霖乖，你過來，回床上來，快點，李霖。」亞曼達躺在床上發號施令。

「亞曼達，你要讓我等多久？」門外的人問。

李霖慢條斯理地拿起被單、枕頭、菸草、火柴、捲菸紙和菸灰缸回到床上，拉起被單蓋住眼睛。亞曼達壓下拉桿開關，開了門。

安傑羅．索都走進來，穿著便服的邋遢老警察，肥墩墩的臉上留著兩撇灰色小鬍子。

「警官，你混到這麼晚喔。」亞曼達說。

「喔，我隨便轉轉。」索都說。「就想到來看你一下。」

「你想幹嘛？」

索都站在床尾，拿手帕擦乾臉上的汗。

「沒什麼，就來看看你。有什麼消息嗎？」

「什麼消息？」

「你有沒有碰巧看到阿爾巴內西？」

「你說吉姆啊？他又幹了什麼好事？」

「沒什麼。年輕人嘛……。我們只是想找他問個事情。你有看到他嗎？」

「三天前。」

「不，我是說現在。」

「警官，我都睡了兩個鐘頭了。你幹嘛來我這裡找他？你該去他的相好那裡找才對，什麼蘿西、妮達，還是羅拉……。」

「找她們沒用。他每次惹麻煩，都會避開她們。」

「他沒來我這兒。那就不送了，警官。」
「哎呀，亞曼達，我只是問問，順便看看你我也高興嘛。」
「那就晚安了，警官。」
「欸，晚安。」
索都轉身卻沒走。
「我是想，天快亮了，我值勤時間也結束了。我實在不想回到我那個狗窩，既然我都來了，乾脆就留下來好了，你說呢，亞曼達？」
「警官，你是個大好人，可是這個時間，老實說，我已經不接客了，問題在這裡，警官，每個人都有自己的下班時間。」
「亞曼達，我可是你的老朋友欸。」索都已經開始脫外套，脫上衣了。
「警官，你行行好，我們明天晚上見如何？」
索都繼續脫衣服。「我只想等天亮，你懂的，亞曼達。所以，你幫我吧。」
「那李霖只好去睡沙發了。起來吧，李霖，乖，李霖，去外面睡。」
李霖伸出長手往空中抓了抓，找床頭櫃上的菸草，嘟嘟囔囔地坐起身來，幾乎閉著眼睛下床，拿起枕頭、被單、捲菸紙和火柴。「去吧，李霖，乖。」他拖著被單走去玄關。索都已經躺進被窩裡。

那邊吉姆看著小窗外的天空漸漸轉藍，他把香菸忘在床頭櫃上，這下麻煩了。現在那傢伙在床上，他卻得困坐在坐浴桶[1]和爽身粉之間等待天明沒辦法菸抽。他靜靜地穿上衣服，隔著層架上滿滿的香水和眼藥水和浣腸和藥丸和殺蟲劑等層層障礙，看著洗臉檯上的鏡子把頭髮梳得整整齊齊。借著小窗透進來的天光讀標籤，偷拿了一盒藥，然後繼續在廁所裡打轉。沒有太多新發現：臉盆裡泡著髒衣服，其他已經洗好晾起來。他打開坐浴桶的水龍頭，水花四濺很大聲。萬一索都聽見怎麼辦？該死的索都和監牢。吉姆好無聊，回到洗臉檯前，拿起古龍水往西裝上噴，抹上髮油。是沒錯，就算今天沒抓到他，明天也會抓到他，但是如此一來他就不是現行犯了，如果一切順利，他很快就會被放出來。窩在那個小空間裡，再等上兩、三個鐘頭，沒有香菸……，他招誰惹誰了？沒錯，他們一定會立刻放他出來。他拉開一個衣櫃，櫃門嘎吱作響。該死的衣櫃，該死的一切。衣櫃裡掛著亞曼達的衣服。吉姆把左輪手槍放進一件皮草大衣口袋裡。「我之後再過來拿，」他心想。「反正這件在冬天之前她都穿不到。」他把手從口袋抽回來，上頭沾滿了白色的樟腦丸粉末。「也好，這樣槍就不會被蟲蛀。」吉姆笑了。他洗手，亞曼達的擦手巾看起來很噁心，他用衣櫥裡的大衣把手擦乾。

躺在床上的索都聽見隔壁有聲音。伸手搖了搖亞曼達。「那裡有誰？」她轉過身來面對他，用軟綿綿的豐腴手臂摟住他的頭：「沒有誰啊……，你聽錯了吧……。」索都並不想掙脫，可是聽到隔壁有動靜，像嬉鬧一樣反覆問：「……那裡有誰，啊？……啊，那裡有誰？」

吉姆打開門。「警官，我們走吧，不要裝傻了，逮捕我吧。」

索都伸長手去拿外套裡的槍，但是頭依然倚在亞曼達懷裡。「你是誰？」

「吉姆．波麗露。」

「把手舉起來。」

「我沒有武器，警官，不要耍白癡。我來自首。」

吉姆站在床尾，西裝披在肩膀上，高舉雙手。

「噢，吉姆。」亞曼達說。

「過幾天我再來看你，亞曼達。」吉姆說。

索都一邊埋怨一邊起身，穿上褲子。

「該死的工作……，想清靜一下都不行……。」

吉姆拿起床頭櫃上的菸，點了一根，然後把那包菸放進口袋裡。

「吉姆，給我一根。」亞曼達挺起胸脯坐了起來。

吉姆拿了一根香菸送到亞曼達嘴邊，幫她點菸，幫索都穿上外套。「我們走吧，警官。」
「亞曼達，那就下回見了。」索都說。
「再見，安傑羅。」她說。
「再見吶，亞曼達。」索都又說。
「拜了，吉姆。」
他們離開了。李霖抱著玄關的沙發睡得不醒人事，動也不動。
亞曼達坐在那張大床上抽菸，關掉床頭立燈，灰撲撲的天光已經照入室內。
「李霖，」她叫他。「來，李霖，回來床上睡，快點。李霖乖，快來。」
李霖再度收拾他的枕頭和菸灰缸。

1（譯註） Bide，類似日本的免治馬桶，但是在西方是跟馬桶各自獨立的清洗設備。

上班族奇遇記

L'avventura di un impiegato

恩立克．聶伊，上班族，意外地與一位美麗的女子發生了一夜情。一大清早離開她家，春天早晨的空氣和繽紛色彩盡入眼底，清爽振奮心神，氣象一新，他覺得走起路來彷彿都有音樂相襯。

不得不說，若非幸運加上機緣，恩立克．聶伊不可能有這一夜奇遇：朋友辦的派對，那名女子罕見的一時興起，而且她是矜持不隨便的女子，難得他打開話匣子從容自在，此外，對他和對她而言都是，酒精發揮了一定作用，不管是眞的或是藉口，還有，順勢碰巧在同時間離開派對，這一切跟聶伊的個人魅力無關，最多只能說他貌似謹愼低調，應該不會是糾纏不清或虛張聲勢的伴侶，總之諸此種種促成了意想不到的一夜風流。他對這一點很清楚，加上本性謙遜，因此對自己如此幸運格外珍惜。他也知道這段關係不會有任何後續發展，並不因此而惋惜，因爲如果持續下去，反而會讓他的常規生活陷入窘困不安。一夜情之所以完美就在於它在一夜之間開始結束。簡而言之，那天早晨，恩立克．聶伊覺得自己擁有了全世界他所能渴望的所有美好。

那名女子的家在半山腰，聶伊沿著香味撲鼻的林蔭大道往山下走。時間比他平日出門上班的時間早。是那名女子讓他在那時候溜出門的，以免被傭人看見。一夜無眠並未讓他頭昏腦脹，反而讓他格外清醒，受到激發的除了感官知覺外，還有悟性。他覺得風吹拂，蟲鳴叫，樹搖曳帶來的芬芳都應該要用某種方式擁有之後好好享受，品味那樣的美不需要小心翼翼。

恩立克．聶伊是個做事有條不紊的人，在別人家醒來，匆匆忙忙穿衣，沒刮鬍子，讓他有一種成規被打亂的感覺。他原想在去辦公室前趕回家一趟，刮刮鬍子，整理一下儀容，時間應該充裕，但他隨即改變心意，寧願催眠自己時間來不及，因爲聶伊擔心回到家，重複日常那些動作後會讓他此刻浸淫其中的優越感和富足感消失無蹤。

於是他決定要敞開心胸平靜地迎接這一天，好盡可能留住前一晚的餘韻。他耐著性子重新建構那數個小時的回憶，每一分每一秒，在他眼前展開，彷彿一個又一個無盡天堂。恩立克．聶伊就這麼一邊回想，一邊不疾不徐地往電車起站走去。

幾乎全空的電車停在那裡，等待發車。電車司機都在車下抽菸。聶伊吹著口哨上車，外套下擺隨風揚起。他坐下來，坐得有些散漫，但隨即恢復文雅姿態，他很高興自己懂得隨時修正，對於剛才不假思索的放肆舉措倒並不以爲意。

那一帶住戶不多，早起的人也不多。電車裡有一位上了年紀的家庭主婦，兩個在爭論的勞工，還有志得意滿的他。都是早起的好人。對他而言，這些人很友善，而他，恩立克．聶伊，對他們而言則是一位神祕客，神祕但心情愉悅，從沒在這個時刻的這列電車上出現過。他是從哪裡來的呢？說不定其他人心裡正在納悶。而他深藏不露，看著紫藤花。他是懂得看紫藤花的看紫藤花男人，聶伊心裡很清楚。他是將車票錢交給車掌的乘客，在他跟車掌之間有一種完美的乘客與車掌關係，再完美也不過如此。電車往下開到河邊，景色如畫。

恩立克．聶伊在市中心下車，走進一家咖啡館。不是他平常去的那家。這家咖啡館裡貼滿了馬賽克，店門剛開，收銀檯還沒人，咖啡師正在啟動咖啡機。聶伊架勢十足地走向櫃檯，點了一杯咖啡，從甜點櫃裡選了一片餅乾送進嘴裡，剛開始狼吞虎嚥，之後就換成晚上沒睡好味如嚼蠟的表情。

櫃檯上有一份攤開的報紙。聶伊翻閱瀏覽。那天早晨他沒買報紙，通常他出門後做的第一件事就是買報紙。他是報紙的忠實讀者，鉅細靡遺的讀者，就連微不足道的事他也不會錯過，每一頁都從頭看到尾。但是那天早晨他的眼睛看著新聞標題，腦袋裡卻沒有任何反應。聶伊看不進去，不知道是因爲食物、熱咖啡還是早晨空氣醒腦效果逐漸減弱的緣故，前一晚的感覺一波波襲來。他閉上眼睛，抬起下巴微笑。

咖啡師誤以爲聶伊的歡愉表情是因爲報紙上的一則體育新聞，於是問他：「知道波卡達瑟星期天上場踢球，有這麼高興啊？」咖啡師指著足球隊中鋒痊癒歸隊的報紙標題。聶伊看了一眼，抬起頭，若是平常他一定會大聲附和說：「波卡達瑟也該回來了，是該回來了！」但是今天他只簡短回答：「是啊，是啊……。」他可不希望閒聊足球比賽的事會轉移分散他滿滿的情緒，他走向收銀臺，有一位滿臉倦容的年輕小姐在那裡負責收錢。

「我點了，」聶伊故作輕鬆狀。「一杯咖啡和一片餅乾。」那位小姐打了一個呵欠。「一大清早，還沒睡醒吧？」聶伊對她說。那位小姐面無表情，點了點頭。聶伊用心有戚戚焉的語氣繼續說：「呵呵，我昨天晚上也沒怎麼睡。」說完頓了一下，確信對方能聽懂自己的意思，又補了一句：「我是該睡還沒睡。」然後閉口不言，故作神祕，不張揚。付完錢，說聲再見，他轉身離開，走去理髮店。

「先生，早安，先生，請坐。」理髮師的專業招呼模式聽在恩立克·聶伊耳裡很像是對他眨眼睛打暗號。

「欸，好！那就刮個鬍子吧！」他用帶些遲疑的贊同口吻回答，同時看著鏡子裡的自己。圍了一條毛巾在脖子上的他，只露出一張臉，透出些許疲倦，少了其他舉止行爲分散焦點，那張臉便顯得格外突出，但終究是一張平凡的臉，像拂曉時分走下火車的旅人，或通宵打了一晚上撲克牌的玩家，只不過他多了一份縱情後的放鬆神情，讓他跟其他人的疲憊顯得有所不同，聶伊頗爲自得地觀察自己，他既已得償所願，樂於準備迎接一切，無論是順境或逆境。

「你再輕柔，也不如昨日輕撫，」感受到刮鬍刷層層裹上刮鬍泡的聶伊的臉龐好像在說：「昨日輕撫已將我寵壞！」

「你刮吧，刮鬍刀，」他的皮膚好像在說：「你帶不走我擁有的，我有把握！」

對聶伊來說，那宛如是他跟理髮師之間意有所指的一段對話，事實上理髮師噤聲不語，專注操作手上的工具。那名理髮師很年輕，不善於幻想，外加個性謹慎，所以不多話，開口想聊天也只能說出：「今年啊，天氣眞不錯，對吧？春天來了……。」

聶伊神遊在自己的想像對話中，聽到理髮師這幾句話裡的「春天」兩個字，馬上賦予諸多意義和暗示。「啊！春天……。」他的嘴角有意識地揚起意猶未盡的微笑。兩人之間的對話就此結束。

聶伊有意願說話，有意願表達，也有意願溝通，問題是理髮師卻不再開口。聶伊有兩三次在理髮師拿開刮鬍刀的時候試著開口，但無話可說，刮鬍刀隨即又放回他的唇邊和下巴上。

「您說什麼？」理髮師看到聶伊的嘴巴動了動，可是沒有發出任何聲音。

聶伊熱切地說：「這個星期天，波卡達瑟要歸隊上場了！」

他幾乎是用喊的，另外幾個也是半臉刮鬍泡的客人轉頭看他，年輕理髮師手中的刮鬍刀懸在半空中。

「呃，您支持＊＊＊隊？」理髮師有些悶悶不樂。「可是，我是支持＊＊＊隊的。」他說的是另一支代表隊。

「喔，＊＊＊隊啊，這個星期天你們應該可以輕鬆取勝……。」聶伊的滿腔熱血已經被澆熄。

刮完鬍子，他走出理髮店。城市裡生氣盎然，喧鬧聲起，玻璃上閃過一道道金光，噴泉水流潺潺，電車受電桿與電車線的接觸點爆出點點星火。恩立克．聶伊彷彿站在浪峰上前進，一顆心不是跳得老高，就是疲軟無力。

「你是聶伊！」

「你是巴德塔！」

他遇到了學校老同學，兩個人已經十年不見了。跟所有敘舊的人一樣，他們聊著多少年過去了，對方怎麼都沒變。事實上巴德塔蒼老許多，臉上的市儈氣息顯而易見，還帶點凶狠。聶伊知道巴德塔在做生意，但是並不瞭解他這些年的情況，只知道他長年定居國外。

「你還在巴黎？」

「我在委內瑞拉，馬上就要回去了。你呢？」

「我一直在這裡。」聶伊不由自主露出侷促笑容，彷彿為自己一成不變的生活感到羞愧，又懊惱為什麼沒能讓對方第一眼就看出他的人生其實比想像中的更充實，更滿足。

「你結婚了嗎？」巴德塔問他。

聶伊心想這正好可以為自己給人的第一印象扳回一城。「單身！」他說。「一直單身，呵呵！我要堅守防線。」太好了，巴德塔不會有預設立場，他馬上要出發回美洲，跟這個城市和所有八卦不再有任何關聯，是最適合聶伊大談特談一夜風流的人，也是他唯一可以吐露祕密的對象。而且，跟巴德塔還可以說得誇張一點，把昨天晚上的豔遇說成是習以為常之事。「沒錯，」聶伊繼續說，「我們可是單身漢的守門人呢，對吧？」他還重提以前巴德塔老是跟舞孃廝混的舊事。

他心裡盤算著要怎麼說才能切入話題，例如：「你知道嗎，就在昨天晚上我……。」

「其實啊，我呢，」巴德塔露出靦腆笑容。「已經是一家之主了，我有四個小孩……。」

聶伊正準備營造一個享樂至上荒唐有理的氛圍，只能把話吞回肚子裡，一時之間有些茫然無措。他看著巴德塔，才發現這位老友有些落魄，衣衫破舊，操勞過度一臉老態。「哇，四個小孩……，」他說，語氣黯然。「恭喜！你在那裡，過得還可以吧？」

「嗯……，就那樣……。反正到哪裡都一樣……。勉強餬口……，想辦法養家……。」說完張開雙臂，一副挫敗認輸的模樣。

聶伊看著巴德塔的卑微姿態，既同情又內疚，他怎麼可以滿腦子只想要誇耀自己的豔遇，打擊那個一敗塗地的傢伙呢？「唉，其實這裡也一樣，只是你不知道而已。」他連忙換個語氣接話，「也是勉強維持，過一天算一天啦……。」

「唉，希望有一天能好轉……。」

「希望如此……。」

他們彼此祝福，互道珍重，然後各往各的方向前進。沒過多久，聶伊就覺得好可惜，錯過了跟巴德塔交心的機會，他想像中的那個巴德塔，原本該是大好機會的，如今一去不返。聶伊心想，他們兩個本可以發展出一段男人間的對話，大器，有些玩世不恭，但是不張狂，不自誇，讓老朋友出發去美洲的時候能保留一份永恆不變的回憶。聶伊揣測他想像中的那個巴德塔回到委內瑞拉後，想起古老歐洲，貧窮但始終忠於美好與享樂的歐洲，一定免不了會想到他，多年不見的學校老同學，雖然仍是一副謹慎小心的樣子，但是很有自信，從未離開過歐洲，幾乎可以說是歐洲古老生活智慧的代言人，也是熱情的見證人……。聶伊想到這裡得意起來，這樣他的一夜情才能留下些什麼，才有明確的意義，不會跟沙粒一樣消失在大海般空虛一成不變的日子裡。

或許他還是應該說給巴德塔聽的，即便巴德塔是個倒楣鬼，腦袋裡掛念著其他事，即便說出來會讓巴德塔自慚形穢。更何況誰能保證巴德塔眞的很潦倒？說不定他只是隨便說說，其實仍然是當年的老狐狸……。「我可以追上去找他，」聶伊心想，「再跟他閒聊幾句，然後說給他聽。」他在人行道上追趕，在廣場上張望，在拱門下兜轉，巴德塔不見了。聶伊看看時間，他遲到了，得趕去上班。爲了安慰自己，他轉念一想像青少年那樣跟別人說自己的事，其實不符合他的個性，也不是他的作風，所以之前才會忍住不說。跟自己和解，修補好自尊之後，他將簽到卡插入打卡機內。

聶伊對他的工作充滿熱情，只是從未說出口，他認爲只要其他員工發現平淡無奇的官僚作業、公文往返和文書記錄中也有狂熱執著和祕密樂趣，就會敞開心房愛上它。或許那天早晨他潛意識裡就是希望讓情感上的激情和工作上的熱情合而爲一，讓兩者交融，才能持續燃燒不會熄滅。可是一看到他的辦公桌，一看到常用淺綠色公文夾上的「暫緩」字樣，就讓他意識到剛剛分手的、令人暈眩的美，和千篇一律生活之間的巨大落差。

聶伊繞著辦公桌走了幾圈，沒坐下。他突然間義無反顧地愛上了那名女子，所以坐立難安。他走進隔壁辦公室，會計神情不悅地專心敲打鍵盤。

他走過每個人面前，神經兮兮、惡作劇般地跟每個會計開心打招呼，同時沉溺在回憶裡，對現況視而不見，爲愛痴狂。「現在我在你們的辦公室，在你們之間遊走，就如同我在她懷中翻身。但是現在這樣還不夠。」聶伊心裡這麼想。「沒錯，正是如此。馬利諾提！」他一拳打在同事滿桌的文件上。

馬利諾提把眼鏡推上額頭，緩聲問他：「聶伊，你說一下，你這個月的薪水有沒有被多扣四千里拉？」

「喔，我的好同事，二月就扣了。」聶伊一邊說，一邊想起那女子的一個動作，當時已是早晨，天色漸亮，他彷彿見證了全新天啟，開展了陌生之愛的無盡可能。「我的薪水早就被扣了。」他的聲音柔情似水，雙手在胸前溫柔擺動，嘟起嘴唇。「我二月份的薪水全被扣光了，馬利諾提。」

他本想繼續說下去，補充解釋細節，但是說不出來。

「這是祕密，」聶伊決定了，坐回自己的辦公桌。「每分每秒，我做的每件事或說的每句話，都是我活過的人生。」可是他心中焦慮揮之不去，他永遠無法跟昨日的他相提並論，他曾經擁有過的充實感，永遠說不出口，無法隱晦暗示，更無法直白陳述，只怕連用想的都不成功。

電話響了。是主任。問他朱瑟皮耶利客訴案的事情。

「主任，」聶伊在電話裡解釋。「朱瑟皮耶利公司在三月六日……。」其實他心裡想說的是：「當她輕聲問我：你要走了嗎……？的時候，我明白我不該放開她的手……。」

「是的，主任。朱瑟皮耶利公司客訴的是已經開立發票的那批貨……。」他心裡想說的是：「我們身後那扇門還未關上之前，我仍不敢相信……。」

「不是，」他繼續解釋。「客訴沒有透過代理……。」他要說的是：「直到那時候我才發覺她完全不似我以爲的冰冷高傲……。」

聶伊放下聽筒，額頭上全是汗。他現在覺得好累，而且好睏。沒有回家沖澡更衣是錯的，就連身上穿的那套衣服也讓他覺得不舒服。

他走向窗邊。窗外偌大的中庭四周有高牆和戶外陽臺環繞，在他眼裡卻如一片荒漠。屋頂上方的天空褪了色不再清澄，就像塗上了一層霧面釉料，一如聶伊記憶中有一塊黯淡的光正逐漸抹去所有感官回憶，陽光被朦朧的、靜止不動的陰影烙下印記，彷彿隱隱作痛。

攝影師奇遇記

L'avventura di un fotografo

春天來了，上百成千的市民到了週日便在脖子上掛著一個黑盒子蜂擁而出，到處拍照。彷彿滿載而歸的獵人開開心心回家，數著日子既期待又焦慮想看到沖洗出來的照片（有的人在焦慮之外還多了一點在暗房煉金的喜悅，那裡不准家人進入，裡頭充滿了刺鼻酸味），唯有等到照片放在眼睛前面，才覺得自己眞的擁有過那一天，直到那一刻阿爾卑斯山上踏青戲水，小孩拿小水桶擺了某個姿勢，照在老婆大腿上的陽光才驗明其眞實性再無可質疑之處。至於其他的，就任憑它湮沒在記憶不確定的陰影中吧。

跟朋友和同事在一起的時候，不拍照的安東尼歐．帕拉齊越來越覺得自己被孤立。他每個星期都會發現某個直到昨天爲止都還跟他推心置腹之人，加入了聊天內容不外乎是讚賞光圈感光度或是討論底片DIN感光度的那群人之中，而安東尼歐對那個一點都不刺激、一切都可掌握的活動極盡冷嘲熱諷，這個人向來可是大聲附合的。

安東尼歐．帕拉齊的工作是在一間製造業公司的配送部門負責說明執行內容，但他眞正的興趣是跟朋友們議論大大小小的事情，從雜亂無章的細節中理出符合常理的一條軸線，所以說，就精神層面而言，他是一位哲學家，爲了把跟他的經驗相去十萬八千里的事情弄清楚，往往鑽進牛角尖裡出不來。他現在覺得攝影者內在有某樣東西是他無法捉摸的，那是一種神祕召喚，讓新的信徒前仆後繼拜倒在業餘攝影愛好者的旗幟下，有的人吹噓他們在技術和藝術表現上的能力精進，有的則相反把所有一切歸功於他們買的攝影器材，即便把相機交到再笨的人手裡（那些人被說笨，是爲了凸顯機械設備的種種優點所以踐踏他們的尊嚴，包括主體也傾向接受某種程度的羞辱）也能（他們這麼說）拍出曠世巨作。安東尼歐．帕拉齊明白無論前者或後者都不是眞正的關鍵因素，事情另有蹊蹺。

老實說，在攝影裡找尋他忿忿不平的理由——忿忿不平是因爲他覺得自己被排除在外——算是安東尼歐自己騙自己，以避免他思索另外一個過於引人注目的活動，讓他跟朋友之間的關係更爲疏遠。讓他明顯有所感受的是跟他同輩的人一個一個都結婚了，成家了，而安東尼歐仍然單身。這兩者之間有一個無庸置疑的連結，那就是熱愛攝影往往是當了父親之後自然而然、同時爲了兼顧面相研究這個次要需求而出現的興趣。父母生下寶寶之後的直覺反應就是幫他拍照，由於寶寶很快就會長大，所以更需要常常拍照，沒有什麼比六個月大的嬰兒更瞬息萬變、更不復記憶的，六個月的樣貌很快就會被八個月、一歲的樣貌所取代。父母眼中三歲小孩的所有完美，並不因四歲的全新完美取而代之或摧毀之受到任何影響，只需要保存在相簿裡，把相簿當作是這些稍縱即逝的完美並排陳列的藏身處，每一個完美都在追求自身無法比擬的絕對。新手父母的狂熱在於用鏡頭瞄準小孩然後把他約化爲黑白的靜景，或是一張張彩色幻燈片，不拍照也不生兒育女的安東尼歐在這個現象裡看到的是大家一窩瘋奔向那個黑色盒子的瘋狂。但是他對圖像技術——家庭——瘋狂之間連結關係尚未深入思辨，所以有所保留，否則他應該會看出事實上眞正面臨危機的人是他這個單身漢。

安東尼歐的朋友圈習慣一起出城去度周末，那是他們之中很多人從學生時代就開始的固定聚會，後來陸續加入了女朋友、老婆、小孩，甚至連保母和管家都來了，有時候還有其他姻親跟新朋友加入，有男有女。由於大家持續互動的習慣從未有過任何改變，所以安東尼歐這些年來也只能假裝一切如昔，那群朋友仍然是年輕時候的那群人，就連女朋友也是原來那個，不肯承認那其實已經變成家庭聚會，而他是唯一倖存的單身漢。

越來越常發生的是，無論去爬山或去海邊，到了拍家庭照或所有家庭團體照的時候，他們不會找外人來拍，例如經過的路人，他只需要把已經調好焦距也對好方向的相機快門按下去即可。遇到這種情況，安東尼歐總是無法拒絕所以挺身而出：從一個爸爸或媽媽手上接過相機，好讓他們跑去站在第二排伸長脖子在兩顆腦袋間尋找空隙露臉或是跟小朋友們蹲在一起後，他再集中所有力量在那原本應該扣下扳機的指頭上，按下快門。剛開始有幾次因爲手臂太過僵硬，以至於鏡頭偏移只拍到船的桅杆或鐘樓的塔尖，或砍掉爺爺奶奶叔叔伯伯的腦袋。他曾被指控說是故意的，責怪他不該開這種糟糕的玩笑。那不是眞的，他的本意是要讓那根指頭扮演服從集體意志的工具，同時利用那短暫的優勢地位告誡攝影者與被攝影者關於攝影這個行爲的意義。只要他的指腹達到他預設的與他這個人其他部位及個體分離的境界，他就能在拍下成功團體照的同時（偶爾幾張成功的照片就足以讓他放心從容面對觀景窗和曝光表），自由自在地用主題演講的方式把他的理論傳播出去。

「……因爲你們一旦開始，」他循循善誘。「就再也沒有任何理由停下來了。在因爲看起來很美麗所以被拍下來的眞實，和因爲被拍下來所以看起來很美麗的眞實，之間的距離僅有一步之遙。你們如果要拍堆沙堡的皮耶路卡，就沒理由不拍他在沙堡倒塌時大哭的模樣，還有保母哄他讓他在沙堆裡找到一個貝殼的瞬間。只要開始說類似這樣的話：『喔好美，應該把它拍下來！』你們就變成了認爲沒被拍下來的一切就不復擁有，如同不曾存在的那些人。所以爲了能眞眞切切地活著，必須要盡可能拍照，爲了盡可能拍照就必須要以值得拍照的方式生活，或認爲生命中每一刻都值得拍下來。前者很愚蠢，後者很瘋狂。」

「愚蠢又瘋狂的人是你。」他的朋友這麼跟他說。「而且很愛找麻煩。」

「若想要讓看過的所有一切都能夠失而復得，」雖然沒有人聽他說，他仍然繼續解釋。「唯一的方法就是至少每分鐘拍一張照片，從早晨睜開眼睛開始一直拍到晚上去睡覺。唯有如此，那些感光的底片才會忠實地記錄我們的每一天，不再有任何遺漏。我如果開始攝影，就會在這條路上貫徹始終，即便失去理智也在所不惜。你們以爲自己可以選擇。選擇什麼？帶有遁世、辯解心態的選擇，爲了安慰，爲了與自然國家親戚和平相處。你們的選擇不只是一個攝影上的選擇，而是人生的選擇，讓你們忘卻戲劇性的衝突、矛盾、神經嚴重緊繃、熱情和敵意。然後你們以爲這樣就可以免於瘋狂，其實反而陷入了平庸、思想遲鈍……。」

一個叫畢琪的女子，是某人的前弟妹，還有一個莉狄亞，是另一個某人的前祕書，請安東尼歐幫她們在水中玩球的時候拍一張拍立得。他同意了，由於他也有一套反對拍立得的理論，便十分熱心地對那兩位女性友人解說。

「究竟是爲了什麼，兩位小姐，要從你們瞬息萬變的一天擷取這僅有一秒鐘長度的片段呢？你們拋出球的時候活在當下，可是一旦定格之後，你們的互動被記錄下來的不是嬉戲奔跑中的喜悅而是未來能再看到自己、二十年後在一張泛黃的相紙上找到自己的喜悅（即便現代的定影流程能讓照片永不變質，情感面也泛黃了）。現場捕捉自然生動畫面的樂趣其實抹殺了生動性，遠離了當下。被拍攝下來的眞實立刻呈現一種懷舊感，懷念那乘著時間的翅膀溜走的喜悅，還有一種憑弔感，即使那張照片是前天拍的。你們爲了拍照而活的這個人生已經開始自我憑弔了。你們堅信拍立得照片比肖像畫更眞實，其實是先入爲主的成見……。」

安東尼歐邊說，邊踏著浪花繞著那兩位女性友人轉，以捕捉她們嬉戲的畫面，而且取景時還要避開陽光照射在水面上的反光。搶球大戰中畢琪撲向泡在水中的對方，結果被他拍到海浪打來她翹得老高的臀部特寫。安東尼歐爲了不要錯過這個瞬間，手中高舉著相機整個人跳進海裡，差點溺水。

「照片全都拍得很棒，這張尤其厲害。」幾天後她們搶著看手中的印樣，發出好評。安東尼歐約她們在沖洗店見面。「你很會攝影，應該再幫我們多拍一些照片。」於是安東尼歐得到一個結論，必須回頭拍攝靜態人物，像十九世紀那樣，光憑人物儀態就能說明他們的社會地位和個性。他的反攝影論述只能在那個黑盒子內部展開，以照片反駁照片。

「我想要找一個老式的蛇腹相機，」他跟那兩位女性友人說。「架在腳架上的那種。你們覺得市面上還找得到嗎？」

「嗯，或許可以找舊貨商試試看……。」

「那我們就去找吧。」

她們覺得四處尋找那個怪玩意兒很有趣，三個人一起到骨董市集尋寶，詢問擺攤的老一輩攝影師，跟著他們到黑漆漆的斗室去。在那些死氣沉沉、堆滿過時物件的地方有迷你列柱、屏風、繪有朦朧風景的佈景片，讓人聯想到早年的照相攝影棚。安東尼歐全買了。最後他弄到了一臺盒式相機跟快門線，功能似乎完好如初。安東尼歐還買了一個底片片匣。在那兩位女性友人的協助下，他在住處一個房間裡架設起攝影棚，裡頭全都是老東西，除了兩個照明燈是現代的。

此刻的他十分滿意。「得從這裡開始，」他解釋給那兩位女性友人聽。「像我們祖父輩那樣拍靜態照，依照不同群組約定俗成的模式拍照，那具有一種社會意義，是習俗，是品味，也是文化。一張大頭照，或結婚照，或家庭合照，或學校證件照的意義在於每一個角色或單位，都有其嚴肅面跟重要性，但是也有虛僞、勉強、威權、階級。這是攝影的重點，明確界定我們每一個人的內在跟世界的關係，今天這個關係往往隱而不見，變成無意識，因爲如此一來就可以徹底消失，但實際上……。」

「你想讓誰給你拍靜態照片？」

「你們明天來，我會用我的方式幫你們拍照。」

「你到底想做什麼？」莉狄亞突然有所提防。直到此刻，看到攝影棚準備好了，她才覺得那一切很詭異，讓人不放心。「你休想我們來當你的模特兒！」

畢琪附和莉狄亞，但是第二天她還是去安東尼歐家赴約，而且是一個人。

她身穿一件白色的麻質洋裝，袖口和口袋邊緣有彩色刺繡點綴。她頭髮旁分綁在後腦勺，頭撇到一邊，想笑又不太敢笑。安東尼歐讓她進門的時候，打量她那有點做作有點嘲弄的表情，研究該如何呈現她的眞實個性。

他請她坐在一張大扶手椅上，然後鑽進黑布裡準備操作那臺相機。那個盒式相機的後壁是玻璃，她的影像幾乎立刻映上那片匣，朦朦朧朧的，有點泛白，被隔離在那個時間和空間之中。安東尼歐彷彿從未看過她，她有種任人擺布的神情，眼皮低垂，脖子往前伸，低調地應允了些什麼，就連笑意也看似隱藏在她的笑容後面。

「好，就這樣，頭偏過去一點，眼睛抬起來，不，還是低下去好了。」安東尼歐在黑盒子後面忙著捕捉畢琪突然之間在他眼中看來格外珍貴且絕對的某樣東西。

「這樣太暗了，出來一點，不對，剛才那樣比較好。」

有好多照片是畢琪可能會拍的，也有很多是畢琪不可能會拍的，而安東尼歐要的則是唯一一張能兼具可能及不可能的照片。

「我不拍了，」黑布下傳出他沙啞煎熬的聲音。「我不拍了，我沒辦法拍你。」

他從黑布下探頭出來，站直了身子。他從一開始就錯了。他原以爲差一點就可以在她臉上捕捉到的那個表情那個感覺那個祕密卻把他拖入心情的、喧囂的、心理的流沙中：他就跟拍拍立得的那些人一樣，也在追尋稍縱即逝的人生片刻、獵捕難以捉摸的一切。

他應該走一條相反的路：鎖定一種只呈現表象的肖像攝影，顯而易見，一目了然，不逃避世俗表象、刻板印象，也不逃避面具。面具，究其根本原就是社會的、歷史的產物，比任何自以爲「眞實」的影像更爲眞實，內含的豐富意涵會一點一點釋放出來。安東尼歐之所以架設這個克難攝影棚的目的不正是爲此嗎？

他觀察畢琪。應該從她樣貌的外在元素開始。「從她如何穿衣服、梳理頭髮開始，」安東尼歐心想。「看得出來她刻意懷舊又有點自我解嘲，是那個年代的流行，回到三十年前的流行趨勢。攝影應該要能凸顯出這個意圖才對，我剛才怎麼沒想到？」

安東尼歐去找網球拍，畢琪應該要站著，側身七十五度，腋下夾著網球拍，臉上要有明信片上那種多愁善感的表情。黑布下的安東尼歐看著畢琪的影像，看見擺出那個姿勢很苗條很自在的她，也看見那個姿勢凸顯出不適應且格格不入的她，非常有趣。他讓她換了好幾個姿勢，研究腿部、手臂和網球拍、背景元素之間的幾何線條（他腦中浮現的完美明信片畫面應該要有網球場上的球網，但是無法奢求完美，安東尼歐只好擺上一張乒乓球桌）。

但他還是覺得不安心：會不會他想要拍攝的是回憶，甚或，是浮現在他記憶中的雪爪鴻泥？他拒絕活在如同未來記憶的當下，像上個週日拍的那些照片那樣，會不會反而讓他想要做出同樣不切實際之舉，試圖賦予記憶一個形體以取代眼前的當下呢？

「你要動一下啊，幹嘛呆呆地站在那裡，揮揮網球拍啊，拜託！就像在打網球那樣會不會！」他突然暴怒。他明白唯有誇大姿勢才能達到客體的異化，唯有假裝動作停格，才能營造出靜止、無生命的印象。

畢琪順從地照他的指令擺動，儘管有時候指令模稜兩可又自相矛盾，她的被動行事說明了她在狀況外，但是她在這個不屬於她的遊戲中，多少也能猜到安東尼歐那個神祕比賽中一些不可預期的反應。安東尼歐告訴畢琪手怎麼擺腳怎麼擺並非單純的執行既有計畫，而她對他那些粗暴指令的回應也一樣，面對他越來越頤指氣使的高姿態，她也以出其不意的侵略性反應作爲回答。

彷彿在夢中，安東尼歐心想，他沉浸在黑暗中望著那一方玻璃底片上如夢似幻的網球手身影：跟夢境裡一樣，從記憶深處浮現的某個人走向前，讓你認出來之後立刻變成意想不到的某個東西，那某個東西在還沒有變形前就很嚇人，因爲沒有人知道它會變成什麼東西。

他要把夢境拍下來嗎？這個遲疑讓他沉默了，像鴕鳥一樣把頭縮進黑布圍起的避難處，手裡握著快門線，一副白癡模樣。而畢琪倒是整個人放開來了，不斷跳著奇怪的舞姿，在最誇張的網球姿勢上停格，反手拍，抽球，不是把網球拍舉得高高的就是壓低到與地面同高，彷彿相機那個玻璃眼珠投射出來的每一瞥都是她要持續截擊的目標。

「夠了，胡鬧什麼，這不是我要的。」安東尼歐用黑布把照相機蓋起來，在房間裡踱步。

所有問題都出在她那身衣服，還有她讓人聯想到網球和挑釁的姿態……不得不承認的是穿著輕便衣服要拍出他期待的那種照片是辦不到的。需要隆重肅穆，需要華麗排場，像女王拍正式的官方照片那樣。畢琪必須換上晚禮服才能成爲他的攝影對象，挖低的領口搭配亮晶晶的珠寶秀出白皙肌膚和深色布料之間的明確界線。這條界線劃分出裸露所呈現的超越時間性的平庸女性本質，以及布料代表的同樣流於平庸（就像另有寓意的雕像身上披掛的布幔）的抽象、社會意涵。

他走向畢琪，解開她脖子、胸口的釦子，讓衣服滑到肩膀處。他想到的是十九世紀的幾張女子照片，白色相紙上只見女子的臉和脖子和裸露的肩膀線條，其他全都消失在白色中。

那就是他此刻想拍的，超越時間與空間的人像照，他不知道該怎麼拍，但是他決定非成功不可。他把燈光直接打在畢琪身上，把照相機往前搬，黑布罩在頭上調整鏡頭光圈大小。他定睛一看，畢琪一絲不掛。

畢琪讓衣服滑到腳邊，衣服下什麼都沒有，她往前走了一步，不對，是往後退了一步，但是在鏡頭裡看起來卻像是整個人往前逼近。她站得直挺挺的，昂首立在相機前面，無所畏懼，看著前方，彷彿這裡只有她一個人。

安東尼歐感覺到她的目光看進他的眼睛裡，佔據了他所有視線，把他從偶然的片段影像洪流中拉出來，把時間和空間都定焦在明確的對象上。這個視覺震撼和底片感光彷彿是連動反應，他立刻按下快門，換好底片，按下快門，重新更換底片，按快門，他不斷地換底片按快門，罩在黑布下的他悶著頭自言自語說：「對，現在這樣沒錯，這樣好，很好，再來，這樣拍就對了，再來。」

安東尼歐的底片用完了。他掀開黑布，很開心，畢琪站在他面前，赤裸著身子，彷彿在等待。

「你現在可以把衣服穿上了。」他心情雀躍，但語氣仍然急躁。「我們出去吧。」

她茫然地看著他。

「我已經拍完了。」他說。

畢琪哭了起來。

安東尼歐那一天發現自己愛上了她。他們開始同居，他買了更先進的設備，電子鏡頭，更棒的儀器，開了一間攝影工作室。他有一些設備是爲了在畢琪晚上睡覺時拍她而買的，畢琪被閃光燈鬧醒，怒不可抑，但是安東尼歐繼續拍下她半夢半醒的模樣，她對他發火的模樣，她把臉埋進枕頭裡想找回睡意卻失敗的模樣，她跟他言歸於好的模樣，她承認這種攝影暴力是一種表現愛的模樣。

安東尼歐的工作室裡掛滿了底片和印樣，畢琪出現在每一格畫面中，就像蜜蜂巢房裡密密麻麻的蜜蜂看起來都是同隻蜜蜂一樣：各種姿態、各種尺寸、各種造型的畢琪，靜態的畢琪，不知情被偷拍的畢琪，被切分爲微粒的個體。

「爲什麼這麼執著於拍攝畢琪？你難道不能拍其它東西？」安東尼歐老是聽朋友這麼問他，就連畢琪也這麼問他。

「這不是畢琪不畢琪的問題，」他回答說。「是方法的問題。不管你決定拍誰，或拍任何東西，你就得要一直拍下去，而且只拍那個人或東西，白天黑夜隨時隨地都要拍。唯有把所有可能的影像都拍下來，攝影才有意義。」

他心裡眞正的企圖並沒有說出口：他想要拍下走在路上不知道他正注視著她的

畢琪，用藏好的鏡頭對著她，要在她沒看到他而且他也沒看她的情況下拍她，在沒有他而且沒有任何人注視她的情況下毫無預警地拍她。不是因爲他想要發現什麼，也不是因爲嫉妒這個字的字面意思的心態所致。安東尼歐想擁有的是一個看不見的畢琪，一個絕對孤單的畢琪，一個沒有他沒有其他人也照樣存在的畢琪。

可以說是嫉妒，也可以說不是，總之那種熱情叫人難以承受。沒過多久，畢琪就離他而去。

安東尼歐得了憂鬱症。他開始寫日記，當然，是用攝影的方式來寫日記。他脖子上掛著一臺相機，關在家裡，坐在一張扶手椅上，眼神空洞，病態地一直按快門，拍下沒有畢琪的每一刻。

他把這些照片收在一本相簿裡。他的煙灰缸裡堆滿了菸屁股，床上凌亂不堪，牆上生出黴斑。他想到可以做一本目錄，收錄世界上對攝影無動於衷、將機器和人都摒除在視線之外的所有一切。他拍攝各種物件打發時間，拍完一捲又一捲底片，每隔數個小時拍一次，好記錄光影變化。有一天他盯著房間某個空無一物的角落看，那裡除了熱水管什麼都沒有，他有一股衝動想要持續拍攝那個角落，直到生命結束爲止。

他再也不整理家裡，紙張和舊報紙攤了一地，他一一拍下來。報紙上的照片也被拍了下來，於是他的鏡頭和人在遠方的攝影記者的鏡頭間建立起一種間接關係。只是爲了製造那些粒子，別人的鏡頭瞄準的是重裝備的警察、燒成廢鐵的汽車、飛奔的田徑選手、部長和被告。

安東尼歐現在找到新的樂趣，就是像處理馬賽克一樣近距離拍攝家裡的物件，白色相紙上的粒子異常粗大。悶在家裡的他突然羡慕起跟著人群、血腥、淚水、節慶、犯罪案件、時尚派對、假惺惺的官方典禮到處跑的攝影記者。那些攝影記者記錄了社會的極端面向，記錄首富和赤貧，也記錄隨時隨地都有的美好時刻。

「意思是說，唯有美好狀態才有意義？」安東尼歐自問。「周末攝影師的眞正勁敵難道是攝影記者？他們的世界我們進不去？還是兩者彼此依存呢？」他邊想邊把愛火正烈那幾個月累積起來的照片，有畢琪和沒有畢琪的都撕了，把掛在牆上的印樣扯了下來，把底片剪碎，把幻燈片折斷，把這些循序漸進製造的垃圾都堆在攤了一地的報紙上。

「或許眞正的全面攝影，」他心想。「就是把一堆個人影像殘骸放置在報導悲劇和官方新聞的破報紙上。」

他把報紙邊角摺起來，捆成好大一包準備丟進垃圾桶，但是之前他要先拍照。他把邊角解開來好讓他隨手拿來包裹用的不同報紙上的照片露一半出來。然後他乾脆把整個包裹鬆開一點讓他撕碎的一張放大照片的亮面相紙能被看見。他打開燈，希望在他拍的這張照片中能認出那些被揉成一團或被撕破的影像同時又能感受到所有巧合排列的黑影有多麼不眞實，同時看見各具意義的那些物件的具體樣貌，以及他想要驅趕的它們拼命想要被注意的努力。

爲了能夠在一張照片中把所有這些都拍進去，需要極爲高超的攝影技巧，但也只有這樣安東尼歐才有可能結束攝影。他嘗試完所有可能，在那團報紙終於要闔起來的瞬間，安東尼歐明白了拍——照片是他唯一可行的路，是他懵懵懂懂摸索至今才找到的眞實道路。

旅人奇遇記

L'avventura di un viaggiatore

住在義大利北方某個城市的菲德里科・V，深愛著住在羅馬的琴吉婭・U。每次只要工作許可，他就會搭火車到首都去看她。不管是工作或日常生活，他都習慣了那個年代的經濟緊縮政策，因此他總是搭夜車前往。有一班火車，是末班車，除非遇到假日，否則乘客不多，菲德里科可以躺下來睡覺。

菲德里科在自己住的那個城市裡日子過得很緊湊，就像剛下火車便得立刻去趕換另一班接駁火車的人，他在花時間做某些事情的時候，腦袋裡總有一個時間表。好不容易等到出發的那個晚上，所有事情都忙完了，他拎著旅行袋走向火車站，儘管為了避免錯過火車行色匆匆，內心仍充滿平靜。似乎火車站周遭所有馬不停蹄──夜色已晚，那其實是一種迴光返照──都進入一種自然運轉狀態，而他也融入其中。那裡每一樣東西之所以存在都是為了滿足他的需求，例如火車站的橡膠地板是為了方便他加快腳步，就連種種問題，例如在唯一開著的售票窗口買票時分秒必爭，大鈔沒辦法找開的困擾，在書報攤前找不到零錢等等，似乎都是為了讓他可以專心融入情境，然後再一一解決。

他的手在西裝口袋裡把玩著用來打電話的銅板。明天早上，他一到羅馬火車站，就會拿著那枚銅板跑到最近的公共電話，撥打那個號碼，他會說：「親愛的，我到了……。」他緊緊握著那枚銅板，彷彿那是再貴重不過的奇珍異寶，是世界上僅有的一枚銅板，也是在他抵達時刻可以摸得到、說明他心裡有多麼期待的唯一證明。

這趟旅行所費不貲，而菲德里科並不富有。如果在二等車廂能找到配備軟墊座椅又沒有人的包廂，他就會買二等車廂的票。其實應該說，他永遠都買二等車廂的票，只是，萬一發現人太多，就會找查票員補差額換到頭等車廂去。這麼做，讓他有一種省錢的快感（頭等車廂的錢分成兩次付，而且是不得不然的決定，他比較不會良心不安），憑自身經驗做出正確判斷的滿足感，也有身心皆得以伸展的自在感。

有時候人的一生會受他人制約，對外容易迷失，菲德里科很努力捍衛自己內在的專注，其實他要的不多，只要一間旅館房間，一個火車包廂全屬於他，整個世界就跟他的人生重新進入一種和諧關係，彷彿貫穿半島的鐵路也是爲了他能夠歡呼奔向琴吉婭所量身打造，特地鋪設的。而那天晚上的二等車廂幾乎空無一人。所有徵兆都是大吉。

菲德里科選了一間沒人的包廂，不是剛入車廂的第一間，但也不算太裡面，他知道匆忙間跳上火車的人通常會略過前面幾間包廂。爲了確保自己可以躺下來好好睡一覺，需要玩一點心理戰。菲德里科很清楚，所以他做足了所有動作。

舉例來說，他會把包廂入口的門簾拉下，這個動作或許看來有些誇張，但是能達到一定的心理效果。面對拉下的門簾，經過的旅人出於本能幾乎都會比較謹愼，如果找得到的話，他們寧可選擇門簾沒有拉下、裡頭或許已經有二至三個人的包廂。菲德里科還把旅行袋、西裝外套、報紙分開放在他對面及旁邊的座位上，這是另外一個基本動作，佔位子是陋習，而且看似無用，其實那也有幫助。他並不是想讓人以爲那些位子都有人坐，這類花招與他的公民良心和眞誠個性相牴觸。只是他想給人家的第一印象是這個包廂滿了，不歡迎你進來，只要第一印象就夠了。

他一屁股坐下去，鬆了一口氣。他學會了當他身處在一切都在固有位置上、永遠不變、無以名之、沒有任何驚喜的環境裡，內心便能充滿平和，達到有所自覺、思想自由的境界。他這一生都在失序中衝撞，但此刻他在內在鼓動和萬物不變的中立之間找到了完美平衡。

可惜這一切轉眼即逝（如果是二等車廂，維持一秒；如果是頭等車廂，可維持一分鐘），他立刻陷入困境：簡陋的包廂，到處破洞的絨面椅套，可能無處不在的灰塵，老舊包廂裡褪了色的簾子，想到今晚他得和衣而眠，睡在不是自己的床上，周遭所有觸碰得到的東西全是陌生的，都讓他覺得有一絲惆悵。但他隨即記起自己爲什麼出門旅行，便重新融入那自然的律動中，如海或如風的律動，輕盈愉悅的起伏，只需要閉上眼睛，往心裡尋找，或是緊握手中那枚打電話用的銅板，包廂內的淒涼感就消失無蹤，只剩下他跟他的探險之旅。

不過還少了一樣東西。什麼東西呢？來了。他聽到一個低沉的聲音在月臺上朝他靠近：「枕頭！」他連忙站起來，拉下窗戶，伸長了握著兩個百元銅板的手，大喊：「我要一個！」那個賣枕頭的男人是每次鳴槍讓他正式踏上旅程的人，總在火車出發前一分鐘經過車廂小窗前，推著一輛破舊的三輪車，上頭掛著一個個枕頭。賣枕頭的是個老人，很高，很瘦，有兩撇灰白的短鬍鬚，手很大，手指很長很粗，讓人覺得安心的那種手。老人一身黑，頭帶軍帽，身穿軍服，圍巾緊緊繞著脖子。像是上個世紀義大利國王翁貝托那個時代的人，有點老上校的味道，或只是忠心耿耿駐守皇宮的上士。也說不定是郵差，那種老一輩的信差：他伸長那雙大手把乾癟枕頭遞給菲德里科的時候，用的是指尖，彷彿遞送的是一封信，打算將它投入車廂的小窗內。此刻，那個枕頭被菲德里科抱在懷裡，方方的，扁扁的，就像一個信封，而且上面蓋滿了郵戳，那是他每天寫給琴吉婭的信，今晚也將投遞，但是代替那焦慮的白紙黑字被投遞出去的是菲德里科本人，藉由老信差冬夜裡的手，他踏上了夜間郵件專屬的隱形之路，北方的理性和紀律化爲那封信，即將被送到熱情不受控的中——南方。

不變的是，枕頭依然是枕頭，是軟綿綿（其實又扁又密實）、經過高壓殺菌潔白無瑕（儘管上頭有各種印記）的枕頭。就像表意符號內含概念一樣，這個枕頭也內含床鋪、愜意、親暱的概念，菲德里科已經預先感受到那天晚上躺在叫人難安的粗硬絨面椅套上那一方枕頭能帶給他的清新舒暢。不只如此，那小小一方自在預告了更多的自在和親暱，更多的甜蜜，爲了能享有那些感受所以他踏上旅程，不對，光是踏上旅程，光是枕下那個枕頭，他就已經享有那些感受，同時也進入了琴吉婭統御的地盤，陷入她柔軟的臂彎中。

火車輕輕地、溫柔地穿過兩側月臺的柱子，滑過鐵路岔道經過的林中空地，奔入黑暗中，轉化爲菲德里科心中一直都有的起伏律動。他的緊繃情緒隨著火車疾馳得到釋放，他覺得自己變得更輕盈，應和著疾馳的速度，他哼起了一首歌，正是那個速度讓他想起的一首歌：「我有兩個愛人……。我的家鄉和巴黎。……永遠的巴黎……。」

一位男士走了進來，菲德里科立刻噤聲。「這位子有人坐嗎？」那人坐了下來。菲德里科心裡已經快速盤算了一回：嚴格來說，若想要整趟旅行都能躺著睡覺，包廂裡最好維持兩個人，一人躺一邊，就再也不會有人來打擾他們。如果包廂只有他一個人，很可能在他毫無心理準備的情況下，會出現一家六口，其中還不只有一個小孩，而且目的地是西西里島的西拉古薩，那你就非得爬起來不可。菲德里科很清楚這一點，所以，最聰明的做法是，上了人並不多的火車後，不要找空包廂，而要找已經坐了一個人的包廂。但他從不這麼做：他寧願賭賭看能否一人獨享包廂，如果非自願的出現了旅伴，他就拿這個變化帶來的好處安慰自己。

他現在正是如此：「您坐到羅馬？」他開口問剛才進來的那個人，以便追加一句：「太好了，那我們現在可以拉下簾子、關燈，不讓其他人進來。」沒想到那個人說：「不是，我在熱內亞下車。」很好啊，那個人在熱內亞下車後，菲德里科又可以獨佔包廂。問題是他既然只坐短短幾個鐘頭，就不會躺下來休息，說不定還會一直保持清醒，也就是說那個人恐怕不同意關燈，如此一來就很可能會有其他在中途上車的旅人進到他們包廂裡來。那麼多了旅伴的菲德里科就沾不到什麼好處，只有壞處了。

但是他沒有糾結太久。他這個人的優點是擅長把所有干擾他或他用不著的現實面從腦袋中趕出去。他把坐在正對面角落裡的那個男人從腦海中抹去，把他化為一團黑影，一個灰色汙漬。兩個人面前各自攤開的報紙為彼此築下了防火牆。菲德里科繼續在他愛的旅途上翱翔：「永遠的巴黎……。」沒有人想得到在那個不得不然、得耐著性子完成的往返路途淒涼畫面中，他其實正陶醉在琴吉婭・U的臂彎中，並且覺得萬分驕傲，菲德里科忍不住上下打量那位旅伴（先前他連瞄都懶得瞄一眼）

好凸顯——以新暴發戶的自大粗鄙態度——自己有多幸運，而其他人的人生是多麼單調乏味。

只不過那個陌生人完全不見灰心喪志的模樣。他很年輕，體格很好，肌肉發達，看起來很得意，積極向上，他看的是體育報，身邊放著一個偌大的皮包。從外表推斷，應該是某家公司的業務代表，負責巡視業務的那種。向來對於比自己更腳踏實地、更朝氣蓬勃的人心懷好感的菲德里科·V，有那麼一瞬間心生妒忌，但那不過是短暫印象，他立刻轉個念頭想：「他旅行是爲了推銷鋼板或油漆，我可不一樣……。」於是他又興起了唱歌的念頭，想要昭告天下他的快樂，並清空雜念。「**我愛旅行！**」他在心裡哼唱，節奏跟先前應和火車疾馳速度哼唱的那段一樣，他自行瞎掰的歌詞擺明了是要惹惱那個業務代表，如果對方聽得見的話。菲德里科刻意強調快節奏跟奔放旋律，「**我永遠在旅行……**，**不分冬天或夏天……**。」他越唱越起勁，「**冬天或……夏天！**」以至於嘴角上揚露出微笑，毫不掩飾他內心的喜悅。就在這時候，菲德里科發現那個業務代表盯著他看。

他連忙收起笑容，專心看報紙，完全不肯承認自己剛才的心態那麼幼稚。什麼幼稚？那怎麼能叫做幼稚呢？旅行讓他心情愉悅，而愉悅正是懂得分辨生活中好與壞的成熟男子該有的心情，他現在準備好要享受好的那一面，那是他應得的。他很平靜，完全問心無愧，看著手中那幾本油印周刊，上頭的影像是匆忙、亢奮的生活片段，他在尋找的是讓他也感到悸動的某個東西。但是他很快就發現那些周刊完全引不起他的興趣，記錄的是當下，記錄的是表象的生活。但是他的不安其實遊走於更高的境界。「**冬天或……夏天！**」現在是就寢時間。

菲德里科意想不到的收穫是：那名業務代表竟然坐著睡著了，維持原先的姿勢，報紙攤開擺在腿上。坐著睡覺的人讓菲德里科覺得十分不解，談不上是羨慕，對他而言，在火車上睡覺得細心安排流程，照顧到每一個細節，不過就連這個，沒錯，也是他旅行的一大樂趣。

首先要把外出褲換成家居褲，以免到達羅馬的時候褲子皺巴巴的。這件事得去廁所完成，不過在這之前，為了方便後續動作，最好先把皮鞋換成拖鞋。菲德里科從旅行袋拿出一條休閒褲，還有裝著拖鞋的袋子，他脫下皮鞋，換上拖鞋，把皮鞋藏在座椅下，再到廁所去換褲子。「我永遠在旅行！」回到包廂，把外出褲放在放行李的網架上，以免熨好的線條不見。「**搭啦啦，啦啦！**」他把枕頭放在靠走道那一頭的座位上，如果有人貿然開門，他寧願聲音來自自己腦袋上方以便立刻聽見，也不要被聲音嚇醒後被人看到他突然睜開眼睛。「**關於旅行，我無所不知！**」他在靠窗那頭的座位上放了一份報紙，這樣他睡覺的時候就不用打赤腳，可以穿著拖鞋。枕頭上方的鉤子掛著他的西裝外套，西裝口袋裡有零錢包和錢夾，因爲如果放在褲子口袋裡，會在臀部留下一個印子。車票則放在皮帶下的暗袋裡。「**我是旅行專家……**。」他把原本那件圓領毛衣脫下來換成另一件，以免弄皺，至於襯衫，明天再換就好。那名業務代表自從菲德里科換完長褲回到包廂裡就醒了，盯著他的一舉一動，彷彿不明所以發生了什麼事。「**直到我的愛……**。」他解開領帶掛起來，抽出讓襯衫領子立挺的塑膠襯片，放進西裝口袋裡，跟錢放在一起。「……**跟火車一起抵達！**」他脫下吊帶（跟所有低調優雅的人一樣，菲德里科也用吊帶）和固定襪子的襪帶。他鬆開休閒褲的一個釦子，以免勒住肚子。「**搭啦啦，啦啦！**」圓領毛衣外面不再穿回西裝，而是把大衣口袋裡的家裡鑰匙拿出來後，直接套上大衣。他用拜物教徒的虔誠把那枚極其珍貴的銅板暫時放在枕頭底下，就跟小孩對待自己心愛的玩具一樣。他把大衣釦子全都扣上，豎起領子，只要稍加留意，他可以窩在大衣裡睡覺，不會留下皺褶。「**此刻我在這裡！**」在火車上過夜表示醒來的時候頭髮會全部亂翹，說不定抵達車站的時候來不及梳理，因此他戴上一頂貝雷帽。「**而且，我準備好了！**」少了西裝，直接穿上大衣的他隨著車廂搖晃，大衣彷彿空蕩蕩的教士袍。菲德里科把門上的簾子往下拉，用簾子下方的皮革釦眼勾住金屬鈕固定，對旅伴做了一個手勢，意思是詢問他是否同意關燈，其實那位業務代表在睡覺。菲德里科關了燈，在安全警示燈半明半暗的藍光中，再伸手拉下小窗的簾子，不過沒有拉到底，他會留下一點縫隙，因爲他喜歡晨光照入房間的感覺。還有一件事要做：給手錶上發條。好，他現在可以就寢了。他一跳，就橫躺在椅子上，側著身子，大衣維持平整，曲著雙腿縮進大衣裡，手放進口袋裡，手中握著銅板，穿著拖鞋的腳則擱在報紙上，鼻子埋進枕頭裡，貝雷帽遮住眼睛。現在，他內心的激昂運作得到了絕佳紓解，對明天懷抱著期待，應該可以好好睡一覺。

查票員突然闖入（猛力拉開門，一手解開門簾，另一手開燈）是可預期的。但菲德里科選擇不去想，如果查票員在他睡著前來，很好；萬一他已經入睡，那一定會出現的不知名查票員最多只會打擾他幾秒鐘的時間，就像在野外露營的人夜間被鳥兒鳴啼喚醒後轉個身繼續睡，彷彿從未醒過。菲德里科的車票收在褲腰暗袋裡，照理說他不用起身，無須睜開眼睛，把票遞出去之後的手就懸在半空中直到察覺票又回到指間，把票放回暗袋就可以繼續睡了，可惜他想讓自己保持臥姿不動的努力完全白費，因爲他還是得起來重新把所有簾子拉下來扣好。不過這一次查票員來的時候他還沒睡著，查票的時間也比平常久，因爲那位業務代表在睡夢中驚醒，恍神了好一會兒才找到車票。「他反應沒有我快。」菲德里科心裡這麼想，帶著優越感又在腦海裡哼他自己編的那首歌：「**旅行是我所愛……**。」他改變了旋律。想到自己把旅行這個動詞當成及物動詞來用，有一種充實感，也增添了些許詩意，還有終於找到詞彙足以形容他心情的那種滿足感。「**我愛旅行！自由自在地旅行！我日夜奔跑……。在鐵路上……。**」

包廂內恢復一片黑。火車一點一點蠶食著眼前那條看不見的道路。菲德里科對他的人生還能有什麼不滿呢？從那樣的幸福感受到進入夢鄉，僅有一步之遙。他彷彿陷入一團羽毛堆中沉沉睡去，但是只維持了五到六分鐘，然後就醒了。他覺得好熱，全身都是汗。已是深秋時節，各節車廂內都開了暖氣，但是他對上一次旅行的冷記憶猶新，所以才會刻意裹著大衣睡。他起身，脫掉大衣，反過來當成被子蓋在身上，肩膀和胸口都露在外面，但始終盡可能保持大衣自然垂墜，以免會壓出難看的皺褶。他側身轉向另一邊。汗水讓他覺得身上的搔癢一陣陣蔓延開來，解開襯衫釦子，抓抓胸口，抓抓腿。他此刻感覺到身體很壓抑，因此格外渴望身體的自由，渴望大海，渴望裸體、游泳、奔跑，所有這些渴望累積到最後便是琴吉婭的臂彎，那是所有生命良善的總和。寤寐之間，他連不適的感覺和對舒適的渴望都分不清楚了，因爲兩者同時兼有，他沉浸在他認爲的不適中，而不適本身其實又蘊含了各種舒適的可能。他再度睡著。

各個火車站的擴音器廣播偶爾會把他吵醒，那聲音其實並不像很多人以爲的那麼討人厭。醒來就立刻知道自己身在何處能提供兩種不同的寬慰感受：如果是他以爲那一站的後面一站，他會想：「我睡得可眞久！這趟旅行我幾乎沒什麼感覺！」但如果還沒到他以爲的那一站，就會想：「也好，這樣我還有很多時間可以睡覺，沒什麼好擔心的，安心睡吧。」現在他遇到的情況便是後者。那位業務代表還在，也已經躺下來睡了，還發出輕微的鼾聲。菲德里科依然覺得熱，迷迷糊糊地起身尋找電暖器開關，結果在對面座椅的牆上找到，正好在業務代表的頭上，他一隻拖鞋掉了，只得單腳站立努力維持平衡同時氣呼呼地伸手把暖氣開關轉到最小。那位業務代表恰巧在那時候睜開了眼睛，看到一隻弓起來的手掌在他腦袋上方，倒抽了一口氣，吸了一下口水，接著又墜入夢鄉。菲德里科躺回自己的床上，那個電暖器開關傳出低沉的嗡嗡聲，還亮起了紅燈，似乎在等待一個解釋，等待對話。菲德里科等室內降溫等得很不耐煩，站起來開窗留了一條縫隙，可是火車離站加速後他又覺得冷，只好再度關窗，把暖氣調到「自動」。他的臉貼著那愛的枕頭，聽著電暖器開關的嗡嗡聲，彷彿那是來自地底世界的神祕訊息。火車在地面上奔馳，橫越無垠空間，在整個宇宙中，他，只有他，是那個奔向琴吉婭的男人。

菲德里科再度醒來是因爲聽到熱內亞王子火車站有人在叫賣咖啡。業務代表不見了。菲德里科仔細地重新把他的簾子防禦工事漏洞補起來，豎耳聆聽走道上每一個經過的腳步聲，每一個拉門聲。沒有，沒有人進來。可是等到了熱內亞布里紐雷火車站，有一隻手突圍而入，胡亂摸索著想要解開簾子，卻始終沒成功，一個人影彎下腰竄進來，用方言對著走道喊：「快來！這裡沒人！」傳來一陣笨重的腳步聲，是軍用皮鞋，還有斷斷續續的說話聲。四名高山部隊的士兵摸黑進入包廂，差一點坐到菲德里科身上。他們俯身盯著菲德里科看，彷彿在觀看一隻沒見過的動物。「喔！誰在這裡啊？」菲德里科連忙用手撐起上半身，破口大罵：「難道沒有其他包廂了嗎？」「沒有，全都滿了。」士兵們回答。「沒關係我們坐另一邊就好，您可以繼續睡。」也許有人以爲他們被菲德里科嚇到，其實他們不過是習慣了講話直來直往，所以根本沒把菲德里科的態度放在心上。他們喧鬧地坐了下來。「你們要坐很遠嗎？」躺回枕頭上的菲德里科態度和緩許多。沒有，他們只坐幾站就要下車了。「您呢？您要坐到哪裡？」「羅馬。」「天啊！坐到羅馬！」他們同情兼詫異的語氣聽在菲德里科耳裡，變成了一種英雄惜英雄的喟嘆。

旅行繼續。「你們可以把燈關掉嗎？」他們關了燈，在黑暗中看不見彼此面容，坐得很擠，肩膀抵著肩膀，話說個不停。其中一人拉開小窗的簾子，看著外面。夜色皎潔，躺著的菲德里科只能看到天空，偶爾會看到小車站月臺上的燈光讓他睜不開眼，或讓包廂天花板閃爍不停。那幾個士兵是粗魯的鄉巴佬，放假返鄉探親，一直扯著嗓門說話，大呼小叫，有時候會在黑暗中互賞巴掌和拳頭，只有一個人在睡覺，另一個偶爾會低頭咳嗽。他們說的方言很陌生，菲德里科有時能聽懂幾個字，無非是跟軍營和妓院有關。不知道爲什麼，他覺得自己不討厭他們。他此刻跟他們一起，彷彿是他們的一員，很融入他們，因爲想到明天就在琴吉婭身邊而開心，因爲命運突然改變而暈眩。但他沒打算跟他們一較高下，不像他對先前的陌生人那樣，他現在在黑暗中與他們一起，他們對於他與他們合爲一體要去找琴吉婭毫不知情，距離她越遠的一切更能凸顯擁有她的意義，以及擁有她的人是他的意義。

菲德里科一隻手麻了。他舉起手，搖來搖去，手麻不退，反而變成痛，由痛再慢慢好轉，他騰空曲著手臂扭過來扭過去。那四個小兵嘴巴張開開地看著他。「他怎麼了……。在做夢吧……。他到底幹嘛……。」年輕人記憶短淺，不一會兒他們又開始打打鬧鬧了。菲德里科現在試著重新啟動一隻腳的血液循環，讓那隻腳著地後用力跺腳。

在半夢半醒和喧鬧聲中又過了一個鐘頭。他不覺得自己是他們的敵人，或許他不是任何人的敵人，或許他變成了一個好人。就連他們快到站離開包廂的時候，既沒關門也沒拉下簾子，他也不討厭他們。菲德里科站起來，重新築起防禦工事，重新享受孤獨的快感，不對任何人心懷怨恨。

他現在覺得腳很冷。他把穿著娃子的腳縮進褲腳管理，但依然覺得冷。他用大衣下擺把腳裹起來。他現在覺得胃寒，肩膀也發冷，把暖氣轉到最大，開始覺得不爽，假裝看不到身體下面的大衣被壓出了難看的皺褶，他現在寧可放棄一切，只希望能立刻覺得好過一點，想到自己如此寬待他人，於是他也決定寬待自己，在這集體赦罪的氛圍中，他找到了前往夢鄉的路。

之後他數次無意識醒來。查票員進來，手勢熟練地拉開門簾，跟其他半夜中途上車、面對全拉下簾子的一排包廂不知所措，猶豫不決的手勢截然不同。同樣專業，但是動作比較粗魯陰鬱的是警察，會突然用燈光照著睡覺那人的臉，打量他，然後關燈默默離開，留下一種監獄查房的感覺。

一個男人從深埋夜色中的某個火車站上車，走進包廂。那人一在角落蜷縮坐下，菲德里科就感覺到了。他從對方大衣散發的潮濕氣味明白外頭正在下雨，等他再醒過來，那人已經不見了，不知道是在哪一個看不見的車站下了車，對菲德里科而言，那人不過是帶著下雨味道、呼吸沉重的一團黑影。

他覺得冷，把暖氣轉到最大，然後把手放在屁股下取暖，什麼感覺都沒有，塞在屁股下的手搓揉半天，好像一切都停擺了。他重新穿上大衣，之後又脫下來，把那件外出穿的圓領毛衣找出來，脫下身上那件，換上好的那件，再穿上大衣，重新躺下去，希望能找回先前睡夢中的那份充實感，可是他什麼都不記得，等他想起那首歌的時候已經睡著了，那旋律繼續在睡夢中興高采烈地呵護著他。

第一道晨光從窗簾縫隙間照進來，跑進來的還有「熱咖啡！」和「報紙！」的叫賣聲，那一站應該是托斯卡尼省最後一站，也可能已經進入拉齊歐省。雨停了，濕漉漉的玻璃窗外是明明已入深秋時節，卻一貫清朗的南義特有藍天。渴望喝點熱騰騰的東西，都會人士以看報紙展開一日生活的模式啟動，菲德里科直覺這麼想，他應該要衝到小窗前買咖啡或買報紙或兩者都買才對，但是他成功說服自己其實還在睡夢中什麼都沒聽見，這個信念持續發揮作用，即便包廂裡已經擠滿了從羅馬市外郊區搭早班火車進城上班的人。晨曦剛露臉那幾個小時，是他最好睡的時候，可以睡得很沉。

等他眞的醒過來，從不再有簾子遮蔽的車窗照進來的陽光讓他睜不開眼。對面那排座位上坐的人數似乎超過了座椅數，事實上是有一個小男孩坐在一個胖女人膝蓋上，而他這一排也坐了一個男人，坐在他把腳縮起來之後空出來的那個座椅上。他們的臉長得都不一樣，可是全都有一種公務員神情，只有一個人例外，那人身穿空軍軍官制服，肩膀上好多條槓。就連那女性乘客也看得出來她們是要去找在某個公部門裡頭上班的親戚，總之所有人都要去羅馬爲自己或爲他人辦事。他們所有人

（有幾個原本埋首在看《時代報》）都盯著躺在跟他們膝蓋同高位置的菲德里科，睡眼惺忪，裹著一件大衣，像海豹一樣沒有腳，從沾滿了口水的枕頭上抬起頭來，一頭亂髮，頭上還戴著一頂貝雷帽，臉頰上布滿一道道睡痕，他坐起來，維持海豹的模樣，伸了一個亂七八糟的懶腰，讓腳重新恢復功能，套上拖鞋但是左右顛倒，解開大衣釦子，伸手到毛衣和皺巴巴的襯衫之間抓癢，眼屎還沒清的眼睛看著他們，帶著笑容。

窗外是羅馬郊區一望無際的田園風貌。菲德里科手放在膝蓋上呆坐了一會兒，臉上依舊掛著微笑，然後用手勢詢問坐在對面的那位乘客能否借他膝蓋上的報紙一看。他快速瀏覽新聞標題，跟平日一樣意識到自己身在一個古老國家，他看著巍峨引水渠道的橋拱在窗外飛奔而去，歸還報紙後，他站起來在旅行袋中尋找他的盥洗包。

抵達羅馬火車站後，第一個從車廂跳下去的人，神清氣爽的人，是他。他手中握著那個銅板。在柱子和攤販之間的凹壁上，那些灰色的公用電話等的就是他。他投入銅板，撥了號碼，聽著另一頭的鈴聲心跳加速，然後琴吉婭仍帶著睡意和輕微暖意的「喂……。」傳來，他已經進入兩人共處的緊繃狀態，在那備戰的尖峰時刻，他知道他無法對她說出那一晚對自己的意義，如同每一個美好的繾綣夜晚，那一晚在白晝的無情打擊下，即將消散。

讀者奇遇記

L'avventura di un lettor

濱海道路高高切過海岬。懸崖下方是無所不在的大海，一直延伸到遠方朦朧的地平線。陽光也無所不在，海與天彷彿兩個鏡片，將太陽無限放大。平靜海浪緩緩拍打著海岬參差不規則的礁石，不見浪花。阿馬迪歐．歐里瓦扛著腳踏車走下陡峭的階梯，用防盜鎖把腳踏車鎖好後留在陰暗處，繼續踩著夾在乾涸崩塌黃土和懸空生長的龍舌蘭之間的小階梯往下走，眼睛已經開始搜尋礁石間有沒有可以躺下來的空地。他手臂下夾著一捲浴巾，浴巾裡面有泳褲跟一本書。

海岬地處偏遠，只有少數泳客會來這裡跳水，或躲在那附近某些隱密處曬太陽。阿馬迪歐以兩塊大石頭爲遮蔽，脫了衣服，換上泳褲，之後踩在一個個礁石上跳躍前進。他瘦削的雙腳就這麼跳來跳去，穿過大半個礁石群，有幾次直接從躲在石縫間躺在浴巾上曬太陽的戲水情侶鼻子上跨過去。他越過一塊表面凹凸多孔的沙質巨石，之後盡是光滑再無銳角的礁石。阿馬迪歐脫下涼鞋拿在手上，赤腳繼續跑，他目測岩石間距精準，腳也不怕痛，來到可以眺望大海的一處地方，臺階沿著石壁一半左右的高度一級一級鑿出。阿馬迪歐在那裡停了下來，把換下來的衣服摺好放在一塊突出的平臺上，上頭用涼鞋壓住，鞋底朝天，以免海風把衣服吹走（其實海面微風徐徐，他這麼做是出於習慣性的謹慎）。他的小袋子裡有一個可充氣的橡膠小枕頭，他吹飽了氣，放在岩石邊緣某一點，自那一點開始岩石緩緩下斜，阿馬迪歐鋪上浴巾後仰面而臥，手上的書已經翻到夾了書籤的那一頁。他就這麼在岩石上躺著，陽光由四面八方反射而來，他的皮膚是乾的（他的小麥色肌膚很暗沉，而且色澤不允均，是胡亂曬太陽的結果，但他很耐曬），靠著橡膠小枕頭的頭上戴了一頂白色帆布帽，帽子是濕的（沒錯，他特意跳到一個低矮礁石去把帽子泡到水裡弄濕），他動也不動，只有眼睛（在墨鏡後面，看不清楚）緊跟著字裡行間法布里斯[1]的那匹馬。下方有一個小海灣，藍綠色的海水清澈透明幾乎可以看見海底。不同位置的礁石有的呈現灰白色，有的則被海藻覆蓋。往前走到底還有小小一彎沙灘。阿馬迪歐偶爾會抬眼看看四周，盯著波光粼粼的海面和橫行的螃蟹，之後再回頭關心拉斯柯尼科夫[2]如何數著隔開他和老婦家門之間的臺階，或呂西安[3]把頭伸進繩索自殺之前如何回想巴黎古監獄的高塔和屋頂。

有很長一段時間阿馬迪歐試著將他的社交生活減到最低。不是他不愛在外頭活動，其實他的個性和興趣都偏向好動，不過他忙東忙西的那股衝動年復一年遞減，到最後他甚至懷疑自己是否真的有過那股衝動。如今他的衝勁只用在閱讀上，他最喜歡的是描述跟人類境遇有關的事件、故事和劇情的文學作品，尤其偏愛十九世紀的小說，也愛看回憶錄和傳記。後來還看起了偵探推理和科幻小說，他沒有不喜歡，可是這兩類故事偏短，他獲得的成就感比較小。阿馬迪歐偏愛大部頭書，閱讀這種書，他有一種辛苦勞動後的快感。拿在手上感覺書的重量，密密麻麻的文字，夠厚，夠重，翻看一下頁碼和浩瀚篇章做好心理準備，然後一頭栽進去：剛開始有些排斥，不太有意願費力記住書中人物姓名，或了解故事鋪陳，等到漸漸投入後，便在字裡行間奔跑，跨過平整頁面的柵欄，一個個鉛字冒出戰場上的火光和煙硝味，子彈在空中呼嘯而過射中安德烈王子[4]的腳，還有，在到處都是書報和雕像的商店裡，他和焦慮的佛雷德里克一起踏入了阿諾克絲夫人[5]的家。他不僅流連在書頁表面，還進入到另外一個世界，那裡的人生比這裡更有活力，就像海面把我們跟那個藍綠色的世界分開，那一望無際的海底世界全是起伏細沙，一半動物一半植物。

陽光很強，礁石發燙，沒過多久阿馬迪歐就覺得自己跟礁石已經融爲一體。他看完那一章，把廣告傳單夾進去當作書籤，把書闔起來，拿下帆布帽跟太陽眼鏡，頭昏腦脹地站起來，邁開大步跳到礁石堆盡頭，那裡有一群小鬼反覆跳水再爬上來好幾個鐘頭了。阿馬迪歐站在垂直於海面的一級石階上，不算很高，距離水面大約兩公尺，他睜著依舊迷茫的眼睛看著腳下閃閃發亮的透明世界，突然縱身一躍。他跳水的姿勢都一樣，是直體跳水，姿勢標準，不過有些僵硬。他只是一時興起，否則從炙熱空氣跳入溫熱海水中的差別不大。他不會立刻浮上來，他喜歡在水面下游泳，游得很低很低，幾乎讓腹部貼著海底，只要氣憋得住。他很喜歡勞力活動，而且喜歡逼自己挑戰艱難任務（所以他會在南部的大太陽底下在上坡路段邊奮力踩著腳踏車邊看書）：他每次在水底游泳，都要游到從海底沙地裡冒出來、佈滿厚厚一層褐色海藻的某個礁石壁旁，才浮出水面，從礁石群中冒出頭來之後就在那附近繞圈。他剛開始游的是自由式，可是會花太多不必要的力氣，沒過多久，他就覺得一直把臉埋在水裡跟瞎子一樣游水實在很膩，便放慢手臂划水速度，改成側泳，至少視覺能得到滿足，再一會兒，他又從側泳改成仰泳，動作越來越不規律，斷斷續續的，最後索性完全不動做水母漂。他在水裡翻過來轉過去，把大海當成了沒有邊界的床，一會兒鎖定某座小島爲目標，一會兒又設定划水多少次就得游到，除非這個念頭被他清空，否則他就會坐立難安。不過他懶懶的有些猶豫，他一下子希望周遭除了天空和大海之外什麼都不要所以游離了礁石，一下子又游回散佈在海岬外的礁石群中以免錯過從那個迷你群島出發的所有可能路線。不過，划著水的他發現心裡眞正最掛念的是——隨便舉例吧——想知道亞柏汀的故事後續發展。馬塞爾到底找到她沒有？不管他是使盡全力划水還是做水母漂，滿腦子想的都是留在岸上的那本書。於是他快速划動雙臂返回他那塊礁石，找到攀爬的點，三兩下就回到上面，把浴巾披在肩膀上猛喘氣。他把帆布帽戴回頭上，人重新躺在太陽下，開始看下一章。

他不是一個心急的、貪婪的讀者。他到了這個年紀，讀第二遍或第三遍或第四遍的樂趣更甚於第一遍。儘管如此，仍然有很多新大陸待他發現。每年夏天，出發到海邊來之前最麻煩的準備工作，就是那個裝了一堆書的沉重行李箱。阿馬迪歐依照心情，加上市民生活那幾個月的理性，每年都會選擇一些要重看的名著以及第一次接觸的作家作品，帶到礁石上一一消化，他在某些句子上會停留許久，然後移開視線抬頭思索，釐清想法。他看書看到一半抬起頭的時候，發現走到底那個面向海灣的碎石小沙灘上有一名女子躺在那裡。

那名女子膚色曬得很黑，人很瘦，不年輕了，也不是特別美，她的優點是近乎裸體（她身穿袒胸露背的兩件式泳衣，還把衣緣捲起來好盡可能讓全身都曬到太陽），阿馬迪歐的目光被吸了過去。他發現自己看書的時候，視線越來越常離開書頁，抬頭望著天空，而那片天空正是那名女子和他之間的天空。她的臉上（她躺在海岸下坡處的一個橡膠軟墊上，阿馬迪歐每次眼珠子轉動就會看到她那雙不豐腴但是線條柔美的腿、平滑的小腹、或許不至於乾癟但可能有些枯萎的胸脯微微隆起，過於瘦骨嶙峋的肩膀跟脖子跟手臂，被黑色大眼鏡和草帽寬帽沿遮住的臉）有些許歲月痕跡，但不呆板，很聰慧，帶些玩世不恭。阿馬迪歐將她分類為獨立女性，自己來度假，寧願捨棄人多的公共場合選擇無人的礁石群，她喜歡待在那裡把自己曬得跟炭一樣黑。他觀察她展現出的慵懶性感和經年累月的欲求不滿，腦袋中迅速盤算發展一段露水戀情的可能性有多少，同時評估該如何跟她搭訕，邀請她共進晚餐，可能會有的後續困難，還有就是要認識一個人即使無須深交也必須專注對待的辛苦，他繼續看書，很篤定那名女子不是他喜歡的類型。

不知道是因爲他在那塊石頭上的那個位置躺了太久，還是剛才那些盤算讓他心神不寧，總之他覺得渾身酸痛。他當作床單的浴巾下的礁石表面凹凸不平，開始讓他覺得不舒服。他站起來想另外找一個可以躺下來的地方。有兩個看起來都很舒服的地點，讓他一時之間無法做決定：一個離那位日光浴女子所在的沙灘較遠（而且是在其中一個礁石群的另一面，阻擋了視線），一個則離她很近。但是想到離她太近說不定機緣巧合兩個人聊起來那麼他的閱讀就會中斷，所以他第一個念頭是選擇比較遠的地點，但是他又想，這樣做會不會讓人誤會那個女子一出現，他就躲開，似乎有失禮貌，於是他選了比較近的地點，反正他看書看得正投入，就算那個女子在視線範圍內——再說她又不是什麼絕世美女——也未必能讓他分心。他側身躺著，書擺的位置正好可以擋住她，不過手得一直懸空很累，最後還是把書放低。如此一來跟著文字走的眼睛每次回到一行的開頭，書緣後面就是那位獨自來度假的女子的纖纖玉腿。她也稍微挪動了一下，想找一個更舒服的姿勢，結果她正對著阿馬迪歐曲起膝蓋翹起腳，讓他更可以好好欣賞她的某些角度，頗爲賞心悅目。總而言之，阿馬迪歐（雖然突出的礁石切掉了她一小塊屁股）找不到更好的位置了：視線中有那位日光浴女子的樂趣——是附帶的、額外的樂趣，但也不需要棄之不顧，送上門來何樂不爲——並不影響他閱讀的樂趣，只是爲平日的閱讀過程增添些許趣味，因此他很有把握自己可以繼續閱讀不會一直想要轉移視線。

一切如常，流動的只有文字，靜止的風景是框，日光浴女子變成這個風景中不可或缺的一部分。阿馬迪歐對自己可以長時間維持一個姿勢完全不動的能力很有信心，但是他沒料到那名女子坐不住，她現在站起來，踩著碎石往海邊走去；她起身（阿馬迪歐立刻察覺）去看一群小孩子拉上岸，用一截釣魚竿拖著走的一隻巨大水母。日光浴女子彎下腰看著那隻水母，問小孩子問題，她的腿踩著高根木頭拖鞋，不適合在礁石中行走。她的身體，如果從阿馬迪歐的角度看到的是背影，比他原先以爲的更好看也更年輕。他心想，對一個尋找一夜情機會的男子來說，她跟那些小孩子的對話是「典型」的良機：走過去，對釣水母這件事發表一下意見，就可以搭上話了。但就算拿全世界的黃金來換，他也不會做那樣的事！他對自己補了這麼一句，便再度埋首看書。不過話說回來，他若如此自我設限，就失去了滿足好奇本性看水母的機會，那隻水母，從他所在的位置看過去，的確大得非比尋常，而且顏色很怪，是介在粉紅和紫色之間。他對海底生物的好奇心可不是隨便說說而已，跟他對閱讀的狂熱幾乎不相上下。再說，他正在看的那一頁——沒完沒了的形容描述——讓他的專注力有些鬆散。總而言之，只因爲可能會跟那名來度假的女子搭上話就禁止自己出於自發本能且理由充足地分神數分鐘靠近去看一眼水母實在太荒謬了。他夾入書籤闔上書，站起身來。他這個決定做的正是時候：就在那一秒，女子準備離開那群小朋友轉身回到她的軟墊上，阿馬迪歐正要走過去的時候發現了，他知道自己非得立刻高聲說點什麼。於是他對那群小朋友大喊：「當心！那水母可能很危險！」

小朋友圍著那隻水母，連頭都不抬，繼續用手中的釣魚竿試圖把那隻水母勾起來玩，但是那名女子立刻轉頭，又走回岸邊，一副疑惑又驚嚇的模樣。「蛤，好可怕，牠會咬人嗎？」

「如果碰到牠，皮膚會灼傷。」他解釋的時候發現自己只對著她說，根本沒看水母，而她則不知道爲什麼用哆嗦的手遮著胸口，一下偷看水母，一下偷看阿馬迪歐。他安慰她，果然一如預期，他們倆個搭上話了，但是沒關係，因爲阿馬迪歐很快就要回去看那本等待著他的書了。他只要看一眼水母就好，於是他陪著那名女子一起加入那群小朋友圍起來的圓。那名女子帶著嫌惡低頭看，指節抵著牙齒，由於他們並肩而站，所以兩人的手臂就有了短暫接觸，片刻過後才分開。於是阿馬迪歐開始談水母。他不是眞的懂，但是看過幾本知名討海人和水中探險家的書，所以他（略過小型海底生物）直接談起赫赫有名的鬼蝠魟。女子聽得津津有味，偶爾會發問，但是問題常常無關宏旨，女人都這樣。「你看我手上這一塊泛紅，該不會是因爲水母的關係吧？」阿馬迪歐按壓泛紅的地方，那是手肘上面一點的位置，然後說不是，那個部位之所以泛紅是因爲你躺下來的時候都用那個地方支撐。

就這樣，結束了。他們互道再見，她回到她的位置上，他則繼續埋首看書。那段休息時間剛好，不會太長也不會太短，那樣的人際關係不討人厭（那名女子很客氣，也很謹愼，很溫柔）因爲一切點到爲止。現在他在書裡看出了更多、更具體的眞實面，一切都有意義，都很重要，都有節奏。阿馬迪歐覺得那個閱讀狀態很完美，文字看來彷彿眞實人生，深刻而且熱血沸騰，他抬起頭就能發現出於巧合但美好的色彩與感受相依偎，那是一個附加的、裝飾用的世界，不能用來保證什麼。那位日光浴女子，躺在她的軟墊上對他微笑致意，他也以微笑和若有似無的手勢回應，然後立刻低下頭。但是那名女子說話了。

「啊？」

「你在看書，任何時候都看書嗎？」

「對……。」

「好看嗎？」

「好看。」

「請繼續看。」

「謝謝。」

他不能再抬頭了。至少在看完這一章之前不能抬頭，於是他一口氣看完。那名女子現在口中叼著一根菸，對著他用手指了指那根菸。阿馬迪歐的感覺是她早就想引起他的注意。「什麼事？」

「……不好意思，我需要火柴……。」

「喔，我沒有，我不抽菸……。」

那一章看完了。阿馬迪斯連忙開始閱讀下一章的第一行，結果發現自己意興闌珊，爲了能夠專心致志地看下一章，他必須盡快解決火柴的問題。「等一下！」他站起來，跳過一個又一個礁石，被太陽曬得七葷八素，好不容易找到一群人是癮君子。他請他們給他一盒火柴，然後跑回去找那名女子，幫她點菸，再跑回去歸還那盒火柴，她向他道謝，他停頓了一下才對她說再見，他知道在遲疑過後必須說點什麼，於是他說：「你不下水？」

「等一下。」那名女子說。「你呢？」

「我已經下過水了。」

「所以不再游了？」

「嗯，等我看完一章，就會再下去游一圈。」

「我也是，等我抽完這根菸就要去。」

「那就等會兒見。」

「等會兒見。」

這樣的約定讓阿馬迪歐重新找回他——他意識到——還沒有發現那個獨自來度假的女子之前的平靜。他現在不用再爲了必須跟那名女子保持任何一種關係而有心理壓力，時間延後到等會兒的游泳之約了。他反正本來就要下水游泳的，不管有沒有那名女子都一樣，此刻他可以專心享受閱讀樂趣無須感到內疚了。正因爲太過專心，以至於沒發現（當時他還沒看完新的一章）那名女子抽完菸之後，起身朝他走了過來，準備邀他一起去游泳。他看到那雙木頭高跟鞋跟修長美腿出現在書的後面，他抬起頭，隨即又低下頭去匆匆看了幾行（陽光好刺眼），再抬起頭看她，聽見她說：「你不會頭痛嗎？我要下水嘍！」留在那裡繼續看書其實也不錯，他每隔一會兒就抬頭看她。眼看不能再拖下去了，阿馬迪歐做了他生平第一次做的事：他跳掉了半頁，直接到那一章的最後面，非常認眞地看完之後，站起身來。「走吧！要從海岬往下跳嗎？」

說了那麼多次跳水，結果那名女子是從離海面很近的一級臺階下水的。阿馬迪歐則選了一個比平日高的石頭，頭下腳上往下跳。太陽漸漸西沉，海面一片金黃。他們在那金光中各游各的：阿馬迪歐偶爾奮力划臂潛入水中，故意從那名女子下方經過以嚇她爲樂。我們會說嚇人爲樂是小孩子做的事，當然，不過話說回來，不然還能做什麼？兩個人一起游泳比獨自一人游泳再更無聊一點，但是差別不大。沒有金光反照的地方，海水的藍漸漸變深，彷彿從海底浮起了一團深色墨汁。沒用的，沒有任何東西能跟書裡面的生命滋味相比擬。阿馬迪歐閃過水裡幾個長滿海藻的礁石，游向嚇壞了的她（爲了讓她爬上一個小島，他緊抓她的臀部和胸部，而她泡在水裡的手幾乎沒有了知覺，指腹發白起了皺紋），他越來越頻於回首海岸，岸上那本書的彩色封面格外醒目。除了他看到一半、用書籤做記號的故事外，再也沒有其他故事，其他值得等待的了，書以外的一切都是空洞的休止符。

但是等他們回到岸邊，相互協助對方上岸，弄乾頭髮，幫對方擦後背，在兩人之間建立起了一種親密關係，阿馬迪歐覺得現在回頭做自己的事有些奇怪。「呃，」他說。「我來這裡看書好了，我去拿我的書跟枕頭。」看書，他特別先知會她。她說：「喔，好。我抽根菸，之後看《安娜貝拉》。」她帶了一份那種專門給女性看的報紙，這麼一來兩個人都可以看自己的東西。她的聲音有如冰水滴在他的後頸，其實她只說了這麼一句：「你幹嘛躺在硬梆梆的地上？到我的軟墊上來，我讓位子給你。」這個提議很貼心，躺在軟墊上舒服多了，阿馬迪歐欣然接受。軟墊上的他們以相反方向躺著，她不再開口，翻看手中的畫報，阿馬迪歐則全神貫注看他的書。太陽遲遲不肯落下，暖意和天光並未眞的散去，只是淡了些。阿馬迪歐看的小說進展到主角們最大的祕密和背景即將揭曉，他們在類似的世界裡生活，到達一種平等狀態，作者跟讀者互信，攜手共同前進，永遠不會停止。

躺在軟墊上也可以做一些小運動，以免腳麻失去知覺。他伸向一個方向的一隻腳，與她伸向另一個方向的一隻腳貼在一起。他不覺得不舒服，所以沒移開，看得出來她也一樣，因爲她也同樣沒移開。肢體接觸的甜蜜感加諸在閱讀上，對阿馬迪歐來說，是讓閱讀的感覺更完整。不過對她似乎並非如此，因爲她站起來又坐下，開口說：「那個……。」

阿馬迪歐不得不抬起頭。那名女子看著他，眼神帶著懊惱。

「怎麼了嗎？」他問她。

「你一直看書都不會累嗎？」那女子說。「你這樣哪叫做陪伴！你不知道男士應該陪女士聊天嗎？」她說完補了一個淡淡微笑，或許是自我解嘲，但是阿馬迪歐在那個時候不管要付出什麼代價都只想繼續看他的書，因此並不領情，臉色一沉。他心想：「我在這裡，就是陪伴！」顯然待在那名女子身旁，他就休想再看書了。

「得讓她明白她搞錯了。」他繼續想。「我是最不適合在沙灘上對異性獻殷勤的那種人，對我這種人最好保持距離。」

「聊天？」他大聲說。「聊什麼？」他朝她伸出鹹豬手。「哼，我現在騷擾她，她一定會覺得莫名受辱，說不定會甩我一巴掌然後離開。」結果出人意表。或許是他本性保守的緣故，也或許是他的眼神不同，比他以爲的溫柔許多，因此他那一摸不但不粗魯不挑釁，反而顯得很親密，很傷感，幾乎低聲下氣：他的手指撫過她的脖子，她戴的一條細鍊被勾起後落下。那名女子反應的動作很慢，似乎放棄抵抗，又有點玩世不恭，她把臉偏向一旁，握住他的手，然後加快速度，彷彿經過計算採取攻勢，狠狠咬了他手背一口。「啊！」阿馬迪歐大叫一聲。兩個人各自退後一步。

「你是這樣跟人家聊天的？」那名女子說。

「好，」阿馬迪歐快速思考。「我這種聊天方式她不喜歡，那就不聊天，我看我的書。」他又繼續閱讀下一段。其實他是自己騙自己，他很清楚事情走到這個地步，他跟那位日光浴女子之間的緊繃關係不可能說斷就斷，他也知道他自己才是最不捨得切斷關係的那個人，所以他再也找不回閱讀的張力了，那是屬於內斂的、內在的張力。但是他可以試著讓他們之間的外在張力跟另外這個張力並行不悖，那麼他就不需要放棄她，也不需要放棄書。

那名女子背靠著礁石而坐，他在她旁邊坐下，伸手環住她的肩膀，把書放在膝蓋上。他轉頭親吻她，兩個人分開然後再親吻，之後他低下頭重新開始看書。

只要做得到，他希望能繼續閱讀。他只擔心沒辦法看完那本小說，一段海邊戀情的開始很可能是他一個人安靜看書日子的結束，截然不同的節奏主導了他的度假生活，大家都知道一個人一旦進入閱讀狀態，如果必須中斷，隔一段時間再重新拿起那本書，很多感覺就都不見了，會忘記許多細節，再也無法像之前那樣融入其中。

太陽漸漸隱沒在最近的海岬後方，隨即隱沒在更後面的海岬、再更後面的海岬後方，所有海岬少了顏色，只剩下逆光。原本待在海岬間隙裡的泳客都走了，只剩下他們兩個。阿馬迪歐一手摟著女子的肩膀，一邊閱讀，一邊親吻她的脖子和耳朵（他覺得她還蠻喜歡的），偶爾，她願意的時候，便親吻她的唇，然後再回頭閱讀。或許這一回他找到了理想中的平衡：他可以這樣繼續下去看個一百頁也不成問題。但是她又想改變情勢。她的身體越來越僵硬，幾乎要推開他。她說：「時間不早了，我們走吧。我換衣服。」

這個突如其來的決定徹底打亂了他的計畫。阿馬迪歐一時之間慌了手腳，但他立刻開始分析利弊。他的書進入高潮，因此她說的那句：「我換衣服。」聽在他耳裡立刻在腦中轉化為：「她換衣服的時候，我正好可以多看幾頁，不會有人打斷我。」

但是她說：「幫我拿浴巾遮一下，」她這麼說，而且是第一次語氣中少了客套。「免得我被別人看見。」這個擔心是多此一舉，因為其他人都走光了，但是阿馬迪歐還是乖乖照辦，因為他拿浴巾照樣可以坐著，可以繼續閱讀放在膝蓋上的那本書。

浴巾另一邊的女子脫掉了上衣，毫不在意他是否偷看。阿馬迪歐不知道該假裝看書眞看她還是眞看書假裝看她。他對兩者都有興趣，不過看她似乎有點太過冒進，繼續看書又顯得太不在意。那名女子跟其他泳客露天更衣的方法不太一樣，其他人都是先把外衣穿上，再把裡面的泳衣脫下。她偏偏不是，現在上空的她把泳褲也脫了。這時候她第一次轉頭看他，那是一張鬱鬱寡歡的臉，嘴角掛著苦笑，她搖頭，一邊搖著頭一邊看他。

「該發生的，就讓它發生吧！」阿馬迪歐帶著手中的書撲了上去，他一根手指還夾在書頁裡，同時他在她的眼神裡看到了怨懟、憐憫和沮喪，彷彿在對他說：「笨蛋，我們既然無事可做就這麼做吧，你反正跟其他人一樣什麼都不懂……。」那是他沒有看到的，是他在她的眼神中讀不出來但是直覺感應到的，讓他在那一瞬間對那名女子燃起熊熊熱情，所以他抱住她，跟她一起倒在軟墊上的時候，只稍稍撇頭看了一眼他的書，好確認書沒有掉進海裡。

那本書，不偏不倚掉在軟墊旁。書是攤開的，但是往前翻了幾頁。阿馬迪歐一邊忙著摟抱，同時用另一隻手把書籤夾入正確的頁面：最惱人的莫過於想要趕快接著往下看的時候，翻來翻去都找不到地方。

兩人之間愛的默契表現完美。或許時間可以再拉長一點，不過他們相遇的過程不就是這麼電光火石的嗎？

天色漸暗。在那小小海灣中，礁石群緩緩散開。她已經衝下去了，在水中對他說：「你也來嘛，我們再游最後一次……。」阿馬迪歐咬著嘴唇，心裡數著還差多少頁才能看完那本書。

1（譯註）Fabrice Del Dongo，法國作家司湯達（Stendhal, 1783-1842）《帕爾馬修道院》（*La Chartreuse de Parme*）書中的主角。

2（譯註）Raskolnikov，俄國作家杜斯妥也夫斯基《罪與罰》書中主角。

3（譯註）Lucien de Rubempré，出現在法國作家巴爾札克巨型著作《人間喜劇》中《幻滅》（*Illusions perdues*）和《煙花女榮辱記》（*Splendeurs et misères des courtisanes*）的人物。

4（譯註）Andrej，俄國作家托爾斯泰《戰爭與和平》書中角色。

5（譯註）Frédéric Moreau 和 Arnoux，都是法國作家福樓拜（Gustave Flaubert, 1821-1880）《情感教育》（*L'Éducation sentimentale*）書中主角。

近視眼奇遇記

L'avventura di un miope

阿米卡雷・卡魯格還年輕，能力表現不差，沒有太過誇張的物質或精神方面的野心。當然也沒有任何事能阻止他享受人生。但是他隱約覺得人生乏味已經有一段時間了。看似都是小事，舉例來說，在街上看美女，以前他會緊盯著看，色瞇瞇的，現在雖然處於本能照看不誤，卻立刻發現那些女子彷彿風一般吹過，看了也沒有任何感覺，於是他只能悻悻然垂下眼簾。以前只要是未曾造訪過的城市，他都興味盎然——卡魯格是業務，常常四處旅行——但是現在只覺得新城市麻煩、混亂、讓人暈頭轉向。以前單身的他晚上都會去看電影，不管看什麼片，他都很開心。每天晚上都去電影院報到的人，彷彿看的是一部分集連續放映的偉大電影，認識每一個演員，包括甘草人物和配角演員，每次都能認出誰是誰是看電影的極大樂趣。可惜好景不常，現在就連電影裡的那些臉孔，也全都變得呆板、扁平、毫無特色，讓他覺得很無聊。

後來他終於搞清楚。是他得了近視，眼科醫生讓他配了一副眼鏡。從那時候起，他的人生煥然一新，比以前還有更多樂趣。

光是每次把眼鏡戴上就讓他激動不已。假設他人在電車站好了，常忍不住悲從中來，因爲周遭一切，不管是人是物，是那麼不起眼，平凡無奇，每下愈況，而他在那樣一個有氣無力、色彩黯淡的世界裡瞎忙。爲了看清楚準備靠站的電車號碼，他戴上眼鏡，然後一切都變了：隨便什麼東西，即便是一根電線桿，都有好多獨特細節，線條分外清晰；那些臉孔，那些陌生的臉孔，每一張都有不同痕跡，有鬍渣、小疥瘡，還有原本不會察覺的細微表情；他能看出每件衣服是什麼材質，能猜出布料，還會偷瞄到破舊磨損的衣角。觀看變成一種樂趣，一種表演，不是觀看這樣或那樣東西的樂趣，樂趣在於觀看本身。於是乎阿米卡雷·卡魯格忘了要看電車號碼，錯過一班又一班電車，或是上錯電車。但是他一口氣看了太多東西形同什麼都看不到。他只得慢慢習慣，從頭學習什麼不需要看，什麼必須要看。

他在路上遇到的女子原本已簡化爲模糊且難以勾勒的黑影，如今卻能清楚看見她們的胴體在衣服內擺動時所玩的虛實遊戲，他能評估她們肌膚的細緻程度，眼神中的熱情，他不僅是看見她們，甚至等於擁有了她們。有時候他走在路上沒戴眼鏡（爲了避免不必要的勞累，他不會一直戴著眼鏡，只有看遠的時候才戴），如果在人行道上他隱約看見一件色彩鮮艷的衣服，阿米卡雷會立刻自動自發伸手從口袋掏出眼鏡架到鼻樑上。但是這來者不拒的貪念常常受到懲罰：說不定那其實是一位老太太。阿米卡雷·卡魯格變得越來越謹慎。有時候，他看到一名女子走來，從服裝顏色、端莊步伐評斷應該是低調、無足輕重、不值一顧的女子，所以不把眼鏡戴上，可是當他們錯身而過，他發現她有強烈吸引他的某種東西，不知道什麼東西，而且在那彈指之間他似乎察覺到她的眼神中有一種期待，說不定她在一看到他的時候就盯著他看而他沒有察覺。然而已經來不及了，她已經消失在十字路口，上了一輛公車，過了紅綠燈走遠了，他再也沒有機會認識她了。就這樣，阿米卡雷．卡魯格透過那副不可或缺的眼鏡，漸漸學會生活。

不過眼鏡讓他認識的新世界主要是夜晚的世界。原本被不成形的迷濛陰影和五彩燈光籠罩的夜晚城市，如今展現出某些精準面貌，有凹凸，有透視，燈光也有了準確輪廓，霓虹燈招牌原本是一團難以辨識的光暈，如今一個字一個字跳了出來。然而夜晚之美在於白晝日光下被眼鏡抹去的種種不確定性，入夜後可以繼續存在。阿米卡雷．卡魯格有時候在想戴上眼鏡之際赫然發現自己已經戴了眼鏡，滿足感永遠無法與不滿足感相提並論。黑暗是不見底的沃土，他再怎麼挖掘也不覺得累。站在路上，站在終於有方形窗戶透出暈黃燈光的房屋上，他抬頭看著星羅密佈的天空，發現星星不像打散的蛋潑在天幕上，而是點點微光投射向自身周圍無限遠的地方。

也是因爲眼鏡的關係，他對外在世界現實的全新關注並不亞於他對自身的關注。阿米卡雷．卡魯格不是太過重視自己的那種人，不過即便是最謙遜的人，有時候也會對自身的行事風格分外執著。從沒戴眼鏡的人躋身爲戴眼鏡的人，看起來沒什麼，其實是一大變化。想想看如果有一個不認識你的人想要形容你，說的第一句話會是：「戴眼鏡的人」，如此一來，那個特別的配件，十五天前你完全不知道它是何物的東西，變成了你的首要標記，與你這個人等而同之。對阿米卡雷而言，我們也可以說他傻，沒頭沒腦地變成了一個「戴眼鏡的人」，讓他不是很舒服。但也不完全是這個原因，只要你一旦開始質疑所有關於你的一切都純屬偶然，都可以改變，你可以跟現在完全不一樣也無所謂，如果這樣想下去就會開始懷疑這個世界上有你或沒有你都一樣，陷入絕望是咫尺之遙。所以阿米卡雷在選鏡架的時候，本能地選了框架最細、最低調的一副，兩段銀色細框由上方撐起乾乾淨淨的鏡片，細框之間靠鼻架連結橫跨鼻子的山根上方。阿米卡雷就這樣戴了一陣子眼鏡，然後他發現他很不快樂。他如果不經意間看到鏡子中的自己戴著眼鏡，會對那張臉心生厭惡，彷彿那張臉屬於與他無關的另外那個階層。正是那副低調、輕巧、近乎女性化的眼鏡讓他覺得自己是「戴眼鏡的人」，一個戴了一輩子眼鏡的人，以至於對自己戴著眼鏡毫無所察的人。那副眼鏡，變成了他相貌的一部份，跟他的臉部線條融爲一體，於是原本應該存在於他的臉——雖然長相平凡，但他的臉畢竟是一張臉——和眼鏡那個工業產品異物之間的懸殊差別漸漸消失。

他不愛那副眼鏡，沒多久眼睛就摔在地上破了。他又配了一副。這一次他的選擇完全相反：他選了一個黑色的塑膠鏡架，鏡框寬兩指，絞鍊的邊突出於臉部線條之外，像是馬眼罩，厚重的鏡腿在耳廓上方往下彎折。那像是一個小面具能遮住他半張臉，但是戴著這副眼鏡，他覺得能夠做自己，因爲毫無疑問他是他，眼鏡是眼鏡，兩者完全不相干。而且他只有需要的時候才戴眼鏡，少了眼鏡，他就變成截然不同的另外一個人。變成——他本性所能允許的程度內——一個快樂的人。

因爲工作的關係，他那段時間得到V地去。V地是阿米卡雷．卡魯格的出生地，他的年少時期是在那裡度過的。不過他已經離開十年了，每次回去都覺得自己越來越像可有可無的過客，上一次回去是數年前的事。離開自己曾經長時間生活過的地方會發生什麼事大家都知道：相隔很長一段時間再回去，會覺得格格不入，彷彿那些人行道、那些朋友、那些咖啡館裡的閒聊，若不是你的全部，就什麼都不是了，若非亦步亦趨跟隨，就再也無法融入，若隔了太久才想到要回去心裡會覺得內疚，乾脆忘記那個念頭。所以阿米卡雷慢慢地不再找機會回V地，後來就算情況允許他也會放棄，最後竟然會避開回V地的可能性。不過最近這段時間，除了他對出生地的疏遠態度外，還多了一種心情，也就是對什麼都不感興趣，後來他才發現那跟他的近視度數加深有關。但是既然現在配了眼鏡，有了新的心理條件，而那又是他配眼鏡後第一次回V地的機會，讓他躍躍欲試，決定回去。

V地跟他最後幾次回去看到的完全不同。不是因爲城市面貌有所變動。沒錯，V地變了很多，各處都有新建設、商店、咖啡館和電影院等等，都是之前，他年少時期所沒有的。交通流量是以前的兩倍。而所有新事物反而更凸顯了舊事物的存在，總之那是阿米卡雷．卡魯格第一次用他少年時的眼睛觀看他的城市，彷彿他前一天才剛離開。他戴著眼鏡，看盡了所有毫不起眼的城市細節，舉例來說，某扇窗戶，某道欄杆，是他有意識地找這些東西來看，是他在萬事萬物中做了選擇，以前他只是看。更別說人的臉孔了：報攤小販的臉，律師的臉，幾個老人的臉，還有其他數不清的臉。在V地，阿米卡雷．卡魯格已經沒有親戚了，以前往來最密切的一群朋友如今也都散了，不過認識的人仍然不少，畢竟那是個小城鎮——直到阿卡米雷搬走前都是——可以說大家彼此認識，至少都看過。如今V地人口暴增，就連那裡——義大利北部所有進步城市都是——也都是南部上來的移民，阿米卡雷發現大部分的臉都是他沒見過的，但是如此他才有第一眼分辨那個人是不是原住戶，滿足成就感的機會，然後想起一些往事、故人和他們的綽號。

V地是那種還保有居民天黑後在主要街道上散步習慣的鄉下城市，這一點從阿米卡雷那個時候到今天都沒改變。畫面通常是這樣的，兩條人行道，一邊人潮川流不息，另一邊人明顯少很多。阿米卡雷以前跟朋友爲了表示自己不隨波逐流，永遠走在人比較少的那條人行道上，跟另一條人行道上的女孩們使眼色、打招呼、開玩笑。他此刻覺得自己回到了從前，而且比當年更雀躍，走在他熟悉的人行道上，看著每一個路人的臉。這一回遇到認識的人不再讓他覺得不自在，反而覺得很有趣，連忙打招呼。他很樂於停下來跟某些人聊兩句，可是V地的主要道路是這樣的，人行道很狹窄，擁擠人潮會不斷往前推進，加上現在車流量比以前增加很多，再也不能跟以前一樣有時候走在馬路中央，隨時穿越馬路了。總而言之散步這件事不是過快就是過慢，不受控。阿米卡雷必須跟著人潮走，或是很辛苦地跟大家逆向而行，所以當他看見熟悉的面孔只來得及在對方消失前點頭打招呼，而且還不知道對方究竟有沒有看到自己。

他就是這樣遇到柯拉多·斯特拉札的，他是他多年的老同學和撞球桌上的老搭檔。阿米卡雷對他微笑，還用手比了一個不算小的手勢。柯拉多·斯特拉札眼睛看著他走過來，可是那眼神彷彿穿過他沒有停留，然後繼續往前走。難道是他沒認出阿米卡雷·卡魯格？是過了很久沒錯，但是阿米卡雷·卡魯格知道自己變得不多，他沒發福也沒禿頭，他的面貌也劣化得不算嚴重。還有卡瓦納教授。阿卡米雷對他必恭必敬地微微彎腰鞠躬。卡瓦納教授出於本能正打算回禮的時候，突然停下來看了看四周，好像在找別人。卡瓦納教授欸！他以擅長認人聞名，他記得所有教過學生的臉和姓名，甚至還記得大家的學業成績。終於看到齊丘·柯爾巴了，他是足球教練，才剛回應了阿米卡雷的問候致意，就眨著眼睛開始吹口哨，彷彿意識到自己不小心攔截了一個陌生人跟不知道誰打的招呼。

阿米卡雷明白V地沒有人會認得他，讓他看清楚全世界的那副眼鏡，那副黑色的厚重大眼鏡，讓他變成了隱形人。誰會想到戴著那副面具的人是阿卡米雷·卡魯格，離開V地許久，竟突然出現在這裡的路上呢？他才剛在心裡得到這個推論，伊莎·瑪麗亞·碧耶提就出現了。她跟一個女朋友邊散步邊看櫥窗。阿米卡雷站到她面前，正準備說「伊莎·瑪麗亞」卻一時發不出聲音的時候，伊莎·瑪麗亞·碧耶提用手肘頂開他，轉頭對朋友說：「現在的人眞沒禮貌……。」就走了。

連伊莎·瑪麗亞·碧耶提都沒認出他。阿米卡雷霎那間明白他是爲了伊莎·瑪麗亞·碧耶提回來的，當初也是爲了伊莎·瑪麗亞·碧耶提才遠走他鄉這麼多年沒有回來，他的整個人生，整個世界都是爲了伊莎·瑪麗亞·碧耶提而活，他好不容易再見到她，他們的目光交會，但是伊莎·瑪麗亞·碧耶提不認得他。阿卡米雷情緒太過激動，完全沒注意到她是否變了，胖了，老了，是否比以前更有魅力或更缺乏魅力，他什麼都沒看見，只看見了她是伊莎·瑪麗亞·碧耶提，而伊莎·瑪麗亞·碧耶提卻對他視而不見。

來到散步人行道的盡頭。人群走到這裡，會在冰淇淋店轉角或再更過去一個街廓的書報攤那裡轉身，換個方向走回人行道上。阿米卡雷·卡魯格依樣畫葫蘆。他拿下眼鏡。現在世界回到了乏味的朦朧狀態，他的眼睛轉來轉去瞎忙一通，結果一無所獲。不是他認不出別人，照明比較亮的地方他還是差一點認出了幾張面孔，可是始終拋不開那人恐怕不是自己以爲那人的疑慮，然而話說回來，那個人是或不是於他又有何妨。有人點頭打招呼，有可能對象是阿米卡雷，可是他不知道那個人是誰。還有另外兩個人經過的時候也跟他打了招呼，他本想回應，問題是他不知道對方是誰。有人從另一邊人行道對他高聲說：「嗨，阿米！」聽聲音有可能是一個叫斯特威的人。阿米卡雷很高興有人認出了自己，而且記得他。只是那份滿足感很有限，因爲他根本看不見他們，也認不得他們是誰，這些人在他的記憶中互相混淆，但其實他並不眞的在乎。「你好。」每當他發覺有人點頭示意的時候，就這麼說。他剛才打招呼的那個人不是貝林圖斯就是卡雷提，或是斯特拉札。如果是斯特拉札的話，他還滿樂於停下腳步多聊兩句的。可是他回禮時如此匆匆，仔細想想他們兩個的關係僅止於客套、倉促的點頭問候也不奇怪。

他之所以眼睛骨碌碌轉，當然有他的原因：他要找伊莎·瑪麗亞·碧耶提。她身穿紅色大衣，所以應該大老遠就能認出來。阿米卡雷跟在一件紅色大衣後面一段路，等他超過去才發現那個人不是她，同時間有另外兩件紅色大衣經過往另一個方向走去。那一年秋天很流行紅色大衣。舉例來說，剛才他就看到菸酒舖的吉吉娜穿著同樣一件大衣。現在又有另外一個穿著紅色大衣的人主動跟他打招呼，阿米卡雷冷冷回應，因爲他確定對方是菸酒舖的吉吉娜。但隨後他起了疑心，那個人有可能不是菸酒舖的吉吉娜，而是他在找的伊莎・瑪麗亞・碧耶提！怎麼會把伊莎・瑪麗亞・碧耶提誤認爲吉吉娜呢？阿米卡雷回頭想解釋，結果又遇到了吉吉娜，眞的是她，沒有認錯。她難道已經走了一圈，現在又正好走到這裡？還是她縮短了路程走比較小一圈？他弄糊塗了。如果剛才跟他打招呼的是伊莎・瑪麗亞・碧耶提，而他態度冰冷，這趟旅行，所有等待，所有那些年的等待就全都白費了。阿米卡雷在那條人行道上來來回回地走，一會兒戴上眼鏡，一會兒拿下眼鏡，一會兒跟每個人打招呼，一會兒收到一群朦朦朧朧的無名鬼魅的問候。

走到人行散步道的另一頭，道路繼續延伸到城外。那裡有一排樹，一條壕溝，再過去有一排圍籬，一片田地。他小的時候，天黑後，有女朋友的人會跟女朋友手挽著手走到那裡去，沒有女朋友的人也會到那裡去感受孤獨，坐在長板凳上聽蟋蟀鳴唱。阿米卡雷・卡魯格往那裡走。現在城市的範圍擴大了，但沒有擴大太多。長板凳、壕溝、蟋蟀都跟以前一樣。阿米卡雷・卡魯格坐下，眼前風景隨著黑夜降臨只剩下一條偌大陰影。坐在那裡，戴眼鏡或拿下眼鏡是一樣的。阿米卡雷·卡魯格明白配新眼鏡的興奮感是他生命中最後一次，如今結束了。

人妻奇遇記

L'avventura di una moglie

史蒂芬妮雅．R太太早上六點才返家。那是第一次。

汽車停在前面轉角，並未開到她家大門口。是她要求佛內洛提早讓她下車的，因爲不想讓門房看到她丈夫出差的時候她在一個年輕人的陪伴下清晨時分回家。佛內洛剛熄火，作勢要摟她的肩膀，她便往後閃躲，似乎因爲家門近在眼前，一切就都不一樣了。她匆匆忙忙下車，彎腰示意佛內洛發動汽車趕快離開，隨即踏著小碎步走遠，頭上的棒球帽幾乎遮住她整張臉。她出軌了嗎？

大門依舊緊閉。史蒂芬妮雅．R很意外。她沒有鑰匙。就是因爲沒有鑰匙她才會在外面過夜。故事是這樣的：若是在某個時間之前，她有千百種方法可以讓人幫她開門。其實她應該早點想到自己沒帶鑰匙，結果現在這樣，好像她是故意的。她下午沒帶鑰匙就出門了，原以爲晚餐時間會回來，卻被幾個好久不見的朋友拖住，還有她們幾個男性友人，大家一起集體行動，先去吃了晚飯，然後喝了點東西，再到這個人和那個人家去跳舞。可想而知，凌晨兩點才想起來她沒帶鑰匙已經太晚了。當然也是因爲她有一點愛上了那個男孩，佛內洛。她愛他？有一點。事情要說清楚，不能少說也不能多說。她是和他一起過夜沒錯，但是這個說法言過其實，不算十分恰當。她是在他的陪伴下等到大門開啟的時間。如此而已。她以爲六點鐘門會開，所以她六點鐘匆匆趕回家。自然也是因爲鐘點女傭七點會來，她不希望被人發現在外頭過夜。還有，她丈夫那天要回家了。

現在大門深鎖，她一個人站在那裡，街上空無一人，清晨拂曉，是一天之中最清澄透明的時光，一切都像是戴著眼鏡看到的畫面。她覺得有些驚慌，希望自己是在床上睡了很久，在每天早晨的濃濃睡意中醒來，希望自己的丈夫在身邊，對自己百般呵護。不過那個想法一閃即逝，或許連一閃都沒有，或許她只是期待自己感到驚慌，事實上卻沒有。大門還沒開讓她很煩惱，非常煩惱，然而她一大清早獨自一人站在那裡心裡雖然有些七上八下但不至於心煩意亂。她並不懊悔讓佛內洛先離開，他如果在的話反而會讓她緊張。現在她一個人，那種提心吊膽是不一樣的，有點像回到少女時代，卻又完全不同。

說眞心話，在外頭過夜，她一點都不覺得內疚，也不覺得於心有愧。她之所以如此平靜是因爲她做了一大突破，因爲她終於把婚姻的義務擺在一旁，還是應該反過來說，是因爲她守住了，無論如何，她終究還是守住對婚姻忠貞不二的承諾？史蒂芬妮雅問自己，她也不確定事情是否眞如自己所想的那份不安全感，加上早晨涼風，讓她微微打了一個哆嗦。所以，她這樣到底算不算出軌？手插在長大衣口袋裡，她來回踱了幾步。史蒂芬妮雅．R結婚兩年多，從沒想過背叛她先生。儘管她對她的人妻生活是有一份期待，也意識到少了點什麼。也可以說那是她的少女期待的一種延續，彷彿她始終沒能完全脫離未成年狀態，而今則正要從一個新的未成年，面對丈夫的未成年狀態中脫離，終於可以跟他平起平坐，面對世界。這就是出軌，還用說嗎？出軌的，還有佛內洛嗎？

她看著街道另一邊，兩個街廓外，有一家咖啡館已經拉起了鐵門。她需要一杯熱咖啡，現在就要。她往咖啡館走。佛內洛是個年輕小伙子，不好對他說什麼重話。他開著他的小車載她逛了一整夜，到山裡轉了一圈，沿著河邊兜風，直到天光乍現。他們開到最後汽油耗盡，只得推著車走，把睡著的加油站人員叫醒。那一夜她彷彿回到年少時光。有三、四次佛內洛的意圖很明顯，有一次他還把她帶到他的租屋處樓下，賴在那裡不肯走，堅持道：「現在你不要再找藉口了，跟我上樓。」史蒂芬妮雅沒有上去。這樣做對嗎？然後呢？此刻她不願再想，一晚上沒睡，她好睏。應該說，她還沒覺得睏，因爲心情很不尋常，但只要一上床肯定會立即昏睡。她會留一張紙條在廚房洗碗槽上給鐘點女傭，讓她不要叫醒自己。或許之後，等她丈夫回來時會叫她。她還愛她丈夫嗎？當然，她愛他。然後呢？她沒再問下去。她有一點愛上佛內洛。只有一點。那該死的大門到底什麼時候才要開？

咖啡館裡椅子還沒擺放定位，滿地木屑待清掃。櫃檯後只有一個人在忙。史蒂芬妮雅走進去，不因爲自己在那奇怪時間出現而覺得困窘。誰會知道什麼？她有可能那時候剛起床，有可能要出發去火車站，或是那時候剛下火車。再說，她在那裡不需要向誰報備。她發現自己滿喜歡那種感覺。

「濃縮咖啡，雙份，熱一點。」她跟櫃檯點了咖啡。她的語氣中帶著親暱的自信，彷彿是她和咖啡館裡那人的慣常溝通模式，其實她從沒進過那家咖啡館。

「沒問題，等這個咖啡機暖機完畢立刻做。」咖啡師說完又補了一句。「一大早的，機器暖機還比我暖身的時間快。」

史蒂芬妮雅微笑，壓低帽沿呼氣：「嗬……。」

咖啡館裡還有另外一個男人，是客人，站在玻璃窗前看著外面。聽到史蒂芬妮雅呼氣的聲音轉過頭來，這時她才發現有這個人，同時面對兩個男人讓她突然有所警覺，對著咖啡館櫃檯後面的鏡子仔細端詳了一下。沒事，看不出她整晚在外沒睡，只是臉色蒼白了些。她從皮包裡拿出化妝包，開始撲粉。

那個男人走到櫃檯前。他身穿深色外套，圍著一條白色絲質圍巾，下面是一件藍色的衣服。「這個時候，」他沒有特定說話對象。「鬧鐘分成兩種，一種是還沒響的，一種是已經響了的。」

史蒂芬妮雅淺淺一笑，僅瞥了那個人一眼，已足以看清楚他的樣貌：他的長相寒酸普通，是那種面對自己一再縱容，面對世界則未老先衰，在睿智與愚昧之間擺邊的人。

「道過早安之後，才發現是位漂亮小姐。」他拿開口中的香菸，向史蒂芬妮雅彎腰致意。

「早安。」史蒂芬妮雅的回答帶點戲謔，但不刻薄。

「……容我詢問：是還沒響？或已經響了？已經響了？或是還沒響？叫人好生納悶啊。」

「嗯？」史蒂芬妮雅的態度是了然於心，但是不打算加入遊戲。那個男人肆無忌憚地打量她，但史蒂芬妮雅無所謂，就算他看出她的「鬧鐘還沒響」又如何。

「那您呢？」她故意反問。她看出那個男人是那種詞藻浮誇、遊手好閒的夜貓子。沒能第一眼就發現他是那樣的人，讓她心裡很不舒服。

「我呢，還沒響，永遠還沒響！」然後他想了一下。「爲什麼呢？您難道不明白嗎？」他對她微笑，事實上他只是想自我解嘲，說完後停了一下，費力嚥口水，一副喉嚨痛的樣子。「白晝之光驅趕我，讓我如蝙蝠歸巢。」他說的時候心不在焉，很像在演戲。

「這是您的牛奶。這是這位女士的咖啡。」咖啡師說。

那個男人對著杯子吹氣，然後小口啜飲。史蒂芬妮雅問他：「好喝嗎？」

「噁心。」他說，然後補了一句：「據說可排毒。可是哪有東西比我毒？如果毒蛇咬我，倒霉的是牠。」

「爲了健康不計代價……。」史蒂芬妮雅說。或許她的玩笑開得太過頭。果不其然，那個男人說：「我知道唯一的解藥是什麼，如果您想知道，我就告訴您……。」不知道他又要胡謅些什麼。

「多少？」史蒂芬妮雅問櫃檯。

「……我一直尋尋覓覓的女子……。」夜貓子男人繼續說。

史蒂芬妮雅走出去看大門開了沒有，在人行道上往前走了幾步。沒有，大門依舊緊閉。那個男人也走出咖啡館一副想跟著她的樣子。史蒂芬妮雅回頭走，又進到咖啡館。那個男人措手不及，一時猶豫不決，本來想跟著進去，最後還是放棄，繼續往下走，邊咳嗽邊離開。

「有香菸嗎？」史蒂芬妮雅問咖啡師。她的菸抽完了，想等會兒一進家門就抽一根。菸酒鋪還沒開門營業。

咖啡師拿了一包菸出來，史蒂芬妮雅付錢收起來。

她又走到門口。一隻狗迎面撲上來，一名獵人抓著狗鏈把狗往後拉，他身上還背著槍、彈匣和獵物袋。

「不可以，費立瑟，趴下！」獵人大聲喝斥，然後轉頭對櫃檯說：「一杯咖啡。」

「好漂亮！」史蒂芬妮雅摸著狗詢問獵人。「是英國蹲獵犬？」

「是布列塔尼獵犬。」獵人說。「牠是女生。很年輕，看似莽撞，其實是因爲害羞的關係。」

「牠幾歲？」

「十個月左右。坐下，費立瑟！好棒！」

「那麼，這些鷓鴣呢？」咖啡師問。

「既然打獵，就要讓狗好好跑一跑……。」獵人回答。

「打獵的地方很遠嗎？」史蒂芬妮雅問。

獵人說了一個並不遠的地方。

「開車去很近。所以我十點就能回來。畢竟還有工作……。」

「那裡很漂亮。」史蒂芬妮雅說。她不想讓對話無疾而終，雖然不過是閒聊。

「那個山谷很空曠，也很乾淨，都是低矮灌木叢，是石南。早上沒有霧，……如果小狗跳起來，看得很清楚……。」

「我要是能十點上班就好了，可以睡到九點四十五分。」咖啡師說。

「哎，我也喜歡睡覺啊，」獵人說。「不過，趁大家還在睡夢中的時候置身山谷中，我也不知道，就是很吸引我，我樂此不疲……。」

史蒂芬妮雅察覺到在那番說辭後面，年輕人骨子裡十分自豪，他對沈睡的城市心懷怨懟，有一種覺得自己與眾不同的任性。

「我無意冒犯，不過我覺得你們獵人是神經病。」咖啡師說。「我沒別的意思，單純就你們七早八早起床這件事。」

「可是我懂。」史蒂芬妮雅說。

「所以嘍，人各有志對不對？」獵人說。「這個興趣跟其他的沒有什麼不同。」這句話他是看著史蒂芬妮雅說的，原本說到打獵時的那股自信現在似乎消失無蹤，史蒂芬妮雅的出現讓他開始懷疑自己的思考模式錯了，或許幸福不在他尋找的地方。

「我是說眞的，我眞的懂，像這樣一個早晨……。」史蒂芬妮雅說。

獵人一副欲言又止的樣子。「天氣像今天這樣，乾燥，涼爽，空氣清新的時候，獵犬的工作成效很好，」他說。他喝完咖啡，付了錢，小狗扯著鏈子想出去，但他聞風不動，有些猶豫不決。然後略帶扭捏地說：「那麼，您要不要一起去呢？」

史蒂芬妮雅微笑說：「下次我們如果遇到，再來安排，如何？」

那名獵人說：「呃……。」繼續繞著這個話題說了幾句，看看能否找到新的藉口。最後他說：「好吧，我要出發了，再見。」他們互說再見，隨後他就順著獵犬牽引離開了咖啡館。一名工人走進來，點了一杯不摻水的烈酒。「祝所有早起鳥兒身體健康，」他舉杯說，「尤其要祝美女身體健康。」他年紀不輕了，但是心情很好。

「也祝您身體健康。」史蒂芬妮雅客氣回應。

「清晨早起讓人覺得可以把世界踩在腳底下。」那名工人這麼說。

「晚上呢？」

「晚上太睏，」他說。「無法思考，想太多就麻煩了……。」

「我早上只會想到一堆倒霉事。」咖啡師說。

「所以上班前一定要好好跑個步。或是像我，騎機踏車去工廠上班，讓冷風吹在臉上……。」

「吹走憂愁。」史蒂芬妮雅說。

「這位女士很瞭解我，」工人說。

「既然這麼瞭解我，就該跟我喝一杯渣釀白蘭地。」

「不了，謝謝，我不喝酒，眞的。」

「渣釀白蘭地最適合早上喝，師傅，來兩杯。」

「我不喝，我是認眞的，請您爲我的健康乾杯，那是我的榮幸。」

「您從不喝酒？」

「呃，有時候晚上會喝一點。」

「哎呀，大錯特錯。」

「犯錯在所難免……。」

「爲您的健康乾杯。」那名工人喝完一杯又接著喝光另一杯。「一，二。我跟您說啊……。」

史蒂芬妮雅一個人，周旋在這種些男性之間，跟不同男性交談，她很自在，很有自信，絲毫不覺得不安。這是那天早晨的新發現。

她走出咖啡館看大門開了沒有。那名工人跟著走出來，發動機踏車，戴上手套。「您不會冷嗎？」史蒂芬妮雅問他。工人大力拍了拍自己的胸脯，發出報紙窸窣聲。「我有穿盔甲。」然後用方言對她說：「再會了，女士。」史蒂芬妮雅也用方言回答。工人騎車離開。

史蒂芬妮雅明白那天早晨發生的事再也回不去了。她跟那些男性的相處方式，不管是夜貓子、獵人或工人，都讓她跟以前不一樣了。這就是她的出軌行爲，跟其他男性獨處，平起平坐。她早已將佛內洛拋在腦後。

大門開了。史蒂芬妮雅·R加快快步跑回家，門房沒有看見她。

小夫妻奇遇記

L'avventura di due sposi

工人亞圖羅．馬索拉利值夜班，早上六點下班。回家之路迢迢，好天氣時騎腳踏車，雨季和冬季則搭電車。他在六點四十五分到七點之間回到家，有時候比他太太艾莉德設定的鬧鐘時間早一些，有時候晚一些。

鬧鐘響和他進門的腳步聲常常同時傳入艾莉德耳中，到達夢境的底層，她還想要在那清晨時分的濃濃睡意中多磨蹭一下，便把臉埋進枕頭裡。然後她突然起身，頭髮蓋住眼睛，她閉著眼就把手套進晨褸袖子裡。她就這樣走進廚房，亞圖羅在那裡忙著把帶去上班的包包裡的空器皿拿出來：便當盒和保溫杯，放進水槽裡。他已經點燃爐火，煮上咖啡。他一抬頭看她，她就伸手把頭髮梳了梳，努力睜開眼睛，好像每次她都會爲自己給剛進門的丈夫留下這樣的第一印象感到不好意思，老是很邋遢，睡眼惺忪的模樣。他們兩個一起睡的時候沒有這個問題，早上起床兩個人看到的對方都是剛睡醒的樣子，沒有輸贏。

不過有時候是他走進臥房叫醒她，手上端著一杯咖啡，在鬧鐘響的前一分鐘走進來，那麼一切就會比較自然，從睡夢中醒來的怪表情多了一種慵懶的甜美，光溜溜的臂膀舉起來伸個懶腰，順勢摟住他的脖子。兩個人擁抱。亞圖羅穿著防雨厚外套，一靠近他，艾莉德就知道外頭天氣如何，根據外套的潮濕和冰冷程度能判斷是下雨、起霧，或是下雪。但她還是會問：「今天天氣如何？」他照例半開玩笑抱怨，詳述他遇到的所有倒楣事，而且是倒敘：如何騎車回家，離開工廠時的天氣，跟前一天晚上他進去時的天氣有何不同，工作上的麻煩，還有部門裡流傳的小道消息等等。

那個時候家裡並不暖，但艾莉德還是脫光衣服，打著哆嗦在狹窄浴室裡盥洗。他也跟著進來，神色較為從容，同樣脫了衣服準備盥洗，他慢慢地脫去工廠帶回來的一身灰塵和油汙。於是他們兩個半裸著身子使用同一個洗臉檯，有點僵硬，偶爾會撞到對方，接過對方手中的肥皂、牙膏，繼續說要說的話，這是親密時刻，有時候，他們會互相幫忙搓背，順便摸摸對方，擁抱。

突然間艾莉德說：「天啊！幾點了？」她跑出去穿上褲襪、裙子，動作匆忙，還來不及坐下，已經抓著梳子開始梳頭，把臉湊到梳妝檯鏡子前，嘴裡咬著幾根髮夾。亞圖羅跟在她後面走出浴室，點燃一根菸，站著看她，一邊抽菸，每次他都覺得自己礙手礙腳，站在那裡卻又幫不上忙。艾莉德打扮好了，穿上掛在玄關的外套，跟他親吻道別，打開門便小跑步下樓。

留下亞圖羅一個人。他聽著艾莉德的鞋跟敲擊臺階的聲音，等那聲音消失後，他就用想像的，想像她蹬蹬蹬跑過中庭，出了大門，走在人行道上，趕到電車站牌前。電車的聲音就很清楚：煞車，停站，每個人上車踩踏的腳步聲。「她搭上車了。」他心想，彷彿看見他妻子擠在電車上的男女勞工人群中，那是每天載她去工廠的11路電車。他擰熄菸屁股，關上百葉窗，室內一片漆黑，他爬上床。

床還維持著艾莉德醒來時的凌亂，不過只有她那一邊。亞圖羅這邊很整齊，好像剛鋪好的床。他在自己這邊躺下，躺平，之後把一隻腳挪過去，去還留有他妻子體溫的另一邊，之後再把另一隻腳也挪過去，慢慢地他整個人都睡到艾莉德那邊去，睡到還留有她身體形狀的溫暖床單上，把臉埋進她的枕頭裡，埋進她的香味中，沉沉睡去。

天黑了，艾莉德回家時，亞圖羅已經在家裡忙進忙出：點燃暖爐，準備煮晚餐的東西。他會分擔一些家事，在晚餐前那幾個鐘頭他會鋪床、掃地，把要洗的衣服放到浴室去。但艾莉德回家的時候覺得家裡一切都亂七八糟，老實說，他也沒打算多認眞做，他之所以做這些事不過是爲了打發時間等她回來，比較像是在家裡等著迎接她。外頭街燈一盞盞亮起，她在許多女子晚上才有空採購的社區喧鬧聲中走進一家家商店。

他終於聽見她上樓的腳步聲，跟早上出門時截然不同，現在的腳步聲很沉重，因爲艾莉德工作一天累了，而且手上還有剛採購的大包小包。亞圖羅到樓梯口接她，接過她手中的購物袋，一邊講話一邊進家門。她癱坐在廚房一張椅子上，連外套都沒脫，他則忙著把東西從購物袋中拿出來。「好，我們振作一下。」她邊說邊起身，脫下外套，換上家居服，開始準備做飯：兩個人的晚餐，他帶去工廠凌晨一點休息時吃的點心，她明天早上帶去工廠的早餐，還有明天他睡醒後就可以吃的東西。

她有時候忙著張羅，有時候會坐在藤編高腳椅上告訴他該做什麼。他這個時候已經休息過了，也忙東忙西，其實應該說他很想全部攬在自己身上做，可是他老是丟三落四，腦袋不知道在想什麼。在這種時候，他們難免發生口角，脫口說出幾句不好聽的話，因爲她希望他多留意手邊正在做的事情，專心一點，或是多愛她一點，多關心她，多給她一些安慰。可是他除了在她剛回家的時候表現比較熱情外，現在他的心已經不在家裡了，他只想快一點，因爲等會兒就得出門了。

擺好餐具，把所有需要的東西都放在唾手可得的地方，省得之後還要站起來拿，然後兩個人才開始覺得懊惱爲什麼他們相處的時間如此短暫，幾乎沒有心情舉起叉子送進嘴裡，因爲他們只想待在那裡，手牽著手。

咖啡還沒喝完，他已經站在腳踏車旁檢查是否所有東西都已備齊。他們互相擁抱。亞圖羅似乎到那一刻才感覺到他的另一半是如此柔軟溫暖。他抬起腳踏車，小心翼翼地走下樓梯。

艾莉德洗完盤子，把家裡徹底檢查一遍，看看她丈夫做了什麼，一邊搖頭。此刻他騎在漆黑的路上，騎在稀疏的街燈之間，或許已經過了加油站。艾莉德上床，關燈。她蜷縮在自己這一邊的床上，往她丈夫睡的那一邊伸出一隻腳，想尋找他的體溫，但是每一次她都發現自己睡的這邊最溫暖，表示亞圖羅也睡在自己這邊，這一點，讓她心中充滿無限愛意。

詩人奇遇記

L'avventura di un poeta

小島的堤防很高，是岩石堆的。上頭密密麻麻長出一叢叢低矮植物，不畏海水沖刷。海鷗在空中翺翔。那個小島離海岸不遠，人跡罕至，一片荒蕪。三十分鐘便能繞小島一圈，乘船或橡皮艇皆可，例如前進中的那艘橡皮艇，上頭兩個人，男子慢悠悠地划著槳，女子躺著曬太陽。靠近小島的時候那男子豎起耳朵。「你聽見什麼？」她問。

「寂靜。」他說。「小島的寂靜聽得見。」

的確，每一種寂靜都被一層由各種細微聲響組成的網所包覆：小島的寂靜跟周圍海面的平靜截然不同，有草木窸窣，有禽鳥啼鳴，或突如其來的拍翅聲。

那幾天，岩石堤防下方的海面平靜無波，湛藍色，清澈，陽光能直射海底。礁石壁上有一個個岩洞，橡皮艇上懶洋洋的兩個人正在尋幽攬勝。

那是南部一處海岸，觀光客不多，那兩個人是外地來的泳客。他是烏斯內利，頗有知名度的詩人；她是黛莉亞．H，風姿綽約的美女。

黛莉亞對南部有無限憧憬，那是她心中所愛，甚至有些狂熱，她躺在橡皮艇上不斷說她看到了什麼，多少有些針對烏斯內利，因爲他是第一次來，似乎對這個地方的熱情不如她預期。

「等一下。」烏斯內利說。「等一下。」

「等什麼？」她說。「還有比這更美的嗎？」

他，向來對其他人表達出來的情緒和話語冷漠以對（是本性，也是受文學薰陶的緣故），他比較習慣發掘隱而不顯的美和顯而易見無庸置疑的虛僞，因此現在神經緊繃。對烏斯內利而言，幸福是一種懸而不決的狀態，要摒住呼吸小心以對。自從他愛上黛莉亞，就意識到自己的步步爲營、拒外界於千里恐將崩盤，但他既不打算背棄自己，也沒打算放棄眼前的幸福。此刻他來到絕壁下，彷彿他們周遭大自然呈現的完美——叫人沉醉的海藍，死灰色岸邊飽滿的綠，無際的平滑海面上魚鰭微微一現——是爲了預告之後會見到更無暇之絕美，直到那看不見的海平線宛如打開的牡蠣瞬間將前所未見的行星或全新話語如數展現。

他們進到一個岩洞。入口很寬，彷彿一汪淡綠色的內陸湖泊，上有突出岩壁遮蔽。往內漸窄縮成一漆黑通道。划槳的男人讓橡皮艇原地打轉，好欣賞光影不同變化。岩洞外，因鋸齒狀洞口明暗懸殊，閃爍著對比強烈的炫目顏色。那裡水面金光粼粼，一道道波光往前推進，與洞底長長的幽暗恰成反比。反光與搖曳光影也映照在洞內岩壁和起伏水面上。

「在這裡能領悟神祇之心。」女子說。

「嗯。」烏斯內利應了一聲。他很緊張。他的心，習慣把感受化爲文字，現在卻什麼都沒有，他連一句話都說不出來。

他們進到岩洞。橡皮艇先經過一處淺灘，一塊岩石尖露出水面外，沉浮在槳板撥動時不時出現的微光中。除此之外一片黑暗。槳板偶爾會碰撞岩壁。黛莉亞轉頭看著洞外天空的藍眼睛持續變換輪廓。

「螃蟹！好大一隻！在那裡！」她站起來大喊一聲。

「……蟹！……那……！」她的聲音在岩洞中迴盪。

「有回音！」她很開心，對著陰森森的岩洞穹頂呼喊祈願，讀詩。

「你也要！你也一起喊！你也要許願。」她對烏斯內利說。

「哦……。」於是烏斯內利開口了。「喂……回音……。」

橡皮艇不時向前滑行。洞內越來越黑。

「我好怕，不知道這裡頭有什麼生物？」

「再往前一點。」

烏斯內利發現自己像一條深海魚不斷往暗處前進，躲避見光的區域。

「我怕，還是出去吧。」她堅持道。

其實，恐懼感對他而言也是陌生的。他划槳往後退，回到洞口，海水湛藍處。

「這裡會不會有章魚？」黛莉亞問。

「如果有應該會看見。這裡水很清澈。」

「那我要下水游泳。」

她從橡皮艇邊滑下去，然後放開手，在岩壁罩下的湖泊中游水。她的胴體一會兒看起來雪白（彷彿那光抹去了她身上所有顏色），一會兒又融入水幕的藍。

烏斯內利放下槳，提著一口氣。對他來說，愛上黛莉亞之後就一直如此，像身處在這個岩洞的鏡面水光中，進入一個言語所不及的世界。話說回來，他寫的詩沒有一句是寫愛的，連一句都沒有。

「你過來一點。」黛莉亞說。她邊划水，邊脫下遮掩胸脯的那塊布，丟到橡皮艇上。「等一下。」她把腰間的布也解開，交給烏斯內利。

她現在一絲不掛。胸脯和腰間皮膚原本較爲白皙，因爲整個人發出水母般的淡藍色，完全看不出任何差異。她側身游水，動作慵懶，頭（如雕像表情凝重，有點好笑）略浮出水面，有時會露出肩膀弧線和延展開的手臂溫柔曲線。另一隻手臂輕輕划水，或遮住或露出乳尖高挺的單側胸部。她雙足打水並不特別施力，只爲撐起平坦小腹，那肚臍眼宛如沙地上一記淺印，再往下探是毛茸茸的海星。照著海面的陽光也灑在她身上，像衣裳覆蓋其上，也似乎將她徹底剝光。

她的泳姿轉爲一種舞蹈動作，浮在水中，對著他微笑，伸出雙臂溫柔地用肩膀和手腕畫圈，或是膝蓋一蹬讓拱起來的腳像小魚躍出水面。

烏斯內利坐在小艇上，看得目不轉睛。他明白那一刻人生給他的並非所有人都能擁有，像瞪大眼睛盯著看太陽中心那樣令人眼花撩亂。太陽中心一片寂靜。那一刻所有的一切都無法被轉化爲他物，包括記憶。

黛莉亞現在改成仰泳，在洞口附近，準備迎向陽光。她緩緩轉動手臂往岩洞外游去，在她之下的海水藍色漸漸變色，變得越來越淡淺而明亮。

「當心，快把衣服穿起來！外面有船靠近！」

黛莉亞原本已經游到岩洞口，暴露在天空下，立刻潛入水中，伸長手臂接過烏斯內利遞給她的短小輕薄衣衫，邊游邊將帶子繫好，爬上小艇。

靠近的那幾艘小船是漁船。烏斯內利從那群人之中認出了幾個在魚獲季期間才出現在沙灘上，以礁石爲床的傢伙。他們迎上前去。負責划槳的是個年輕人，因爲牙痛臭著一張臉，頭戴一頂白色水手帽壓著小眼睛，奮力划槳，彷彿每次用力都能讓他少一點疼痛。他是五個孩子的父親，身心俱疲。掌舵的是一個老人，頂著墨西哥寬邊草帽，像垂著流蘇的桂冠戴在一個瘦高個兒頭上，睜著圓圓的眼睛，以前睜大眼或許是因爲自負不凡，如今則是老酒鬼裝模作樣，依舊漆黑的小鬍子下嘴巴張得開開的，用小刀清理釣起來的鯔魚。

「收穫豐富嗎?」黛莉亞問他們。

「就那樣,」他們回答說。「反正就是一年的魚獲量。」

黛莉亞喜歡跟當地居民說話。烏斯內利則否。(「面對他們,」他說。「我覺得良心不安。」他說完聳聳肩膀,話題結束。)

然而現在小艇跟小船並排。小船油漆脫落露出一段段斑駁裂縫,船槳用短繩綁在木頭槳叉上,每次一轉就跟破損的木頭船舷摩擦咿啞作響,一個生鏽的四勾小錨掛在座椅間小桌下柳條編織的補漁簍裡,捕魚簍裡有密密麻麻的淡紅色海藻,不知道放了多久已經乾枯,小桌上則擺著浸泡了鞣酸的魚網,漁網邊緣有一圈軟木塞圓塊,扎手魚網內魚群奄奄一息,魚鱗閃著深灰色或土耳其藍的光,吸吐間魚鰓開闔,露出下面三角形的血紅。

烏斯內利始終沒開口說話,人類世界的焦慮跟先前不久他體會到的大自然之美正好相反。在大自然中什麼話語都是多餘,這裡卻讓他心裡有好多話想說,想去形容老漁夫鬍子沒有刮乾淨的那張臉上的每個疣、每根毛,以及鯔魚的每一片銀色魚鱗。

岸邊有另一艘船晾在陸地上,翻倒用支架撐著,下方船蔭處伸出幾雙睡著男人的腳丫子,是前一晚捕魚未眠的那些漁夫。旁邊有一黑衣女子,看不到臉,把鍋子放在枯海帶生起的火堆上，燒出長長一道煙。那個海灣是岩岸，灰撲撲的，那些褪了色的印花圖案是正在玩耍的小孩身上的圍兜兜，小小孩由年紀較大、不斷發牢騷的姐姐們照顧，年紀略大、比較機靈的小孩身上只有從大人舊長褲改的短褲衩，在礁石間和海邊跑來跑去。再過去一點是筆直沙岸，潔白，空蕩蕩的，旁邊連著一片稀疏蘆葦和荒地。一個年輕人盛裝打扮，一身黑衣，連帽子也是黑的，他肩上搭著一根桿子，上頭掛著一個包袱，沿著海邊走在沙灘上，鞋跟踩在鬆軟易碎的環礁石上，不是來自內陸的農民就是牧羊人，來海邊參加某個市集，想在海邊走走尋求微風的撫慰。鐵路沿線露出電線、地基、電線桿、柵欄，然後消失在隧道裡，之後重新出現，重新消失，再度出現，像是不太均勻的車縫線。在黑白相間的鐵軌護欄上方斜坡有一片低矮橄欖樹，再往上的山頭光禿禿的，有牧草、矮樹叢，或只有石頭。有一個小鎮卡在那幾個山頭之間，往高處蔓生，房舍一個疊著一個，以小路和樓梯分隔，路面鋪著卵石，縫隙處則嵌有貝殼，好讓騾子排泄物流走，家家戶戶門前都有不少女人，年邁的老婦或顯老的婦人，矮牆上則坐著一整排男人，老的年輕的都有，全都穿著白襯衫，階梯道路上有小孩子趴在地上玩，年紀比較大的幾個孩子橫躺在路上，臉頰貼著臺階就這麼睡著了，因爲外頭比家裡涼爽，也不那麼臭，到處都有成群蒼蠅或停或飛，每道牆上和每個煙囪旁用報紙摺成的紙花上是數不清的蒼蠅糞便，烏斯內利腦中浮出一句又一句，密密麻麻的，彼此糾纏交錯的，行與行之間沒有空隙的句子，漸漸地再也無法分辨，全都揉成一團以至於連白色都消失不見，只留下黑墨，全然的黑，難以捉摸，如同一聲絕望怒吼。

滑雪者奇遇記

L'avventura di uno sciatore

滑雪纜車站前有人在排隊。一群坐遊覽車來的男孩腳下踩著平行的滑雪板依序排列，但長長的人龍並未按照規矩排成一直線，很隨意地排成了之字形，上上下下。所以每次隊伍往前進，每個人因爲站的位置不同或是得往上踏一步，也有可能得側身往下滑一步，必須倚靠滑雪杖才能站穩身子，常常不是整個人的重量都壓在旁邊下方的人身上，就是得手忙腳亂把滑雪杖從旁邊上方那人的滑雪板下面抽出來，同時因爲腳下的滑雪板交錯而絆倒，得彎腰調整固定器，而害得整條隊伍動彈不得。隨著太陽出現或消失，大家脫下外套毛衣再重新穿上外套毛衣，把羊毛耳罩下的頭髮梳理好，把跑出來的格子襯衫紮回腰帶裡，在口袋裡找手帕好擤那紅通通冷冰冰的鼻子，要做所有這些動作都得脫掉手套再戴回手套，有時候手套會掉到雪地上只好用滑雪杖尖勾起來。除了這些沒有條理的小動作造成的騷動外，最後讓整排隊伍亂成一團的是，得打開所有衣服口袋的釦子或拉鍊找買纜車票的錢，或把預先買好的纜車票券拿給滑雪纜車的工作人員打洞，再把東西放回口袋裡，戴上手套，一手握著原本的滑雪杖之外，還要用指尖穿過另一根滑雪杖杖柄的手環，才能空出一隻手做這些事，同時還要往前踏一小步走上平臺準備好讓自己的屁股坐上纜車吊椅然後放鬆順勢被帶向空中。

戴綠色眼鏡的男孩在隊伍中央，全身都凍僵了，旁邊站著一個胖男孩一直推擠他。他們在排隊等候的同時，一個身穿天藍色雪衣的女孩經過旁邊，沒有排隊，她往前走，走在小徑上往山頂爬。她踩著腳下的滑雪板，就跟平常走路一樣輕鬆。

「那個女的幹嘛？要自己走上山？」一直推擠他的那個胖男孩說。

「她有滑雪板止滑帶。」戴綠色眼鏡的男孩說。

「哼，我等著看她走不走得到陡坡那裡。」胖子繼續說。

「這種事只能靠眞功夫，你等著看吧！」

那女孩步履輕盈，膝蓋抬高的節奏配合亮晶晶滑雪杖的起伏十分規律。她的腿很長，長褲略短，褲腳收在腳踝處。空氣冷冽白茫茫雪景中，太陽跟一道道陽光的黃像是畫出來：一望無際的雪地中沒有半點陰影，全靠反射才能分辨地勢隆起或溝凹，以及壓實的滑雪道位置。包覆在天藍色防風雪衣裡的那金髮少女的臉頰由粉紅轉爲大紅，跟雪衣內裡的白色形成對比。她微瞇起眼睛，對著太陽微笑。她踩著止滑帶的步履依舊輕盈。坐遊覽車來的那群男孩耳朵凍僵了，口乾舌燥，鼻子吸著鼻水，眼睛全都盯著她看，邊排隊邊推擠，直到她爬過坡頂消失不見。

那群男孩終於排到纜車了，好幾個一抬腳就絆倒，還有坐不上纜車吊椅的，好不容易兩個人一組坐上去，隨即就被拉到滑雪道正上方去。戴綠色眼鏡的男孩跟那個推擠他的胖男孩坐到同一個吊椅。果然，爬升到一半的時候，他們就看到她了。

「她怎麼有辦法爬到這麼高的地方？」

這時候纜車平行經過一道小山谷，山谷裡有一條小徑穿過高高隆起的雪丘和掛著冰柱稀稀落落的數棵冷杉間。穿這天藍色雪衣的女孩踩著穩健步伐，戴著手套的雙手緊握滑雪杖持續推進，呼吸平穩。

「喂！」坐在吊椅上雙腿緊繃的他們對著她大喊。「她說不定比我們還早到！」

女孩臉上掛著淡淡微笑，戴著綠色眼鏡的男孩有些困惑，不敢再繼續嬉鬧，因為她光眨一下眼睛，他就覺得自己魂不守舍。

抵達山頂後，他緊跟在那個胖男孩後面，立刻開始往山下滑，兩個人都笨手笨腳的。他一邊往山下滑，一邊忙著尋找那件天藍色防風雪衣的蹤影，他筆直地往下衝，既是爲了讓那女孩看見自己有多勇敢，也是爲了掩飾自己不會滑彎道的笨拙。「讓路！讓路！」只是喊了也是白喊，因爲那個胖男孩和坐遊覽車來的所有男孩都以飛快速度往下衝，一邊大喊：「讓路！讓路！」然後一個接著一個屁股後仰或胸部前翻著地，摔得四腳朝天，只有他繼續彎著腰踩著滑雪板乘風前進，直到他看見她。那女孩在滑雪道外繼續踩著鬆軟的雪地往上爬。戴著綠色眼鏡的男孩像支箭飛過她身旁，整個人衝進新雪裡，臉朝下消失在雪堆中。

不過在滑雪道終點，從頭到腳都是雪的他，氣喘吁吁地又跟著其他人排隊搭纜車，再度回到山上的滑雪道起點。這一次他看到她的時候，她正在往下滑。她滑得如何？對他們而言，跟神經病一樣往下直衝的就是冠軍。「哎，那個金髮女生也沒多了不起嘛。」胖男孩鬆了一口氣，搶著說出口。穿著天藍色雪衣的女孩往下滑行的時候好流暢，每一個屈膝橫滑降的動作都很精確，滑到最後都看不出她到底是要轉身還是要做什麼，他們看她往下滑到最後突然間轉了個方向，很平穩地繼續前進，偶爾停下來，兩條長腿就那麼站著，研究之後的路徑。坐遊覽車來的那些男孩完全跟不上。胖男孩說：「眞是沒話說！她太神了！」

他也說不上來爲什麼，但是他看到嘴巴闔不起來，因爲：不管什麼動作，那個女孩做起來異常簡單，彷彿量身打造，分毫不差，看起來完全不費力，不是爲了面子不計代價勉力而爲，一切渾然天成；不過由於跑道的狀況混亂，她做某些動作略顯遲疑，有點像墊著腳尖走路那樣，那是她解決難題的方法，看不出她是輕鬆以對或嚴肅看待。總之她不像操作熟悉事務那麼神色自若，有些不大樂意，彷彿在模仿某個滑雪滑得還不錯的人，但其實她自己滑得更好。這就是那個天藍色雪衣女孩的滑雪方式。

那些坐遊覽車來的男孩一個接著一個跟在她後面往下滑，他們手腳笨拙，只會使蠻力，硬要做「制動轉彎」動作，還把「犁式轉彎」做成「回轉」動作，一邊鬼吼鬼叫、高聲唱歌跟在女孩後面，或超過她。他們在滑雪山谷裡胡鬧一通，到處搞破壞，肩膀毫無章法亂動，把滑雪杖反方向舉在前面，滑雪板左右互踩，固定器也從雪鞋上飛了出去，他們所經之處，雪地全被屁股重摔、側面撞擊和倒頭栽打出一個個大洞。

每個人跌倒之後一抬起頭，就立刻搜尋女孩的身影。天藍色雪衣女孩輕巧敏捷地穿過他們製造的雪崩現場，緊身長褲隨著她有節奏的屈膝動作出現筆直摺紋，她臉上的微笑不知道是因爲一起往下滑的那些男孩的莽撞和意外，還是她根本對他們視若無睹。

時近中午，太陽不但沒有壯大發威，反而越縮越小幾乎消失不見，彷彿被吸墨紙吸光了一樣。空中斜斜落下透明的結晶體，是霙，眼前一片迷茫。往下滑的大家什麼都看不見，大聲嚷嚷叫喚，隨時有人滑出雪道外，摔成一團。天空跟雪地成了一個顏色，都是昏暗的白色，不過等眼睛習慣之後，加上霙雪稍歇，便能看見那個天藍色的身影好似懸在半空中，像在小提琴琴絃上飛舞滑行。

霙雪打亂了等候纜車的隊伍，戴綠色眼鏡的男孩沒發現自己來到了纜車站起點，他沒看見其他同伴，天藍色雪衣女孩則已經坐上吊椅了。他在等下一張吊椅調轉方向。「快！」纜車站工作人員對他大喊，抓住已經拉高的那張，不讓女孩一個人出發。他很吃力地抓住扶手，及時在那女孩身旁坐下，跟她一起出發，在他坐上木板凳的時候還差點害女孩摔下來。她幫他穩住吊椅平衡，直到他坐好爲止，聽到他嘟嘟囔囔抱怨，她的回應是像母雞一樣發出咯咯咯的笑聲，只是防風雪衣拉得很高遮住了嘴巴，聲音悶悶的。那件天藍色雪衣彷彿盔甲，讓她只露出鼻子，有點鷹勾鼻，眼睛，落在額前的幾綹捲髮，還有兩頰顴骨。戴綠色眼鏡的男孩看到的她是這樣的，是她的側面，他不知道該因爲跟她同坐在一張纜車吊椅上而開心，還是應該爲自己滿頭滿臉都是雪，凌亂頭髮貼在臉上，襯衫跑到皮帶和毛衣外面而感到丟臉。他不敢收回爲了保持平衡在半空中揮舞的手臂，一邊偷瞄她一邊還得注意腳下的滑雪板，在跳下纜車的時候不要過快或過慢以免著地時滑雪板飛出去，所以全程都靠她穩住吊椅，一邊發出母雞的咯咯笑聲，而他不知道可以說什麼。

雪停了。原本霧茫茫的空中開了一個口，開口處終於出現了蔚藍天空、燦爛陽光和清晰可見的一座座冰雪覆蓋的山峰，只有山頂處有幾朵棉絮般軟綿綿的積雪雲。女孩露出原本被雪衣包覆的嘴唇和下巴。

「天氣變好了。」她說。「我就知道。」

「是啊，」戴綠色眼鏡的男孩說。「天氣變好了。這樣的雪也好。」

「有點鬆軟。」

「喔，也是。」

「但我喜歡這樣，」女孩說。「不過在霧中降滑也不錯。」

「只要知道滑雪道的位置就好……。」他說。

「不需要，」女孩說。「用猜的。」

「我這樣滑了三次了。」男孩說。

「厲害。我只有一次，不過我沒坐纜車，自己走上去的。」

「我看到了，你用了止滑帶。」

「對，現在有太陽，我要到隘口那裡去。」

「什麼隘口？」

「比纜車終點更高的地方。在山頂上。」

「那裡有什麼？」

「可以看到冰河，近在眼前。還有白色的野兔。」

「什麼？」

「野兔。那個高度的野兔冬天會換成白色的毛。山鶉也是。」

「那裡有山鶉？」

「白山鶉，純白色羽毛。到了夏天，牠們的羽毛會變成淺褐色。你哪裡人？」

「義大利。」

「我是瑞士人。」

他們到了。抵達終點站後他們跳下纜車，他動作笨拙，她則扶著沿途都抓住的扶手跳下來。女孩脫下滑雪板立起來，從腰包裡拿出止滑帶固定在滑雪板下面。他站在那裡看著她，凍僵的手在手套裡搓捏取暖。等她開始往上走，他便尾隨在後。

從纜車終點站走到山頂隘口這段路很辛苦。

戴綠色眼鏡的男孩一會兒走之字形，一會兒踏步，一會兒蹣跚前進然後倒退滑幾步，滑雪杖被當成瘸子的枴杖用。她已經爬上去了，消失在他的視線外。

男孩一身是汗爬到山頂，吐著舌頭喘氣，被四面八方反射的光照得睜不開眼睛。那裡是冰雪世界的入口。金髮女孩脫下天藍色防風雪衣，綁在腰際，戴上一副雪鏡。「在那裡！你看到了嗎？看到了沒有？」

「看到什麼？」他反應不過來。是白野兔？還是白山鶉？

「跑掉了。」女孩說。

下方山谷裡有只在高度兩千公尺左右盤旋的幾隻黑鳥。那天中午的空氣如此清澈，往下看，滑雪道、廣場上擠滿了滑雪客和拉著雪橇的小朋友，纜車站前又出現了排隊人潮，旅館，遊覽車，道路在黑壓壓一片冷杉林間轉進轉出。

女孩已經疾馳而去，以優雅的之字形前進降滑，轉眼奔至被滑雪客壓實的滑雪道上，那紛紜雜沓的熙來攘往人影中，女孩是一閃即逝的火花，但是無法對她視而不見，她始終是那片混亂失序中讓人忍不住跟隨、清晰可辨的唯一一人。空氣如此清徹透明，戴綠色眼鏡的男孩依稀看見雪地上滑雪板留下的綿密網絡，或筆直或歪斜，有拖行的痕跡，有隆起，有凹洞，還有滑雪杖戳地的殘痕，但他覺得人生無所不在的紊亂中藏著一條祕密的弧線，藏著和諧，只有那個穿天藍色雪衣的女孩找得到，這或許就是她的神奇之處，能夠在千百個動作混亂的瞬間，選擇那個正確的清明的必要的唯一手勢，而那一個手勢，在千百個消逝的手勢中，是唯一有意義的。

汽車駕駛奇遇記

L'avventura di un automobilista

一離開城市，我發覺天色已黑。我打開車燈。現在我要從A地開車到B地，走的高速公路是三線道的，有中間車道讓雙向都可以超車的那種。晚上開車，得關閉眼睛內建的某個裝置，打開另一個，因爲天黑後就不需再費力分辨周遭景色中黑影和淡彩與遠方迎面而來或後方超車的車影，要控制的是如何在一片漆黑中做不同的解讀，必須更精準，但也更簡單，因爲黑暗掩去了畫面中可能叫人分心的細節，只凸顯必要元素，柏油路上的白色車道標線，黃色號誌燈和紅色光點。這個機制會自動啟動，我今晚若仔細思索，就能明白那其實是因爲所有讓人分心的外在因素減少，內在因素佔了上風的緣故，我的腦袋自行在替代方案和我無法拋開的游移不決迴路間轉，總之我得格外努力才有辦法專心開車。

我是跟Y在電話中吵架後臨時起意開車出門的。我住在A地，Y住在B地。我今晚本來沒打算去找她，可是我們在今天的每日熱線上說了很難聽的話，最後，我一時惱羞成怒，跟Y說我想結束我們的關係。Y回答說她不在乎，她會立刻打電話給我的情敵Z。說到這裡，我們兩個其中一人，我不記得是她還是我，掛了電話。還不到一分鐘，我就意識到我們吵架的原因相較於後續引發的問題眞是小巫見大巫。再撥電話給Y是錯誤做法，解開僵局的唯一可能是飛奔到B地去跟Y當面解釋清楚。所以我才會在這條高速公路上，這條路我開過上百遍，無論什麼時間什麼季節都走過，但我從未覺得這段路如此漫長。或許應該說，我完全喪失了空間和時間感，車燈投射的光束讓空間輪廓一片模糊。告示牌上的里程標示和儀表板上的數字對我毫無意義，也無法回答讓我心急如焚的問題：這時候Y在做什麼，在想什麼？她是眞的想打電話給Z，還是脫口而出的氣話？她若是說眞的，會在我們的電話結束後立刻打給他，還是會想一下，等怒氣消了之後再決定？Z跟我一樣住在A地，他單戀Y多年沒有結果，她若打電話給他叫他過去，他肯定會飛車奔去B地，那麼他現在也會在這條高速公路上，所以每一輛超過我的車，每一輛我超過的車，都有可能是他的。我很難安心。跟我同方向的車若超車到我前面，是兩道紅光，若跟在我後面，是我後照鏡裡的兩個黃眼睛。後車超過我的那個瞬間，我能清楚分辨是哪一款車，車內有多少人，不過絕大多數的車輛上都只有駕駛一人，至於車款，我印象中Z的車不是特別好認。

雪上加霜的是，竟然下雨了。視線縮減到擋風玻璃上雨刷擺動的那個半圓形之內，除此之外是忽明忽暗不透光的黑，來自外面的動態只有因驟雨傾瀉而下變形的黃光和紅光。我唯一能對Z做的是想辦法超他的車，不讓他超我的車，不管他開的是什麼車，但我無法知道他的車在不在這條高速公路上，也不知道哪一輛是他的車。所有跟我同方向前進的車，我一律視爲敵人：每當有速度比我快的車在我的後照鏡中奮力閃著方向燈要求我讓路給他，都讓我心生酸楚妒意；每一次看著我跟我前方敵車後車燈之間的距離縮減，就得意地踩下油門殺入中央超車道好趕在他之前到達Y的面前。

我只需要短短幾分鐘的領先，看到我如此奮不顧身奔向她，Y會立刻忘記我們吵架的原因，我們的關係會回到之前，等Z到的時候自會懂得他之所以被叫去純然是因爲我跟Y兩個之間打打鬧鬧的小遊戲，他會明白自己是局外人。不對，說不定這個時候Y已經後悔剛才對我說的那番話，正在打電話給我，說不定她跟我想法一樣，最好的解決方法就是親自來，所以她也坐上了駕駛座，此時此刻在這條高速公路上跟我反方向前進。

於是我不再關注跟我同方向的車轉而看著迎面駛來但我只能看到兩個閃爍車燈逐漸靠近終至闖入我視線範圍內隨後又消失在我背後只留下一種迷濛螢光的那些車。Y的車款很普通，跟我的一樣。每一次出現的光亮都可能是奔向我的她，每一次都讓我像面對一段注定成爲祕密的私密關係那樣覺得血脈賁張，那僅屬於我的愛的訊息混在所有其他訊息中奔馳在高速公路上，而我渴望的來自她的訊息如此便已足矣。

我發現飛奔去找Y的我渴望的不是在路途結束時找到她，我要的是Y飛奔來找我，那才是我要的答案，我需要的是她知道我正朝她飛奔而去，我也需要知道她正朝我飛奔而來。唯一讓我感到安慰也最讓我覺得煎熬的是，這個時候Y是否正開車奔向A地，她是不是每次看到開往B地的車就會自問那會不會是奔向她的我，心裡希望那個人是我，卻又完全沒有把握。兩輛反方向前進的車在那麼一秒間並肩而行，交錯瞬間迸發的光照亮了雨滴，引擎聲彷彿在狂風中合而爲一，或許眞的是我們，應該說我一定是我，如果這有任何意義，而另一輛車內有可能是她，我希望那個人是她，有我希望能確認的她發出的信號，雖然或許正是信號本身讓我認不出她。奔馳在高速公路上是說出我們心裡話的唯一方法，對我對她皆然，可是我們既無法傳遞也無法接收，因爲我們都在路上奔馳。

我之所以坐進駕駛座自然是爲了盡快趕到她身邊，可是我越往前開越體悟到抵達那一刻並不代表我這段路途眞的結束。我們若相遇，自然會有所有相遇畫面必然會有的種種非本質細節，由感受和意義和回憶編織而成的一張小網將在我面前展開，那個有蔓綠絨植栽、乳白玻璃燈和耳環的房間，那些東西之中不乏我肯定記錯或弄混的，而她會誇大其詞或總之以不符合我預期的反應，還有每個手勢每句話引發的一連串意想不到的後果，讓我們原本要對彼此說的話，或我們原本希望聽到對方說的話，被一陣雜音蒙蔽以至於在電話裡頭就難以解釋清楚的事情變得更爲複雜、更受到壓抑，如同被埋在沙堆裡。正因爲如此我才覺得與其繼續說話，不如將想說的話轉化爲以時速一百四十公里前進的車頭燈光束，把我自己轉化爲在高速公路上奔馳的車頭燈光束，因爲可以確定的是這樣的信號她能夠接收並理解，不會遺失在紛亂失序無關緊要的心神不寧中，我也希望我接收並理解的她想告訴我的話是實實在在的（應該說我希望她就是實實在在的）在高速公路上以時速一百一十公里或一百二十公里奔馳的車頭燈光束。重點在於傳達必要的，丟掉多餘的，把我們自己簡約爲本質溝通，簡約爲朝特定方向移動的光信號，廢棄我們人的、環境的、表情的種種繁瑣，把這些遺留在車燈後方的漆黑盒子裡掩藏起來。我所愛的Y其實是那道移動的光，她的其他一切都可以含糊不清；而她所愛的我，那個可以進入到她感情世界雀躍迴路中的我，是爲了對她的愛甘願冒險正試圖超車的閃燈。

包括Z（我並沒有忘記他），我能跟他建立的正確關係也只有他是跟在我後面的閃燈或前車燈，或是我跟在其後的車尾燈，因爲他實在可悲又可憐，但我無法對他的惹人嫌視而不見，雖然明知——我不得不承認——那是情有可原，畢竟他很無聊地愛上了不愛他的人，而且他的態度一直有些曖昧……，所以我如果開始把他視爲人，嗯，就很難說最後事情會演變成怎樣。只要維持現況，一切都沒問題：Z想超我的車，或他讓我超他的車（但我並不知道讓我超車的人是不是他）；滿心懊悔、對我回心轉意的Y加快速度奔向我（但我並不知道迎面奔來那個人是不是她）；我帶著妒意和焦慮奔向她（但我沒辦法讓她或任何人知道）。

當然，如果在那條高速公路上只有我，如果沒有看到任何跟我同方向或反方向前進的車，一切都會清楚許多，我便能確認Z並沒有採取行動準備取代我，Z則採取了行動願意跟我復合，這些都可以納入我的評估中當做加分或負分，且無論如何絕對可以防杜猜疑。但萬一取代我此刻不確定心情的是某種確定的否定，我絕對會拒絕那個變化。若想排除所有疑慮，最理想的狀況是整條高速公路上只有三輛車：我的，Y的和Z的，那麼跟我同方向前進超我車的，除了Z之外不會有其他人，而唯一開在對向車道上的車就只能是Y了。然而，在黑夜和雨水中被約化爲一道道無名光的那數百輛車，唯有設置在絕佳位置且固定不動的監測員才有可能分辨這輛車跟另一輛車的差別，說不定還能看出車上是誰。這是我的矛盾之處，我如果想收到任何訊息就不能讓我自己變作訊息本身，而我希望從Y那裡接收到的訊息——Y即是訊息本身——唯有在我自己就是訊息的條件下才有意義，至於我變成的那個訊息則必須在Y是我期待收到的訊息本身、而非單純訊息接收者的時候才有意義。

就算現在抵達B地，上樓到Y的家，發現她一個人頭痛在家反覆咀嚼我們吵架的緣由，也不會讓我獲得任何滿足感。如果Z眞的也趕了過去，恐怕只會把事情鬧得更不可收拾，更令人生厭。如果正好相反，我發現Z並未一時衝動開車去B地，或是Y並沒有把實踐她說的狠話打電話給Z，我會覺得自己是個白癡。反之，如果我留在A地，Y跑來向我道歉的話，我會覺得份外尷尬，我會換一個角度審視Y這個人，把她看成纏著我不放的軟弱女子，我們之間的關係會產生變化。我唯一能接受的情況是我們就是我們要傳遞的訊息這個演變。那Z呢？Z勢必得跟我們同進退，必須把他轉化爲他要傳遞的訊息本身。如果我因爲嫉妒Z跑去找Y，而後悔的Y跑來找我以避開Z，而Z卻根本沒打算離開家就糟了……。

高速公路中途有休息站。我停車，跑去咖啡館，換了一把零錢，撥完B地的區碼再撥Y的電話號碼。沒有人接電話。我樂陶陶地讓電話退回大把零錢：顯然Y忍不住，跳上車往A地飛奔而去。我回到高速公路上，朝反方向開，也往A地前進。所有被我超過的車或所有超過我的車都有可能是Y。另一條車道所有反方向前進的車都有可能是Z，大失所望的Z。或者是，Y也在休息站停下來，打電話到我在A地的家，找不到我，知道我在前往B地的路上，於是調轉了方向。此刻我們開在方向相反的路上，漸行漸遠，我超過的車或超過我的車是Z的車，因爲他也在半路上打了電話給Y……。

現在比之前充滿更多變數，但我覺得已經達到一種內心平靜：只要我們打電話找不到人回應，我們三個就會繼續沿著白色的車道標線來來回回，不再有起點或終點爲我們單純的奔波往返附加各種感受和意義終於擺脫了人和聲音和心情的笨重厚度，簡約爲發光的信號。想讓自己與所說的話等而同之、不再因爲我們或其他人出現帶來雜音導致話語扭曲變形，那是唯一方法。

要付的代價自然很高但是我們必須接受：既然我們跟經過這條路上的諸多信號混淆不清難以區辨，每個信號的意義將永遠被掩蓋無法解讀，因爲除了這裡之外再沒有任何人能夠接收並理解我們。

La
vita
difficile

第　二　部　曲

困難人生

阿根廷螞蟻

La formica argentina

我們搬來此地定居的時候，對於阿根廷螞蟻的事情毫不知情。我們以爲會一切順利，這裡的藍天綠茵有一種歡樂感，或許對憂心沖沖的我和我妻子而言歡樂過頭了。但是我們怎麼可能會想到螞蟻？仔細回想，奧古斯托叔叔好像跟我們提到過一次：「在那裡喔，你們應該會看到螞蟻……，跟這裡的螞蟻不一樣……。」他當時在說別的事情說到一半離題，而且語氣輕鬆，或許是因爲跟我們聊天的時候碰巧看到了幾隻螞蟻，不對，八成只看到了一隻螞蟻，迷了路的螞蟻，是我們那邊的胖螞蟻（我現在覺得我們家鄉的螞蟻特別肥）。總而言之，奧古斯托叔叔順口提及螞蟻的事，並未影響我們對他關於此地種種描述的嚮往，基於某些他也解釋不清楚的原因，他說在這裡生活比較容易，至於謀生呢，即便不能打包票，但應該做得到，這可不是奧古斯托叔叔自己說的，是許多搬來定居的人說的。

至於我們這位叔叔爲什麼對此地如此滿意，我們搬來的第一個晚上就明白了。晚餐後，看著夜色清澄，漫步在通往鄉間的小路上，學其他人倚坐在橋頭的矮牆墩上，我們體會了他所說的快樂。我們還找到他常去的那家小餐館，餐館後面有一個菜園，認識了跟他一樣個子不高，但是嗓門很大、開口就嚷嚷的幾位老先生，他們說以前跟奧古斯托叔叔是朋友，其中有人自稱是鐘錶匠，很可能是吹牛，我想他們應該都沒有固定工作，全靠打零工維生。他們談起奧古斯托叔叔的時候叫的是綽號，大家紛紛複誦一遍後便插科打諢起來，我注意到坐在櫃檯後面的一位婦人，身穿白色鏤空襯衫，微胖，也上了年紀，笑容帶著惆悵。我跟我妻子頓時明白這一切對奧古斯托叔叔來說有多麼重要：有一個綽號，在月色皎潔的夜晚坐在橋上耍嘴皮，看著身穿鏤空襯衫的婦人在廚房、菜園忙進忙出，第二天到製麵廠搬貨工作幾個鐘頭。難怪他始終對這個地方念念不忘。

我如果年輕幾歲，無憂無慮，或能跟家人好好安頓下來的話，說不定我也會愛上這一切。然而我們當時的狀況是，小孩剛生過一場大病，工作還沒著落，我們對於讓奧古斯托叔叔覺得滿意，甚至窩心的這一切只有淡然感受，說起來光是有所感受就已經很悲哀了，因爲身在安樂鄉，只會顯得我們處境分外淒涼。有些我們本來完全不在意的事情突然間放大了我們的窘迫（當時我們還不知道螞蟻的事），毛洛太太帶我們參觀房子時的所有叮嚀，都加重了我們深陷苦海難以自救的感覺。我記得她對我們交代瓦斯表的時候說了好久，我們聽得很專心：「好，毛洛太太……我們會注意的，毛洛太太……當然不會，毛洛太太……。」以至於我們完全沒注意到她（現在回想起來其實很明顯）眼睛盯著牆壁，彷彿看書一樣專注，然後用手指劃過，再輕撣指尖，彷彿碰到水，或沙，或灰塵。她沒有說出「螞蟻」這兩個字，但我們很確定那是螞蟻，或許牆壁上、屋頂上有螞蟻也沒什麼大不了的，但是我妻子和我都有一種感覺是她竭盡所能企圖隱瞞螞蟻那件事，她的滔滔不絕和再三叮嚀不過是想要轉移焦點好避開不談。

等毛洛太太離開，我把床墊搬進來，我妻子抬不動床頭櫃，叫我去幫忙，接著她打算立刻著手打掃那個小廚房，整個人跪趴在地上。我說：「都幾點鐘了，你還做啊？明天再說吧，現在先大概整理一下，能睡覺就好。」寶寶很睏啼哭不止，所以得先把他的搖籃準備好，讓他睡覺。我們原是用一個長形籐籃當嬰兒床，搬家時也帶來了，把塞在裡面的衣物清空後，再找一個合適的地方安放。我們把籐籃放在一個層板上，那裡不潮濕，也不會太高，不怕搖籃掉下來。寶寶立刻就睡著了，我們兩個看著這個房子（兩個房間，中間有一個小客廳；四面牆加一個屋頂），編織我們的夢想：「沒錯，沒錯，要白色，當然要白色的。」我看著天花板回答我妻子，同時用手肘推她，害她差點站不住。她想再去檢查一遍浴室，那是搭在左側的一個鐵皮棚屋，我則希望她陪我在屋外空地走走。我們的房子蓋在一片空地上，有兩畦光禿禿的大花壇或苗圃，中間有一條通道，通道上有一個鐵支架，現在空蕩蕩的，只有幾根枯萎的爬藤，不是南瓜藤就是葡萄藤。毛洛太太原本有意讓我使用那塊空地，當作菜園種點東西，不用加房租，反正那塊地廢棄已久。不過今天她沒說，我們也沒問，因爲有太多事情來不及消化。入住第一晚，我們走在那片空地上，想說服我們自己已經開始熟悉那個地方，或者，就某個角度來說，擁有了那個地方。那是我第一次覺得我們的人生或許可以這麼繼續走下去，夜復一夜，走在那片苗圃間，慢慢走出貧困。這些話我並沒有對我妻子說，但我很想知道她是否跟我有相同感受，而我真的感覺到屋外散步在她身上發揮了我期待的效果。此刻她說話輕聲細語，不再連珠炮，我們手挽著手走，她沒有拒絕我們以前日子過得無憂無慮時的這個親暱舉動。

我們走到空地邊的籬笆旁，看到另一側雷吉納烏多先生拿著一個噴霧器繞著房子轉。我幾個月前跟雷吉納烏多先生打過照面，那時候我是來跟毛洛太太談租房子的事。我們走向前去打招呼，介紹我太太。「雷吉納烏多先生，您好。」我對他說。「您還記得我嗎？」「喔，當然記得。」他說。「您好！所以您搬來隔壁住啊？」他個子不高，戴了副眼鏡，身上穿著睡衣，頭戴草帽。

「對，我們是鄰居，呵，鄰居之間嘛……。」我妻子笑笑地這麼說，欲言又止，那是她一貫的客套應對方式，我很久沒聽她這麼說話了，倒不是我喜歡她那樣，但總好過聽她抱怨連連。

「克勞蒂雅，」我們的鄰居高聲叫喚。「快來，勞歐雷利小屋有新房客搬來了！」我從沒聽人說過我們的新家叫這個名字（後來才知道那是前屋主的名字），忽然間覺得自己是個外人。身形高大豐腴的雷吉納烏多太太邊用身上的圍裙擦手邊走出屋外。他們人很好，對我們很親切。

「雷吉納烏多先生，您拿著那個噴霧器在後面忙什麼？」我問他。

「喔……，是螞蟻……，這些螞蟻喔……。」他笑笑地說，彷彿事情無關緊要。

「螞蟻？」我妻子重複了一遍，語氣淡淡的，很客套，她對陌生人都這樣，假裝自己在專心聽對方說話。她從來不會用這種語氣對我說話，就我記憶所及，即便是我們初相識的時候也沒有過。

之後我們行禮如儀向鄰居道別。不過就連這件事，我們也沒辦法真心體會：有鄰居，而且是和藹友善的鄰居，可以如此客氣交談的鄰居。

回到家後，我們決定馬上就寢。「你聽。」我妻子跟我說，她豎起耳朵，聽著雷吉納烏多先生的噴霧器唧唧響個不停。她走到洗碗槽那裡倒水。「也幫我倒一杯來。」我一邊脫衣服一邊說。「啊！」她尖叫一聲。「你快來！」她看到水龍頭上有螞蟻，還有一排螞蟻沿著牆壁往下爬。

我們打開燈，兩個房間只有一盞燈，那排密密麻麻的螞蟻沿著牆壁爬到門框上，不知道是從哪裡冒出來的。我們的手上也爬滿了螞蟻，只好張開手掌靠近眼睛，好看清楚那些螞蟻長什麼樣子，同時不斷扭動手腕，以免螞蟻往下爬到手臂上。那些螞蟻很小很瘦，彷彿跟我們一樣覺得身上輕微搔癢，所以動個不停。直到那時候我才想起那個名字：「阿根廷螞蟻」，應該說「鼎鼎有名的阿根廷螞蟻」，大家是這麼說的，我之前應該聽人家說過，而這個小鎮是有「阿根廷螞蟻」的地方，我到現在才懂那句話想要表達的意思：那惱人的搔癢向四面八方擴散，即便闔起手心握拳或雙手互搓希望能甩掉那種感覺，但總是會有幾隻脫隊的小螞蟻在手臂上或衣服上亂竄。捏下去，螞蟻就會變成小黑點，像沙粒一樣掉落，指頭則會留下螞蟻的味道，是刺鼻的蟻酸味。

「是阿根廷螞蟻，知道嗎……。」我對我妻子說，「牠們是從美洲大陸來的。」我不自覺用了想教她什麼的語調說話，我立刻就後悔了，因爲我知道她受不了我這麼說話，反應會很激烈，或許是因爲她理解我之所以這麼說話是因爲我對自己沒什麼自信。

但是她彷彿完全沒聽到我說什麼，全神貫注在消滅或打散牆上的那排螞蟻，用手劃過來劃過去，結果螞蟻不是跑到她身上，就是散開四處亂爬。於是她伸手到水龍頭下面，試著撒些水到牆壁上，結果螞蟻照樣爬過濕漉漉的牆面，而她的手即便沾了水仍甩不掉上頭的螞蟻。

「可好了我們家裡有螞蟻，可好了！」她反覆叨唸。「可好了，之前就有螞蟻我們居然沒看到！」好像我們如果之前就看到螞蟻的話，一切會有所不同。

我跟她說：「哎呀，不過就幾隻螞蟻嘛！我們先上床睡覺，明天再處理！」我還自以爲是又補了一句：「哎呀，不過就幾隻阿根廷螞蟻嘛！」我刻意用鎮上稱呼這種螞蟻的正確名稱好讓她明白事情已經發生了，而且換個角度想，那也沒什麼。

然而我妻子先前在外頭散步時的悠哉放鬆神情消失得無影無蹤，變回原本凡事懷疑的她，繃著一張臉。在新家度過的第一個晚上跟我預期的截然不同，我們並沒有因爲即將展開新生活而鬆一口氣，只能繼續過著苟延殘喘的日子與新麻煩共處。「不過就幾隻螞蟻嘛」，是我當時的想法，是我當時所能想到的想法，但是之後一切都出乎我意料之外。

疲憊多過於焦慮，我們沉沉睡去。半夜寶寶放聲大哭的時候，我們兩個還繼續躺在床上（希望他哭一哭就會停，然後自己睡著，但是從來沒有發生過），想著：「他怎麼了？他怎麼了？」他病癒之後，就不再在深夜哭鬧了。

「有螞蟻咬他！」起床安撫他的妻子大叫。我跟著起床，把搖籃整個翻過來，把孩子脫個精光，爲了清除他身上的螞蟻，睡眼惺忪的我們只得把他放在電燈下，冷風從門縫灌進來，我妻子說：「他這樣會著涼。」在他輕輕一蹭就泛紅的幼嫩皮膚上找螞蟻，實在叫人不忍。是有一排螞蟻爬上了層板，仔細檢查小床單小被子，確認再也沒有半隻螞蟻後，我們說：「現在要讓他在哪裡睡呢？」跟我們一起睡，但是光我們兩個睡已經嫌床小，再加他會太擁擠。我認眞研究床頭櫃，螞蟻上不去，於是我將原本貼著牆的床頭櫃搬出來，拉開一個抽屜，整理一下充當搖籃。我們把他放上去的時候，他已經睡著了。我們也躺回床上，照理說會立刻進入夢鄉，但是我妻子決定去檢查食物。

「你快來，快點！我的天啊，滿滿都是螞蟻！全都是黑色的！救命啊！這該怎麼辦？」我摟著她的肩膀說：「來，我們明天再想，現在根本什麼都看不見，明天我們搞定一切，不會有事的，上床睡覺吧！」

「那這些吃的怎麼辦？會壞掉！」

「別管那些東西了！現在能怎麼辦呢？明天我們把螞蟻窩找出來，別擔心……。」

但是躺在床上的我們心定不下來，想到那些噁心的傢伙到處都是，在食物上，在衣物上，說不定現在正從地板往床頭櫃上爬，爬到我們兒子身上……。

聽到雞鳴我們才睡著，沒睡多久就開始扭來扭去，全身抓癢，因爲總覺得床上有螞蟻，說不定牠們眞的爬上來了，也或許是先前手忙腳亂之際，有幾隻螞蟻留在我們身上的關係。所以就連拂曉那幾個鐘頭，我們也沒能眞的補眠，早早就起身，光想到我們接下來得做什麼，得立刻向那個叫人苦惱、難以捉摸、鳩佔鵲巢的敵人宣戰就一肚子火。

起床後，我妻子做的第一件事就是照顧孩子，看他有沒有被那些怪獸咬（幸好看起來沒有），幫他穿衣服，準備吃的。她得在到處都是螞蟻的房子裡做這些事，我知道她忍著不要在每一次看到螞蟻的時候驚叫出聲有多辛苦，廚房水槽裡的茶杯邊緣有螞蟻，寶寶的圍兜兜上有螞蟻，水果上也有螞蟻。但是她看到牛奶的時候還是忍不住：「牛奶變成黑色的了！那上頭浮著一層螞蟻，有的溺死了，有的還在游泳。」「反正只有表面那一層，」我說。「用調羹舀掉好了。」但是後來我們覺得好像有一股怪味道，還是沒有喝。

我跟著牆壁上的螞蟻走，想找出他們究竟是從哪裡爬進來的。我妻子氣呼呼地梳頭穿衣，然後壓下怒火說：「沒把螞蟻趕走之前，不能把家具歸定位。」

「別氣。你看著好了，問題一定會解決。我馬上就去找雷吉納烏多先生，他有那個噴霧的東西，我跟他要一點，灑在螞蟻窩入口，我已經找到螞蟻窩了，很快就可以擺脫牠們。不過要等再晚一點，我這個時候去恐怕會打擾到雷吉納烏多夫婦。」

我妻子稍微冷靜下來，我可沒有。說我找到螞蟻窩入口是爲了安慰她，我觀察越久就找到越多螞蟻進出的路線，我們家外觀看起來像個光滑平整的方盒子，或許實際上坑坑洞洞，到處都是裂縫和皺褶。

我爲了放鬆，站在門口望著外頭的植栽，陽光已經灑落一地，看著那片荊棘枯葉我反而感到雀躍，因爲那讓我有一股投入工作的欲望，打掃乾淨，鋤地後播種插枝。「來，」我跟我兒子說。「你在房子裡待著會發霉，」我把他抱在懷裡走到「花園」去，而且爲了養成這麼稱呼外面那塊空地的習慣，我特地跟我妻子說：「我帶兒子到花園走走。」然後我又改口：「到我們的花園走走。」因爲我覺得這麼說比較有歸屬感，比較親近。

陽光照耀下，孩子很開心，我對他說：「這是長角豆樹，這是柿子樹。」我把他舉起來靠近枝幹：「爸爸會教你爬樹。」結果他放聲大哭。「怎麼了？你害怕？」我看到了螞蟻，在那冒著樹膠的樹幹上爬滿了螞蟻。我連忙把孩子摟進懷裡。「呃，好多小螞蟻。」我雖然說得很冷靜，其實心裡很擔心。我盯著沿樹幹往下爬的幾排螞蟻看，發現靜悄悄的、幾乎看不見的那群螞蟻在地上繼續爬，往四面八方爬，在草叢裡爬。我心想：「我們怎麼有可能把螞蟻從家裡趕出去？」在這一方空地上（昨天我還覺得很小，現在看到處處是螞蟻，感覺大到不行），有厚厚一層那些綿延不絕的小蟲，顯然是從地底下數以千計的螞蟻窩跑出來的，靠地上那些天然的甜樹脂和植物維生。不管我看向哪裡（儘管第一眼看起來什麼都沒有，讓我鬆了一口氣），只要定睛一看，就會發現有螞蟻靠近我，同時還發現牠是一長列螞蟻的其中一隻，正準備跟其他螞蟻會合，頭上頂著永遠比牠們身體還大的殘渣碎屑，我想，只要有樹汁或動物殘骸凝結成塊的地方，就有一小群螞蟻聚集，彷彿小傷口上的痂疤，緊緊巴住不放。

我讓孩子跨坐在我脖子上，回頭找我妻子，我半跑半走，覺得螞蟻正從我的腳背往上爬。我妻子說：「可好了，你居然把他弄哭。他怎麼了？」

「沒什麼，沒什麼。」我說得很急。「他在樹上看到幾隻螞蟻，還沒忘記昨天晚上的事，所以覺得身上癢啦。」

「喔，見鬼了，這樣也有事！」我妻子回答我。她原本盯著牆上的螞蟻，用指頭把牠們一隻隻捏死。我看到的則是如今遼闊無際的那片空地上把我們團團圍住的百萬螞蟻大軍，於是把氣出在她身上：「妳幹嘛？妳發神經嗎？這樣做根本無濟於事！」

她脾氣也來了：「奧古斯托叔叔眞是的！他什麼都沒跟我們說！我們兩個笨蛋！居然會相信那個騙子！」問題是，奧古斯托叔叔要跟我們說什麼呢？「螞蟻」兩個字，在那個時候，根本表達不出我們此刻面對螞蟻受到的驚嚇。就算他跟我們說了螞蟻的事，說不定語氣就像他之前那樣輕描淡寫（我不排除這個可能性），我們會以爲要面對的是一個具體的敵人，可以計數，也可以度量大小跟重量。說眞的，我現在回想之前住過那些地方的螞蟻，固然看起來數量龐大，但是可以碰觸到，也可以移除，就跟貓咪、兔子一樣。而我們現在面對的敵人卻像霧，像沙，你用盡全身的力量也不能奈他何。

我們的鄰居雷吉納烏多先生人在廚房，用漏斗分裝一瓶液體。我先在屋外叫他，然後又氣急敗壞地跑到他家廚房的落地窗外。「喔，是我們的鄰居！」雷吉納烏多驚呼一聲。「請進，請進！不好意思，我老是在這裡搞這些東西！克勞蒂雅，搬張椅子來給我們的鄰居坐！」

我連忙開口說：「我來呢，不好意思打擾了，是這樣的，我看到您有那個噴霧，我們昨天一整個晚上，螞蟻……。」

「哈哈哈！螞蟻……。」正好走進來的雷吉納烏多太太笑了，感覺上她先生慢了一拍，但是笑得更大聲，接著她的話說：「哈哈哈！他們家也有螞蟻！哈哈哈！」

我努力擠出一絲笑容，像是對我自己的滑稽處境了然於心，卻又無能爲力：事實也的確如此，所以我才會來找他尋求協助。

「這還用說嗎，當然有螞蟻啊！」雷吉納烏多先生舉起雙手感嘆道。

「這還用說，鄰居先生，這還用說嘛！」雷吉納烏多太太接著說，她手摀著胸口，跟先生一起呵呵笑。

「我以爲，你們有解決辦法？」我問他們。我聲音微微顫抖，或許聽起來很像是我在忍笑，聽不出我內心的絕望。

「解決辦法？哈哈哈！」雷吉納烏多夫婦又笑，我快受不了了。「我們有解決辦法？我們何止十個、百個解決辦法！而且啊，哈哈哈，一個比一個厲害呢！」

他們帶我另一個房間去，那裡有十來個標籤花花綠綠的紙盒和鐵罐，放在櫃架上。

「您要普芬芳嗎？還是滅蟻剋？踢捕羅如何？嚇蟻棒要粉狀的還是液體的？」他輪番拿起各式各樣的噴嘴壺、小刷子和噴霧器，有的噴出一團淡黃色粉末，有的則噴出極細的水霧，混雜了藥局和農會的氣味。雷吉納烏多先生樂不可支。

「有哪一個是眞正奏效的嗎？」我問他們。

他們笑不出來了，回答說：「沒有，全部無效。」

雷吉納烏多先生拍拍我的肩膀，他太太拉開百葉窗，讓陽光灑進來，然後他們帶我在家裡轉了一圈。

雷吉納烏多先生穿著粉紅色條紋睡褲，在便便大腹上打了一個結，上身是一件背心，光禿禿的頭上戴著一頂草帽。雷吉納烏多太太身穿一件褪色的晨褸，偶爾會露出襯裙的肩帶。她的臉很寬，臉色紅潤，一頭凌亂金髮毫無光澤。他們話很多，個性很爽朗。他們家每一個角落都有一個故事，講故事給我聽的時候，兩個人不斷搶話，比著手勢，語氣誇張，好像每一個故事都是一齣搞笑劇。他們在某個轉角噴了稀釋五百倍的雅芳鈉，螞蟻消失了兩天，但是第三天牠們就回來了，於是他加重劑量，稀釋一百倍，結果螞蟻繞路走，改從門框經過。在另外一個轉角，他們用剋蟻癱粉末隔出一小塊地方，結果藥粉一直被風吹走，一天得用三公斤才夠。在一道樓梯口他們試用過石化酸，看起來螞蟻一碰就喪命，但其實只是睡著了。另一個轉角他們放了強效殺蟻劑，但螞蟻絲毫不受影響照樣經過，第二天早上則找到一隻被毒死的老鼠。他還在另一個轉角那裡噴了急魔佛，是一種水劑，形成一道堅固防線，沒想到他太太又在上頭放了義螞剋，那種粉末正好解了急魔佛的毒性，效用因此互相抵銷。

我們家的鄰居把他們家跟花園當成了戰場，他們熱衷於劃下重重防線，不讓螞蟻越雷池一步，還有就是找出螞蟻新的行進路線，好嘗試新的藥劑或藥粉。其實每一個藥劑和藥粉都跟已經發生過的某個事件的記憶有關，而且有令人發噱的作用，所以只要念出「安蟻眠！滅蟻多！」之類的名稱，他們就會放聲大笑，互使眼色，說幾句意在言外的話。消滅螞蟻這件事——他們當然努力過——似乎已經被放棄了，因爲所有嘗試都徒勞無功，他們現在只想阻擋螞蟻經過某些路徑，讓牠們改道，嚇嚇牠們，或監控牠們，雷吉納烏多家彷彿一個不斷推陳出新的迷宮，每天準備不同藥劑好畫出不同的設計圖，而這個遊戲少了螞蟻就玩不下去。

「這些昆蟲眞的很難對付，太難對付了。」他們說。「除非像上校那樣……。」

「嗯，對，我們花了很多錢。」他們說。「買這些殺蟲劑……上校那個做法，您也知道，就經濟實惠多了……。」

「當然，我們不能說我們打敗了阿根廷螞蟻，」他們還說。「但是上校也沒成功，您認爲他的做法比較好嗎？我可沒這麼有把握……。」

「不好意思，您說的這位上校，究竟是誰？」我問他們。

「布拉伍尼上校啊，您不認識他？喔，您昨天剛搬來。他是我們鄰居，他家在右邊那裡，那棟白色的小房子……他是發明家啦……。」雷吉納烏多夫婦笑了。「他發明了一個殲滅阿根廷螞蟻的方法……不對，應該說他發明了很多方法，然後持續改良。您可以去拜訪拜訪他。」

談笑間繼續用兵。在他們家那數公尺平方大小的花園裡，全是一道道、一攤攤的深色藥劑，處處都是淡綠色粉末和各式各樣的噴霧器、灑水壺，還有一個個水泥池裡頭裝滿了靛青色的稀釋液，凌亂的花圃裡有寥寥幾株玫瑰花叢，從葉尖到樹根都覆蓋了一層殺蟲劑。雷吉烏納多夫婦仰頭看著蔚藍清澈的天空，一副心滿意足、樂在其中的樣子。跟他們說完話的我，不知是刻意或無心，覺得多了一點勇氣，畢竟說起來，螞蟻的問題固然不像他們表現出來的可以一笑置之，但也不至於是讓人因此失魂落魄的重大問題。

「螞蟻嘛！」我心想。「螞蟻又怎樣？不過幾隻螞蟻能對我們怎麼樣？」

我決定現在回家，逗逗我妻子：「你啊，你不過就看到了幾隻螞蟻是吧……。」

我一邊在腦袋裡反覆練習那個聲調，一邊抱著鄰居給我回家試用的各式紙盒瓶罐走過我家那一小方空地。這些殺蟲劑都是根據我的需求所選的，不含對什麼都放進嘴巴裡的寶寶有害的成分。可是當我看到寶寶跨坐在我妻子肩脖上，我妻子眼神呆滯、兩頰凹陷站在屋外，我就知道她剛才肯定打了一場仗，她發現了無以計數的螞蟻包圍著我們，而她束手無策。我本想對她微笑、逗弄她的念頭全部消失無蹤。

「你總算回來了……，」她無助的聲音比我預期會聽到的怒斥聲更讓我覺得心痛。「我實在不知道……，你如果看到……，我眞的不知道該怎麼辦……。」

「來，我們來試試這個。」我對她說。「這個，還有這個。」我把手上的瓶瓶罐罐放在門前一處平臺上，隨即跟她解釋每一種殺蟲劑該如何使用，我說得又急又快，彷彿害怕看到她眼中燃起過多希望的光芒，因爲我不想騙她，也不想讓她幻滅。於是我又起了另一個念頭，我要立刻去找那位布拉伍尼上校。

「你照我說的做，我出去一下馬上回來。」
「你又要出去？去哪裡？」
「去找另一個鄰居。他有滅蟻的方法，我去了解一下。」
我往我們家空地右手邊爬滿爬藤的鐵絲網方向跑去。雲朵遮蔽了太陽。我透過鐵絲網看進去，看到一棟白色小屋，外頭有井然有序的小小花園環繞，還有灰色卵石小徑沿著一個個圓形花圃鋪設，花圃邊緣有漆成綠色的鑄鐵低矮柵欄，很像外頭的公園，每一個花圃中央都有一棵黑褐色的橘子樹或檸檬樹。
那裡靜悄悄的，很陰涼，一切靜止不動。我有些猶豫，正準備離開的時候，看見從修剪整齊的矮樹叢後面露出一個腦袋，那人頭上戴著一頂白色帆布海灘帽，長年拉扯的結果帽沿已經變形呈現波浪狀，鷹勾鼻上頂著一副金屬框眼鏡，薄唇掛著微笑，露出閃閃發亮的假牙，是一排大鋼牙。那個人身形瘦削乾扁，穿著一件圓領T恤，長褲在腳踝處收緊，很像騎自行車時穿的那種，腳上套著一雙涼鞋。他靠近其中一棵橘子樹，盯著樹幹看，小心翼翼，不發一語，臉上始終掛著一抹冷笑。我走到鐵絲網後面開口說：「上校，您好。」那個人猛然抬起頭，笑容沒了，只有冷冰冰的目光。
「不好意思，您是布拉伍尼上校嗎？」我問他。

那個人點點頭。「我是，我是新搬來的住戶，我租下了勞歐雷利小屋……我想打擾您一下，我聽說您有方法可以……。」

布拉伍尼上校舉起一根指頭，示意我向前。我從一處崩裂倒下的鐵絲網缺口跳進去，走到他身邊。上校原本那根指頭沒有放下，再用另一手指著他觀察的位置。我看到一根短短的鐵絲從那棵樹的樹幹上叉出來，鐵絲尾端有一小塊（我覺得看起來很像）魚骨頭，鐵絲中段則有一個向下凹摺的銳角，樹幹上和鐵絲上都有成排螞蟻來來去去，鐵絲凹摺處下方懸著一個小盒子，很像火腿風乾時掛在下面的集油盒。

「螞蟻，」上校解釋給我聽。「受魚骨頭腥味吸引，會沿著鐵絲爬過來，您看，他們走過來之後折返時完全不會卡住，只有V那一段有危險，如果有一隻螞蟻要過來而另一隻要回去又正好在V那個地方交會，就得暫時停下來，這個小盒子裡頭的汽油味會讓牠們頭暈，等牠們準備繼續往前走的時候就會相撞，然後掉下來，淹死在汽油裡面。噠，噠，噠。」這兩聲「噠，噠」是兩隻螞蟻掉落的聲音。「噠噠，噠噠，噠噠」，上校接著往下說，臉上依舊掛著那抹冷笑，每一聲「噠」，就表示有一隻螞蟻掉進汽油盒裡，那兩指高的汽油上頭浮著一層黑麻麻扭曲變形的螞蟻屍體。

「平均一分鐘殺死四十隻螞蟻。」布拉伍尼上校說。「一小時殺死兩千四百隻。

當然必須要清理汽油盒，不然等死掉的螞蟻把汽油蓋滿，之後掉下來的就可以逃過一劫。」

我目不轉睛盯著那個玩意兒看，前所未見，全年無休。很多螞蟻能安然走過危險的V，用牙齒拖著魚骨殘渣離開，但總是會有幾隻走到那裡停下來，觸角抖動幾下後掉下去。布拉伍尼上校鏡片後的眼睛緊盯著這些螞蟻的所有動靜，只要有螞蟻掉下去，他整個人就會不由自主地震一下，薄到幾乎看不見的嘴唇緊繃的嘴角也會跟著抽搐。他常常忍不住伸手介入，一會兒調整鐵絲那個V的角度，一會兒搖晃汽油盒好讓黏在壁緣的螞蟻屍體分布均勻些，有時候甚至會抓住鐵絲晃動以加速受害者掉落的速度。不過最後這個動作恐怕在他看來近乎破壞規則，所以他會立刻縮手，用愧疚的眼神看著我。

「這個是改良最成功的模式。」他帶我去看另一棵樹，那棵樹上的鐵絲在V的位置綁了一條打了結的豬鬃毛，螞蟻以爲能抓住鬃毛獲救，但是汽油味加上支撐點突然變少，會讓螞蟻搞不清楚狀況，只能往下墜落，毫無挽回餘地。上校帶我去看的其他陷阱中有很多都用了豬鬃或馬鬃，原本粗圓的鐵絲突然變成細細的鬃毛，螞蟻一時之間無所適從進退兩難，就會因爲失去平衡而墜落，有的陷阱甚至還多加了一個圈套，在前往誘餌途中設一個假通道，是一根即將斷裂的鬃毛，螞蟻經過的時候因重量壓力就會斷開，讓螞蟻掉進汽油盒中。在那個安靜無聲、有條不紊的小花園裡，每一棵樹，每一支管線，每一根柵欄上都用精確手法架設了鐵絲裝置和汽油盒，所有修剪整齊的玫瑰花叢和爬藤支架都只不過是那些死刑台的完美僞裝。

「亞葛勞烏拉！」上校往他家後門走的時候大喊一聲，然後對我說：「現在我就讓您看看最近這幾天的狩獵成果。」

一個瘦小蒼白的女子從後門走出來，跟竹竿一樣的她眼神閃爍凶狠，頭上綁著一方頭巾，在前額打了一個結。「把那幾袋搬出來給我們鄰居瞧瞧。」布拉伍尼上校對她說，我直覺反應她應該不是傭人，而是上校的妻子，我對她點點頭，低聲問候致意，她並未理會。她走回屋內，手上抓著一個沉重的布袋在地上拖行，她肌肉發達的手臂說明她的力氣比我第一眼看到她以爲她是一名弱女子要大得多。從半掩的門可以看見屋內堆滿了類似的布袋，始終沒有開口的上校妻子已經不見了。

上校打開布袋口，裡面看起來很像是培養土或化學肥料，他把手伸進去，抓了一把很像咖啡渣的東西出來，換到另一隻手上：是死掉的螞蟻，如沙粒般輕盈、略爲泛紅的黑色螞蟻屍體縮成一團，小小一球，看不出哪裡是頭哪裡是尾。死螞蟻發出一股酸臭味，很刺鼻。布拉伍尼上校家裡有上百公斤、堆積如山的布袋，全都是滿的。

「太驚人了……，」我說。「您這麼做可以讓螞蟻徹底滅絕……。」

「不會。」上校說得很輕鬆。「光殺工蟻沒有用。這裡到處都是螞蟻窩，每個螞蟻窩裡都有一個蟻后，可以繁殖上百萬隻螞蟻。」

「所以？」

我在布袋旁邊蹲下來，他則坐在我下方的台階上，爲了跟我說話得仰著頭。變了形的白色帽子遮住了他的額頭，還有部分圓眼鏡。

「得阻止蟻后。如果能把負責供給糧食給螞蟻窩的工蟻數量減到最少，蟻后就會沒有東西吃。我跟您說，如果有一天我們看到蟻后在仲夏時節從螞蟻窩爬出來，靠自己的腿到處覓食……，那麼這一切就結束了……。」

上校氣呼呼地把布袋口封起來，我也站了身來。

「偏偏就有人以爲只要把螞蟻趕走就能解決問題。」他瞄了一眼雷吉納烏多夫婦的房子，露出大鋼牙嘲笑他們。「……還有人努力把螞蟻養胖……那也是個辦法，對吧？」

我沒聽懂他最後那句話是暗示什麼。

「誰？」我問他。「爲什麼要把螞蟻養胖？」

「蟻人還沒去過您府上？」

什麼蟻人？「我不知道，」我說。「應該還沒……。」

「他會出現的，別擔心。那個人通常是星期四來，所以如果今天早上沒看到他，那他就是下午才會來。來幫螞蟻鍛鍊身體，哈，哈！」

我為了討好上校跟著陪笑，但是我不想再學其他滅蟻方法。我來找他不就是為了這個嗎？我說：「我像絕對沒有比您這個更好的方法了……您覺得我家也可以試試看嗎？」

「那您得告訴我您喜歡哪一種？」布拉伍尼上校帶我走回花園，去看其他那些我先前還沒看過的設計。明明只要隨便一壓就能殺死螞蟻這麼簡單的事情，卻花費這麼多心思和力氣，我一時之間仍反應不過來，但我知道重要的是不能慌了手腳，必須有條有理，並且持之以恆，於是我覺得很洩氣，因為我認為沒有人能夠像我們這位上校鄰居如此頑強不退讓。

「或許對我們家來說簡單一點比較好。」我才說完，布拉伍尼上校就用鼻子哼了一聲，我不知道他是對我表示贊同，還是對我毫無企圖心表示同情。

「我先想一下，」他說。「幫你畫幾張設計草圖。」

我只好先道謝再道別，跳回鐵絲網另一邊。踩在礫石地面上居然沒聽見嘎吱作響的聲音感覺不太真實。我家，雖然此刻蟻害肆虐，但我第一次覺得那裡就是我家，是我一進門就會說「我終於回來了」的地方。

在家裡的寶寶剛吃了殺蟲劑，我妻子幾近崩潰。

「別怕，那沒有毒！」我連忙安慰她。

是沒有毒，但也不能說好吃。我們兒子痛到尖叫，得讓他吐出來才行。他吐在廚房，我妻子才剛打掃完就又到處都是螞蟻的廚房。我們擦洗地板，安撫寶寶，哄他在籐籃裡睡覺，籐籃周圍撒了一道蟻快逃粉末，再拿蚊帳綁在籐籃上，以免他睡醒後爬出來又吃進其他亂七八糟的東西。

我妻子採買了些東西，那一袋同樣逃不過螞蟻的侵襲，所以只得把每樣東西都洗一遍，包括油漬沙丁魚和乳酪，得把黏在上面的螞蟻一隻一隻抓下來。我跟她一起做，我劈了柴火，讓小廚房可以運作，讓煙囪通風無礙，她則負責洗青菜。但我們做事的時候很難定在一個位置上不動，每分鐘不是她就是我會跳起來，「啊，螞蟻咬我！」不是忙著搔癢，幫對方抓螞蟻，就是把手或腳放到水龍頭下沖水。我們想不出可以坐在哪裡用餐，如果在家裡吃，可能會招來更多螞蟻，在外頭吃，恐怕很快就會被螞蟻爬滿全身。最後我們決定站著吃，邊吃邊走動，可是躲不掉螞蟻的味道，一方面是食物被牠們爬過後留下氣味，一方面是我們手上殘留的餘味。

吃過飯後我到外頭空地上走走，順便抽根菸。雷吉納烏多家傳來餐具叮噹碰撞聲，我走過去打招呼，看見他們坐在一張遮陽傘下，還在用餐，悠哉悠哉，脖子上圍著格子餐巾，正在享用奶油布丁和白葡萄酒。我祝他們胃口大開，他們邀我過去加入他們。但是我看到他們餐桌旁有蟲快逃的袋子和桶子，每樣東西上頭都有一層薄薄的黃色或白色粉末，以及瀝青色的條紋，我的鼻子只聞到化學臭味。我說感激不盡但是我沒什麼胃口，此話不假。雷吉納烏多夫婦的收音機播著音樂，音量不大，他們跟著哼哼唱唱，假裝舉杯勸酒。

我是站在一個小臺階上跟他們打招呼的，從那裡也可以看到布拉伍尼上校家的花園一角。上校應該已經用餐完畢，他端著一個咖啡杯和托盤從家裡走出來，邊走邊喝，同時四處張望，自然是爲了確認他設下的刑具都運作如常，螞蟻持續處在痛苦掙扎的常態中。我看到在兩棵樹中間掛著一張白色吊床，躺在那上頭的應該是瘦骨嶙峋、一臉凶狠的上校太太亞葛勞烏拉，我只看到一隻手握著木框扇子搧啊搧的。吊床兩頭懸空的繩索打結方式很奇怪，肯定也是爲了防治螞蟻爬上來特別設計的，也說不定吊床本身就是撲殺螞蟻的一個大型陷阱，上校把自己的妻子放在那邊當成了誘餌。

我沒打算跟雷吉納烏多夫婦說我去布拉伍尼上校家的事，因爲我知道他們一定會極盡嘲諷之能事，他們兩家之間互相看不順眼應該不是一天兩天了。我的目光轉向毛洛太太家的花園，就在我們幾戶人家正上方，還有她那間矗立在小山丘上的屋子，屋頂上有一個可旋轉的公雞風標。「不知道毛洛太太那裡是不是也有螞蟻……。」我這麼說。

看得出來雷吉納烏多夫婦用餐時奚落他人比較節制，只敢嘻嘻偷笑，他們說：「呵呵……她應該也有，呵呵呵……她應該也有……她肯定有，保證有……。」

我妻子叫我回家，因爲她想把床墊搬到桌子上好睡一會兒。原本放在地上完全無法阻止螞蟻爬上來，若放在桌上，只需要用殺蟲劑隔離四個桌腳，就可以阻擋螞蟻一小段時間。她躺下來休息，我出門去，盤算著要去找某些人或許他們可以給我一份工作，但事實上我只想走一走，讓思緒換個方向。

然而走在路上，我覺得所有地方都跟我昨天看到的不一樣：我在每個花圃，每家每戶都能瞄到螞蟻列隊沿著牆壁往上爬，螞蟻爬滿果樹，螞蟻朝著有糖分或有油脂的東西伸長觸角。我的眼睛發揮偵查作用，能立刻發現有傢俱被搬到戶外以驅趕入侵的螞蟻，有老太太手中拿著蟲快跑殺蟲噴霧和一盤毒蟻藥，眼角餘光還瞄到一排螞蟻堅毅不屈地繼續沿著門框往上爬。

儘管如此，這裡依然是奧古斯托叔叔的理想國：螞蟻於他又何妨？他這個鐘頭替這個老闆搬貨，下個鐘頭替另一個老闆搬貨，坐在餐館長凳上吃飯，晚上看哪裡熱鬧有手風琴樂音就去哪裡，任何地方都能睡，只要空氣清新床板不要太硬就行。

我一邊走，一邊試著把自己當成奧古斯托叔叔，想著我若是他，在這樣的午後，在路上走著，會做些什麼。不過，想當奧古斯托叔叔首先得從外表開始，他個子矮胖，雙臂有點像猴子那樣懸在半空中比劃著誇張的手勢，爲轉身看一名女子短短的蘿蔔腿就會絆倒自己，聲音不大，一激動起來就會翻來覆去用這裡的方言重複那幾句髒話，但是口音不夠道地，髒話罵得荒腔走板。他是身心靈合一的人，我若想向他看齊，只能用我腦袋中的沉重和紛亂思緒來演繹奧古斯托叔叔的衝動和戲謔。不然，我也可以在心裡面假裝是他，默默對自己說：「喂，我到那個乾草堆上打個盹喔！喂，我要到餐館吃個血腸夾麵包配一杯葡萄酒去！」看到貓咪，就想像我假意摸牠一下然後大聲喝斥「哈！」好把貓咪嚇跑。對餐館女服務生則說：「呵呵，小姐，需不需要我幫你啊？」但這個遊戲並不好玩，我越了解奧古斯托叔叔生活在這裡多麼愜意，就越明白他跟我多麼不同，他絕對受不了我擔心的那些事情：還沒整理完的房子，還沒找到的工作，還沒痊癒的寶寶，還有一個板著臉的妻子，而且床上跟廚房都是螞蟻。

我走進我跟我妻子去過的那家餐館，問那名身穿白襯衫的婦人昨天跟我聊天的那幾個老先生來了沒有。那裡清風徐徐很涼快，或許不會有螞蟻吧。我聽婦人的建議，坐下來等那幾位老先生，我故作輕鬆狀問她：「您這裡該不會也有螞蟻吧？」

她用抹布擦拭櫃台：「這裡人來人往，誰會注意螞蟻。」

「但您一直住在這裡，也沒注意過？」

她聳聳肩膀。「我這麼大一個人，難道會怕螞蟻？」

那種刻意隱瞞螞蟻，彷彿覺得很丟臉的態度，讓我越來越不爽，我繼續追問：「您都不會用藥毒螞蟻嗎？」

「殺螞蟻最好的毒藥，」坐在另一桌的傢伙插嘴接話，我認出他是昨天晚上跟我說過話的奧古斯托叔叔的朋友。「是這個。」他舉起酒杯，一口喝乾。

後來其他人也來了，他們邀我跟他們一起喝酒，反正他們也沒辦法提供任何工作資訊。大家不經意又聊起了奧古斯托叔叔，其中有人問：「那個大黑倌在老家做什麼？」黑倌，這個字在這裡的意思是指流浪漢跟混混，大家都對這個稱謂表示贊同，也認定我叔叔就是個不折不扣的黑倌。我熟悉的那個體貼、謙虛的人，儘管生活亂七八糟，但何至於會獲得那樣的稱謂，我有點莫名所以。或許是這些人一貫的誇大吹牛吧，讓我隱約想到他們面對螞蟻的態度：假裝自己身處在一個騷動不安冒險犯難的世界裡，說不定是把所有麻煩，包括最微小的麻煩，都隔絕在外的一種方法。回家路上我想了又想，對我而言融入那種思維模式的障礙，正是我的妻子，她這個人向來與異想天開爲敵。自從她介入我的人生後，我就再也無法靠話語和思緒把自己灌醉，因爲我腦中會立刻浮現她的臉，她的眼神，她整個人，但是她對我又是如此珍貴且不可或缺。

我才到門口，我妻子就迎上來，神色有些倉皇。她說：「我跟你說，有地理測繪員。」

剛才餐館裡那群人自我感覺良好的自吹自擂還在我耳邊迴盪，我根本沒聽她說什麼就回答：「哎，地理測繪員，不過就是個地理測繪員嘛……。」

她說：「有地理測繪員到家裡來，說要丈量尺寸……。」

我聽得一頭霧水，進了家門才明白。「你說什麼呢？是上校！」

來者是布拉伍尼上校，帶著一把黃色的伸縮尺在我們家丈量尺寸，以便進一步設計捕蟻陷阱。我向他介紹我的妻子，並且謝謝他的細心。

「我想先了解一下環境，」他說。「一切都必須經過精算。」他也量了籐籃的尺寸，原本在裡頭睡覺的寶寶被吵醒，看到黃色伸縮尺從頭上橫過嚇了一跳，嚎啕大哭。我妻子連忙安撫他哄他睡覺。寶寶的哭聲讓上校變得緊張兮兮的，儘管我努力讓他分心也無效。幸好他聽見妻子在外頭叫他，便走了出去。亞葛勞烏拉站在籬笆外，白皙瘦削的手臂比劃著，大喊著說：「快來！對啦，快點來！那個人來了！沒錯，就是那個蟻人！」

布拉伍尼上校看了我一眼，抿著嘴唇對我微笑，然後說很抱歉他得馬上趕回家。「那個人也會來找您的，」他指著那個神祕「蟻人」此刻大概的位置說。「您就會知道……。」他說完就走了。

我可不想看到蟻人的時候既不知道他是誰，也不知道他是來做什麼的。我踏上通往雷吉納烏多家的臺階時，雷吉納烏多先生正好從外面回來，他一身白衣，頭上戴著草帽，手上拎著好幾袋東西和瓶瓶罐罐。我問他：「不好意思，那個蟻人，已經去過你們家了嗎？」

「我不知道，」他說。「我剛從外面回來，但我想他應該來過了，因為到處都是糖蜜。克勞蒂雅！」

他太太探出頭來說：「對，他來過了，等會兒就會去勞歐雷利小屋，不過最好別抱什麼期望！」

我？我會有什麼期望。我繼續問：「請問，這個人是誰派來的？」

「還能有誰？」雷吉納烏多先生說。「他是對抗阿根廷螞蟻協會的人，他會在每一戶人家的花園裡放糖蜜。您看到那些小碟子了嗎？」

他太太接著說：「是下了毒的糖蜜……。」然後輕輕笑了一聲，意味深遠的那種笑法。

「能殺螞蟻？」我問的這些問題是讓人笑不出來的玩笑話，我早就知道答案了。有時候彷彿一切問題即將迎刃而解，結果卻依然複雜難解。

雷吉納烏多先生搖搖頭，彷彿我說了什麼不該說的話。「怎麼可能……，可想而知，毒性很低……這些甜滋滋的糖蜜螞蟻很愛吃，工蟻返回蟻窩的時候把含毒量很少的糖蜜餵給蟻后吃，這樣，遲早有一天，螞蟻會被毒死。」

我沒有說出口的問題是，遲早有一天，螞蟻眞的會被毒死嗎？我知道雷吉納烏多先生雖然告訴我這個流程，但是他個人，其實抱持著不同看法，只不過他覺得有義務客觀傳達當局的官方意見，並予以尊重。他太太則以女性慣有的不耐煩，在她先生說話的同時用輕蔑笑聲、冷嘲熱諷表態直接表達了她對糖蜜這個做法的不以爲然。雷吉納烏多先生顯然覺得她這個態度有失中肯或過於莽撞，所以不時出聲制止，或試圖爲他太太主張的失敗論打圓場，但並沒有完全否決她說的話，或許是因爲他私底下也這麼說過，而且說得更難聽。他示範了幾個比較公道的說法：「欸，你這麼說就太誇張了，克勞蒂雅……當然啦，不是非常有效，但說不定有幫助啊……何況他們做這些都是免費的……得等個幾年才能評估……。」

「等幾年？他們放那些東西有二十年了吧，每年螞蟻都變更多。」

雷吉納烏多先生這回並沒有反駁她說的話，但是轉移話題說起那個協會的其他事蹟。他告訴我堆肥箱的事，協會派出蟻人把堆肥箱放在院子裡，讓蟻后去裡面做窩之後，他們再來把箱子拿去燒掉。我發現雷吉納烏多先生說話的語調很適合我跟我那位生性多疑悲觀的妻子解釋事情，我回到家後，把剛才從鄰居口中聽來的內容重述了一遍，但避免把糖蜜滅蟻方法說得太神奇或太神速，也絕口不提雷吉納烏多太太的冷嘲熱諷。我妻子如果去搭火車，是會把火車時刻、車廂排列順序和查票員要求都視爲無物，暗地裡批評得體無完膚，滿懷怨恨卻又默默接受的那種人，她的結論是用糖蜜滅蟻荒謬至極，複雜可笑，我也沒辦法反駁她，但是她已經準備好會看到那個蟻人（後來我知道蟻人名叫包迪諾），不會大聲抗議或提出無理要求給蟻人下馬威。

那個人未經我們同意就走進我們的院子，我們還在討論他，就看到他出現在面前，讓我們覺得尷尬不自在。他個子矮小，約莫五十來歲，穿著破舊褪色的黑色西裝，臉上給人一種酗酒的感覺，頭髮依舊烏黑，像小孩子一樣分線梳得很整齊。他瞇著眼睛，嘴角掛著制式的微笑，由他泛紅的眼眶和鼻翼可以預見他的聲音高亢沙啞，有點像神父，有很重的地方腔。他的嘴角和鼻翼會神經質地抽動，讓細紋更加明顯。

我之所以會詳加描述包迪諾先生的長相，是爲了想釐清他給我們的奇怪印象，不對，他其實一點都不奇怪，因爲即便在成千上百人群中我們也能一眼猜出他就是蟻人。他的手很大，毛茸茸的，一手拎著很像咖啡壺的東西，另一手則拿著一疊小陶盤。他跟我們說他要放糖蜜的事，聲音透露出照章辦事的漫不經心和懶散，他說「糖蜜」這個字的時候同樣拖拖拉拉不可靠，足以讓我們明白這個人對我們的憂慮有多麼麻木無感，多麼嗤之以鼻，那不過是他的工作。我發現在這樣的人面前，我妻子反而表現得十分冷靜，告訴他哪些地方有最多螞蟻經過，因爲我看他動作慢吞吞的，一直重複做同樣動作，把咖啡壺裡的糖蜜倒進一個一個小盤子裡，留意放下來的時候不能潑灑出來，我完全失去耐心。我盯著他看，忽然想通了這個人給我的第一印象爲何那麼奇怪：他很像螞蟻。我也說不出爲什麼像，但他眞的很像，或許是因爲他整個人黑撲撲的，或許是因爲他的五短身材比例，或許是因爲他的嘴角抽動跟螞蟻的觸角和腳永遠停不下來很類似。但是螞蟻有一個特質是他沒有的：螞蟻忙進忙出一刻不得閒，包迪諾先生的動作卻笨手笨腳十分遲鈍，現在還愚蠢至極地拿著一枝沾著糖蜜的筆把我們家弄得髒兮兮的。

我看著那個人的一舉一動，越看越火大，轉頭才發現妻子不在身邊。我環顧四周找她，看見她站在前門空地角落，那裡是雷吉納烏多家跟布拉伍尼家籬笆交界處，克勞蒂雅和亞葛勞烏拉各自面向對方家，正在聊天，而我妻子則站在她們中間聽，我也加入他們，反正包迪諾先生在我家後面張羅糖蜜的事，他在那裡想弄多髒都不需要監控。布拉伍尼太太滔滔不絕，搭配誇大的手勢說個不停：「那個人來，給螞蟻吃的，根本是營養品。明明就是營養品，還說是什麼毒藥！」

雷吉納烏多太太接著補充，不過她的聲音柔和多了：「哪一天要是眞的沒了螞蟻，協會的人要去哪裡呢？所以啊，您說我們能怎麼辦呢？」

「所以他們才要來把螞蟻養胖啊！」布拉伍尼太太做了結論。

那兩位鄰居太太都對著我妻子說話，她靜靜聆聽不發一語，但是從她鼻孔撐大、嘴角下垂的程度來看，我知道被欺騙的怒火和痛苦已經將她吞噬。老實說，就連我，也認爲那未必只是兩個婦人之間的閒聊八卦。

「還有那些堆肥箱，」雷吉納烏多太太又說。「您相信他們拿走之後眞的放火燒掉嗎？才怪！」

這時候傳來雷吉烏納多先生的聲音：「克勞蒂雅！克勞蒂雅！」顯然他太太的誇大其辭讓他聽不下去了。雷吉納烏多太太說了一句「不好意思」就走了，聲調中流露出對她丈夫人云亦云的一絲不屑。我聽到籬笆另一邊傳來幾聲冷笑，看到布拉伍尼上校走在卵石小徑上調整滅蟻陷阱的角度。他腳邊有一個包迪諾先生剛裝滿了糖蜜的小盤子打翻了，破了，顯然是被踢翻的，不知道是有心還是無意。

往家裡走的時候，我看不出我妻子心裡面醞釀著什麼方法來對付那個蟻人，不過我現在也沒打算攔阻她，如果有需要的話，我可能還會幫她。但是我們在屋內外轉了一圈，發現包迪諾先生已經走了。我們進門的時候，隱約聽見了柵門關上的吱嘎聲，他應該是那時候離開的，沒有打招呼，在這裡那裡留下了黏答答的淡紅色糖蜜，發出一種聞起來很不舒服的甜味，跟螞蟻留下的氣味不一樣，我也說不上來，但又有些神似。

既然寶寶在睡覺，我們正好到毛洛太太家走一趟，除了得跟她拿一間儲藏室的鑰匙外，基於禮貌也應該去拜訪她。其實我們急於拜訪她的眞正目的是她租給我們一間螞蟻肆虐的房子，而且沒有事先告知，我們要向她提出抗議，不過更重要的是，我們想知道房東的家如何面對這場災難。

毛洛太太的家在山坡上，有一個不小的花園，有高高的棕櫚樹，泛黃的葉子隨風搖曳。一條迂迴大道通往玻璃落地陽臺環繞、屋頂有天窗的建築。屋頂上還有一個生鏽的公雞風標，轉得很吃力嘎嘎亂叫，比起棕櫚葉一受風吹就簌簌作響慢了好幾拍。

我妻子和我走上大道，倚著陽臺欄杆眺望，看到我們住的那個小房子，依舊陌生的小房子，還有尙待整理、雜草叢生的門前空地，雷吉納烏多家跟倉庫中庭差不多的小花園，布拉伍尼上校家一絲不苟彷彿墓園的庭院，我們終於可以忘記那裡到處都爬滿了黑色螞蟻，我們終於可以擺脫時時刻刻糾纏的焦慮心情看著那些地方原本該有的樣子，此刻隔著距離看，那些地方幾乎是天堂。可是站在高處往下看，越看越爲我們在下面的生活感到悲哀，彷彿生活在那瑣碎平淡乏味的地方就不得不持續跟瑣碎平淡乏味的問題對抗。

毛洛太太又瘦又高，年邁的她在一間黑漆漆的房間裡見我們，她坐在一張高背椅上，旁邊有一張小桌子，小桌子可打開，裡頭收著針線和寫字用的紙筆。她一身黑，只有類似男裝的領子是白色的，瘦巴巴的臉上擦了一點粉，頭髮梳得非常整齊。她立刻把前一天就答應要給我們的鑰匙交給我們，但是她沒問我們在那房子住得如何，我們認爲，這表示她早就料到我們會來抱怨。

「毛洛太太，山下的螞蟻……。」我現在反而希望我妻子說話的聲調不要那麼低調退讓。雖然她不好惹，常常咄咄逼人，但有時候還是會忍不住害羞，看她那個樣子讓我覺得很不自在。

我決定助她一臂之力，以明顯的不悅口吻說：「毛洛太太，您租給我們的房子，我們如果知道有這麼多螞蟻，老實跟您說。」我話沒說完，心想這樣意思應該夠清楚了。

毛洛太太連眼皮都沒動一下。「那個房子空很久了，」她說。「有幾隻阿根廷螞蟻也是可以理解的，畢竟螞蟻到處都是……只要沒有打掃乾淨。您呢，」她對我說，「您讓我等了四個月才給我肯定答覆。您若是早一點搬進去，現在就不會有螞蟻了。」

我們看著拉上窗簾和百葉窗、幾乎漆黑一片的那個房間，挑高空間的牆壁上掛著古老壁毯，精雕細琢深色家具上的純銀水壺茶壺偶爾閃爍發光，我們覺得不見光和笨重的家具都是爲了隱藏那棟老宅從地板到屋頂川流不息的螞蟻。

「難道您這裡，」我妻子語帶暗示，幾近嘲諷。「沒有螞蟻？」

毛洛太太抿嘴。「沒有。」她說得斬釘截鐵，或許意識到我們不相信她說的話，進一步解釋道：「我們把這裡打掃得一塵不染，只要有螞蟻進入院子裡，我們就會察覺處理。」

「要怎麼做？」我跟我妻子異口同聲，滿心期待和好奇。

「沒什麼，」毛洛太太聳聳肩膀。「我們就把螞蟻趕走，用掃把掃。」她努力維持的鎮定自若在那一刻似乎因爲身體某個部位感到疼痛而瓦解，我們看著坐在椅子上的她腰一扭，把整個人的重心從一邊換到另一邊去。若不是跟她剛才說得如此篤定，我敢保證那絕對是一隻阿根廷螞蟻爬進她的衣服裡，咬了她一口。或許不只一隻在她身上散步，讓她搔癢難耐，因爲她再怎麼勉強忍住坐在椅子上不動，卻很難保持原先的端莊優雅，整個人緊繃，臉上則出現越來越痛苦的表情。

「可是我們家門口那塊空地是黑色的，全都是螞蟻。」我說得很快。「我們可以保持家裡乾淨，但是外面永遠有上千隻螞蟻……。」

「可想而知，」毛洛太纖細的手緊握著椅子扶手。「可想而知，那塊地沒種東西，荒廢的空地會讓螞蟻繁殖上百萬隻。我原本的計畫是您四個月前就應該要整地的，可是您讓我等了又等，所以現在才會有這個問題。現在麻煩的不只是您，大家都跟著遭殃，因爲螞蟻會擴散開來……。」

「也擴散到您這裡來了嗎？」我妻子忍笑問她。

「這裡沒有！」毛洛太太的右手始終抓著扶手，肩膀微微轉了一下讓手肘抵住腰側。我不禁懷疑那黑暗，那些擺設，那些空蕩蕩的房間和她的驕矜自傲，或許都是毛洛太太對抗螞蟻的方法，因此她面對螞蟻表現得比我們堅強。只不過我們眼前看到的一切，包括坐在那裡的她，似乎都已經被比山下螞蟻更兇狠的螞蟻啃噬殆盡，類似某種會把所有東西都吃光只留下一層皮的非洲白蟻，所以毛洛太太的房子其實只剩下褪色的壁毯，幾乎化爲粉塵的窗簾，而那一切隨時可能在我們眼前灰飛煙滅。

「我們來就是想請您給我們一些建議，該如何擺脫那些討人厭的螞蟻……。」我妻子完全恢復了她原本的伶牙俐齒。

「家裡打掃乾淨，空地要整理。沒有其他方法，只能拚命工作。」毛洛太太站起身來，已經坐不住的她出於本能反應決定送客。她恢復鎮靜，蒼白臉龐似乎掠過鬆了一口氣的表情。

我們穿過花園往下走，我妻子說：「希望寶寶沒醒。」我也正在擔心寶寶，結果還沒進門就聽到他的哭聲。我們衝進去把他抱起來，試圖安撫他，可是他繼續放聲大哭尖叫。有螞蟻跑進他耳朵裡了，我們花了一點工夫才弄明白，其實我妻子一開始就說：「應該是螞蟻！」但我不懂寶寶爲什麼會哭成那樣，我們把他衣服脫光，全身上下檢查了一遍，沒有看到任何螞蟻咬過或紅腫的痕跡。不過籐籃裡的確有幾隻螞蟻，可是我明明做好了隔離。

原來我們沒注意到包迪諾先生用那隻沾了糖蜜的筆到處塗抹，而這個蟻人其中一劃似乎是故意要把地板上的螞蟻引到寶寶的搖籃裡。

寶寶哭鬧，我妻子大吼大叫，把鄰居太太們都招到家裡來了。雷吉納烏多太太眞是貴人，對我們很照顧，至於布拉伍尼太太，我必須說，她也盡其所能幫助我們，還有其他沒見過面的幾位太太也來了。大家七嘴八舌提供意見：滴溫熱的油到寶寶耳朵裡面，讓寶寶嘴巴張開，讓寶寶鼻子呼氣，還有其他我也搞不清楚的建議。雖然她們是來安慰我們的，但她們大聲嚷嚷帶給我們的困擾其實多過幫助，圍著寶寶手忙腳亂的同時也激發了大家對蟻人的怨恨。我妻子當著大家的面痛罵包迪諾，鄰居太太幫腔說那傢伙活該挨罵，是該狠狠地罵他一頓，都是他亂搞一通才會讓螞蟻長那麼好，還不都是為了保住自己的工作，他根本就是故意的，大家都知道他是站在螞蟻那邊，絕對不是個好基督徒。一聽就知道，大家說得太誇張，但是在慌亂中，加上寶寶哭鬧不休，連我都加入了她們，如果包迪諾先生剛好出現的話，我眞不知道會對他做出什麼事情來。

耳朵裡的小螞蟻跟著油流出來了。寶寶哭累了，抓著他的橡膠玩具搖來搖去後放進嘴巴裡咬，忘記我們的存在。我跟他需要的一樣：一個人靜一靜，舒展一下神經，可是那群婦人持續撻伐包迪諾先生，還跟我妻子說附近一個圍欄後面是他的落腳處，他很可能就在那裡。我妻子說：「哼，我去找他，我現在就去找他，給他點顏色瞧瞧。」

於是她們組成一個小小軍團，由我妻子領軍，而我自然走在她身邊，雖然我也說不清楚我此行扮演的角色是什麼。慫恿我妻子去找蟻人的太太們跟在後面，有時會走到前面來指路。雷吉納烏多太太自願幫我們照顧小孩，在柵門前跟我們說再見。我後來才發現布拉伍尼太太也沒來，而她是譴責包迪諾最不遺餘力的鄰居之一，結果陪我們去的全是不認識的人。我們走在被當成自家院子的路上，兩旁是破爛爛的木頭房子、雞棚和堆滿垃圾的菜園，先前氣憤塡膺的一位鄰居太太到了自己家門口就停下腳步，熱情地告訴我們接下來應該怎麼走之後，把趴在地上玩耍、全身髒兮兮的小孩叫回家，或是去準備飼料餵雞。只有兩三個太太跟著我們走到包迪諾家的圍欄前，可是等我妻子敲門，門一打開，進去的就只有我們兩個。雖然我們知道她們會從窗戶或雞棚盯著我們看，會掃地經過門外，貌似繼續鼓勵我們，但聲音很微弱，而且完全不露面。

螞蟻人站在他的小屋中間，那個鐵皮屋將近四分之三都塌了，碩果僅存的幾道木板牆其中一面貼著一張泛黃的海報，上頭幾個大字：**對抗阿根廷螞蟻協會**，旁邊堆滿了裝糖蜜用的小盤子，還有各種瓶瓶罐罐，那地方看起來很像垃圾場，有一包包魚骨頭跟其他垃圾，讓人立刻聯想到那裡說不定就是整區螞蟻的發源地。站在我們面前的包迪諾先生掛著令人生氣的疑惑微笑，露出他缺了好幾顆的牙。

我妻子略為遲疑後開始發動攻擊。「您眞的很過分！您憑什麼跑到我家裡來弄得到處髒兮兮的，螞蟻會跑到寶寶的耳朵裡就是您跟您的糖蜜害的。」

我妻子的手都指到包迪諾先生面前了，他卻依然掛著那抹狐疑的微笑像野生動物一樣試圖尋找一條逃生路，同時聳肩眨眼閃躲看著旁邊，看著我，因爲他也沒有別人可以看，彷彿在跟我說：「她瘋了，」但他說出口的只有籠統軟弱的辯解：「不是……，沒有……，怎麼會……。」

「大家都說您給螞蟻吃的是營養品，根本不是毒藥！」我妻子大吼，包迪諾先生溜出門外，走到馬路上，我妻子跟在他後面繼續辱罵他。現在包迪諾先生聳肩眨眼的對象變成了旁邊小屋的婦人，我覺得她們不動聲色兩面討好，一方面幫他作證，證明我妻子是在胡說，輪到我妻子望向她們的時候，她們又用激烈的頭部動作加上揮舞掃把來譴責包迪諾。我不介入，我能做什麼呢？我總不能加入謾罵或動手對付那個不斷閃躲的矮個子吧，我妻子對他已經夠兇的了。但我也沒打算勸她，因爲我不想幫包迪諾說好話。直到我妻子怒火中燒，對他大吼：「你弄傷了我的寶寶！」還抓住他的領子，把他整個人拉過來推過去的時候，我本打算上前分開他們兩個，但是他沒有還手，只像螞蟻那樣七手八腳地自己原地打轉，好不容易脫身後很滑稽地跑了幾步拉開一點距離，隨即恢復冷靜轉身離開，一邊聳肩，一邊喃喃自語：「怎麼會……，那個人是誰……，」一邊做出「她瘋了」的手勢，對象依然是那幾戶木屋人家。同樣一群觀眾在我妻子衝向包迪諾先生的時候，嘩然一聲後竊竊私語直到他脫身才安靜下來，隨後又對著包迪諾先生的背影你一言我一語說了起來，不是抗議或咒罵，主要是抱怨，或應該說是懇求他幫忙，但是音量很大，聽起來頗像是義正詞嚴的宣言：「螞蟻幾乎把我們生吞活剝……床上有螞蟻，盤子裡有螞蟻，每一天，每一夜……我們已經飢腸轆轆，還得餵養牠們……。」

我摟著我妻子離開，她不時難掩激動放聲大喊：「別以爲事情到此結束！我們知道是誰欺騙了我們！我們知道誰是始作俑者！」還有其他恫嚇言論都沒有任何人應和，因爲只要我們經過，那些小木屋的窗門就紛紛關上，裡頭的人回頭過著與螞蟻共生的可悲生活。

走在回家路上我們心情很沮喪，其實是意料中的事。讓我感到遺憾的是那些婦人的態度。我突然覺得到處找人哭哭啼啼埋怨螞蟻很討人厭，我這輩子再也不會那麼做，我寧願用百般糾結的驕矜自傲把自己武裝起來，像毛洛太太那樣，問題是她很富有而我們很窮，我找不到繼續在這個小鎮上生活下去的解決之道，看來我認識的這些人裡面，直到不久前都還擺出趾高氣昂姿態的這些人裡面，沒有任何人找到了解決之道，或已經出發去尋找。

我們站在家門前，寶寶咬著他的玩具，我妻子癱坐在一張椅子上，我看著那片被掠劫的土地、圍籬，還有圍籬另一邊籠罩在殺蟲劑粉末霧雲下的雷吉納烏多先生的花園，右邊則是綿綿不絕有螞蟻送死的上校家靜悄悄的花園。這就是我的新家園。我抱起寶寶牽著妻子，我說：「我們去走走，到海邊去。」

已近黃昏。我們走過大路和階梯小路。餘暉照著老城一角，以灰色而多孔的石頭砌成，灰石窗櫺，屋頂長滿綠草。老城如一面扇子，沿著起伏坡地展開，城內城外此刻都是紅銅色，空氣明澈清朗。寶寶轉過頭呆看眼前景色，我們也參與了他的驚嘆感受，這讓我們重新體會生活中曾經有過、但隨著時間逐漸硬化的溫柔片刻。

我們遇到幾名老婦，頭頂著碩大的籃子，以墊圈襯底的籃子左搖右晃，行進間的她們則挺直背脊文風不動，眼睛盯著地上。修道院花園裡有一群原本在做女紅的少女跑去欄杆邊看水池裡的一隻癩蛤蟆，她們說：「喔，牠好鬱悶！」柵欄後面一棵紫藤樹下，有幾個身穿白衣的少年在跟一名盲人玩沙灘排球。一個上身打赤膊、留著絡腮鬍的年輕人，長髮披肩，手上拿著一根叉桿，從一株長滿白色長刺的老仙人掌叢摘採仙人掌果。一棟豪宅的窗臺上有幾個小朋友戴著眼鏡板著臉在吹肥皂泡泡。時間到了，養老院的老人該回去了，他們拄著拐杖一個接一個魚貫爬上階梯，頭上戴著草帽，每個人自顧自地說話。電信公司兩個工人中扶梯子的那個對逆光檢查線路的那個說：「下來吧，時間差不多了，明天再繼續。」

我們走到港口，眼前是大海。那裡有一排棕櫚樹，還有石板長凳，我和我妻子坐下來，寶寶很安靜。我妻子說：「這裡沒有螞蟻。」我說：「而且空氣清新，很舒服。」

大海來回沖刷著堤岸礁石，小漁船隨之擺盪，幾個皮膚黝黑的男人把漁網和魚簍搬到船上，準備晚上出海捕魚。海面很平靜，只有顏色不停轉換，藍色和黑色，越遠的海面顏色變換越頻繁。我想著海的距離，海底無盡的細沙，海流讓乾乾淨淨的潔白貝殼避開海浪躺在細沙上。

煙雲

La nuvola di smog

搬來這個城市定居那段期間，我對一切的一切都不在乎。定居這個說法並不正確。我一點都不想定下來，我寧願身邊一切都是流動的、暫時的，我覺得唯有如此才能保有我內在的穩定性，雖然我也說不清楚那是什麼東西。因此，當我經由輾轉推薦謀得《淨化》期刊的編輯一職，我就來這裡找房子了。

可想而知，對一個剛步下火車的人而言，這座城市猶如一個轉運站：你兜啊轉啊，走進一條比一條更淒涼的巷弄裡，走在倉庫、貨運公司倉儲、裝潢簡陋的咖啡館、對著你的臉噴出臭烘烘廢氣的大卡車之間，不停換手拿行李，雙手腫脹、冒汗，內衣黏在身上，神經緊繃，所看到的一切都讓人神經緊繃，令人崩潰。我需要附家具的出租房間，就是在這樣的巷弄內找到的。在大門門框上用繩子綁著兩疊硬紙板，是從鞋盒裁下來的，上頭寫著房間出租，字跡潦草，印花貼在邊角上。我不時停下腳步換手拿行李，看到那疊紙板告示就走了進去。那棟公寓每個階梯間的每層樓都有一兩間房間出租，我按了C樓梯間的二樓電鈴。

房間很一般，光線有點暗，因爲只有一扇落地窗面對中庭，那也是房間的出入口，外頭是一條欄杆生鏽的長廊，所以是與其他空間互不相通的獨立入口，不過得先經過好幾道用鑰匙才能開啟的鐵柵門，那是因爲房東馬卡麗緹小姐耳背，所以格外嚴加提防竊賊。房間內沒有浴廁，浴廁在長廊上，是用木板隔起來的一個小空間。房間裡有洗臉臺，是自來水，但是沒有熱水。不過話說回來，我想找怎樣的房間？房租很便宜，也是我唯一負擔得起的，再高會超出我能力範圍，再低的恐怕也找不到了。話說回來，一切都應該是暫時的，我希望時時警惕自己這一點。

「好，就這樣，我要。」我跟馬卡麗緹小姐這麼說的時候，她以爲我問她房間會不會冷，指給我看暖爐的位置。我既然看過房間，想放了行李就出去，不過我還是先走向洗臉臺，伸手打開水龍頭。我進房間的時候原本打算洗個澡，但後來決定簡單梳洗就好，因爲我懶得打開行李找肥皂。

「喔，您怎麼不跟我說？我立刻送毛巾過來！」馬卡麗緹小姐說完就小跑步離開，帶著一條熨好的擦手巾回來擱在椅背上。我用水抹了一把臉，好讓自己清醒一點。我覺得整個人髒兮兮的很不舒服，拿起那條擦手巾擦拭身體。直到我做這個動作，房東馬卡麗緹小姐才明白我當眞要租下這個房間。「啊，您要租這個房間！您要租這個房間！太好了，您肯定想換個衣服，整理行李，您忙吧，這裡有衣架，我幫您把大衣掛起來！」

我準備馬上出門，沒讓她幫我脫大衣，只告訴她我需要一個書架，之後會有一箱書寄來，那幾本書是我失序人生中難得積累的財產。我花了不少功夫才讓耳背的房東明白，最後她帶我到她的房間去，那裡有一個小小的置物架，上頭有幾個工具籃、縫衣針線盒、故障待修的東西和替換零件，她說她會把東西清空，把置物架搬到我房間去。然後我就出門了。

《淨化》期刊是某家機構辦的刊物，我得去報到好確認我要做的工作內容。新工作，新城市，我若是年輕幾歲，或是對人生有更多期待，這應該會讓我衝勁十足，意氣風發。但此刻我毫無感覺，我看到的只有身旁的死氣沉沉和奄奄一息，而我之所以一頭栽進去，與其說是自暴自棄，不如說是樂在其中，因爲那讓我更確定人生不可能有所不同。就連要走的路，我也是如此選擇，有高級櫥窗和華麗咖啡館的路對我來說比較簡單，但我選擇轉進最不起眼的、最狹窄的不知名巷弄。我不想錯過路人疲憊不堪的表情，不想錯過便宜餐館的稀薄空氣、小酒館的酸臭味，還有窄巷裡才聽得到的某些聲響：電車的叮噹聲，小貨車的煞車聲，中庭內小型工坊焊接工的嘶嘶聲。因爲那些外在的折磨和窘迫能讓我不過於在乎自己內心的折磨和窘迫。

然而在前往辦公室的路上，我走到一半被迫轉進一個截然不同的老街區，悠閒雅致，綠意盎然，次要道路很少有車輛經過，林蔭大道和外側行車道都十分寬敞，因此交通順暢既不塞車也不吵雜。時值秋天，有幾棵樹變成了金黃色。人行道旁不是房舍外牆，而是柵欄，柵欄另一邊是草皮、花壇、鵝卵石小徑，當中矗立著華廈別墅，外觀雕琢細膩。我感到另一種不自在，因爲在這裡我找不到先前那些讓我可以認清自己，或借以預測未來的東西（我並不迷信，但是一個神經質的人換新環境，他看到的任何東西都可以是一種天啟）。

所以，我踏入那個機構的辦公室時，感覺有點茫然，這裡跟我想像的很不一樣，設在古色古香大廈廳室裡的辦公室有鏡面牆、邊桌、大理石地板和掛毯（但是眞正使用的家具卻又是二十世紀的一般辦公室家具，照明設備也是現代化的燈管）。總之，租下那間又醜又暗的房間讓我此刻覺得自己很渺小，更別說當我被帶進柯韃工程師的總裁辦公室，他以誇張的熱情態度招呼我，不僅從社會地位和階級的角度視我如平輩（這已經夠讓人難以承受了），他還認定我對機構和《淨化》期刊所關注議題的專業素養和投入也跟他不相上下。我呢，老實說，原以爲那是順口胡謅、談笑間編出來的故事，我會接受這份工作也是因爲這是一個再普通不過的工作，沒想到現在我卻得假裝自己這輩子都以此爲志業。

柯韃工程師年約五十來歲，很有朝氣，留著黑色小鬍子，屬於無論如何都保有蓬勃朝氣跟黑色小鬍子的那一代，也是跟我不會有任何關聯的那種人。他的一切，他說的話，他的外表打扮（無懈可擊的灰色套裝，搭配純潔無瑕的白襯衫），他的手勢（手擺動時指間夾著香菸），他整個人散發出積極、隨和、樂觀、大公無私的氣息，都跟我沒有關聯。他把截至目前爲止已經出刊的所有《淨化》拿給我看，那是他（他是社長）跟機構印刷部門主任阿梵德洛博士（柯韃工程師向我介紹他，阿梵德洛博士是那種講話出口成章的人）負責的。《淨化》沒出幾期，內容貧乏，一看就知道不是出自專業人士之手。我以我對報刊有限的了解，用一種方式告訴他（不帶任何批判）我打算怎麼做，會從哪些技術問題著手調整。我不自覺也用了跟他一樣的務實口吻，對自己有十足把握的態度說話，令人欣慰的是我發現我們彼此心領神會。我說令人欣慰，是因爲我越表現出積極樂觀的樣子，就越想起那簡陋的出租房間，那些淒涼的巷弄，我的憤世嫉俗和喋喋不休，我的蠻不在乎，讓我覺得自己在變魔術，當著柯韃工程師和阿梵德洛博士的面把他們技術——工業界的高效率化爲一文不值的垃圾，而他們絲毫沒有察覺，柯韃工程師還頻頻稱是。

「太好了，那麼明天就麻煩您了，我們說定了。還有，」柯韃工程師對我說。「爲了讓您完整了解始末……」他要把最後一次大會的會議記錄拿給我看。「都在這裡，」他帶我走到一個書櫃前面，那裡有一疊一疊會議記錄的油印複本。「您看到了嗎？您需要這個，還有這個，這個您有了嗎？好，您看看是不是都齊全了。」他一邊說一邊拿出文件，就在那時候我看到一團小小的塵雲揚起，他輕拂過的文件表面留下了手指印。於是柯韃工程師每拿起一份文件，就輕拍一下，很輕很輕，彷彿不願意承認那些文件上頭滿是灰塵，然後再用嘴巴輕輕吹氣。他小心翼翼避免碰觸文件的第一頁，但是只要指尖滑過，就會在看起來像灰色、其實是極細灰塵覆蓋的紙上留下一道白色蜿蜒痕跡，而且看得出來他手指還是會弄髒，爲了清理乾淨，他將手指收進手心中，指腹互相拍拭，結果整隻手都髒了。他出於本能反應，垂下雙手放在灰色法蘭絨長褲兩側，停留片刻後再舉起來，我們兩個就這麼在空中拍拭指腹傳遞接收文件，不敢出力輕捏著紙張的邊緣，彷彿手中捏著的是蕁麻葉，而且繼續微笑，微笑，點頭，保持熱絡。「喔，對，那次大會很有趣！喔，對，那個活動很不錯！」我感覺到柯韃工程師越來越緊張，也越來越沒安全感，他無法直視我得意洋洋的眼神，我得意又絕望的眼神，因爲這一切證實了我原本所想實屬千眞萬確。

我很晚才睡著。入夜後，這看似安靜的房間會湧入各種聲響，我慢慢才學會分辨。有時候會有透過擴音器講話而變調的聲音傳到樓上來，簡短指示變得含糊不清。我若是已經睡著，被吵醒時會以爲自己在火車上，因爲那音調和語氣很像是傳入半睡半醒旅人耳中的火車站廣播。我豎起耳朵，總算聽明白了：「兩盤茄汁義大利餃……一份鐵板牛排……一份烤豬排……」我的房間樓下是烏巴諾．拉塔齊啤酒屋的廚房，午夜過後照樣提供熱食，服務生用櫃檯的內部麥克風告訴廚子點菜內容。啤酒屋常傳出朦朧哄鬧聲，偶爾會有人齊聲怪叫。但那間啤酒屋還不錯，有點貴，不是一般人會來用餐的地方，所以很少發生深夜有人喝醉鬧事把堆滿酒杯的桌子掀了的事。躺在床上，其他夜歸人的聲音傳入耳中隱隱約約，沒有生氣，也沒有顏色，彷彿穿過一層濃霧。擴音器裡的聲音說：「炸薯條一份……餃子到底好了沒？」帶著鼻音，透露出沮喪和無奈。

兩點半左右烏巴諾·拉塔齊啤酒屋拉下鐵門，服務生豎起罩在奧地利傳統風格餐廳制服外的的風衣領子，從廚房後門走出來，邊聊天邊穿過中庭。三點左右中庭會有巨大的金屬碰撞聲，是洗碗工把笨重的空啤酒桶拖出來，放倒後任憑它們滾來滾去互相撞擊，然後用水沖洗。這些洗碗工是領時薪的，所以不趕時間，散漫地一邊吹口哨一邊淅瀝嘩啦清洗那些白鐵啤酒桶，足足兩個小時。接近六點的時候會有啤酒公司的卡車送新啤酒桶來，把空桶載走。這時候烏巴諾·拉塔齊啤酒屋裡面已經有清潔公司人員進駐洗刷地板，迎接重新開始的一天。

深夜時分，在某些靜謐片刻，馬卡麗緹小姐房間那裡，在一片漆黑中會傳出連珠炮的講話聲，有笑聲，有發問，有回答，是同一個女子用假音在說話。耳背的馬卡麗緹小姐無法分辨想事情跟大聲說出來的差別，白天不管任何時候，或半夜醒來也一樣，只要她因爲某個念頭、某段回憶、某個懊悔而情緒激動的時候就會自言自語，替不同對話者杜撰對話內容。幸好因爲她情緒起伏過大，導致這些獨白令人費解，但仍聽得出她不小心透露了內心祕密的那份侷促不安。

白天我走進廚房跟馬卡麗緹小姐要熱水刮鬍子的時候（敲門她聽不見，我必須走入她視線範圍，她才會發現我的存在），老是撞見她對著鏡子微笑說話擠眉弄眼，或是坐在椅子上，眼神放空說故事給自己聽。只見她突然回過神來，然後說：「哎！我在跟貓講話。」或是：「不好意思，我沒看到您，我剛才在禱告。」（她是虔誠教徒）但大多時候她根本沒發現她做的事別人早就看在眼裡。

要說她在跟貓講話，倒也不假。她可以跟貓說上好幾個鐘頭的話，有些晚上我會聽到她對著窗外不停說：「啾……啾……，貓咪貓咪貓咪」，等著她的貓去長廊、屋頂和陽台閒逛結束後回家。那隻貓很瘦小，很野，一身黑毛，但每次從外面回到家都沾滿灰，彷彿把整個社區的灰塵跟煤渣都帶了回來。牠遠遠一見到我就跑，躲到某個家具下面，好像我揍過牠似的，其實我根本懶得理牠。不過只要我不在，牠就千方百計想進我房間，房東幫我放在五斗櫃大理石檯面上洗過的白襯衫領口和胸口上，永遠有牠髒兮兮的腳印。我大聲咆哮咒罵幾句就停，因爲耳背的馬卡麗緹小姐根本聽不見，我得把被糟蹋的衣物拿到她眼前才行。她連忙道歉，四處找貓要懲罰牠。她跟我解釋說一定是她送襯衫到我房間的時候沒注意到貓也跟了進去，結果把貓關在房間裡所以貓因爲不能出去就跳到五斗櫃上發脾氣。

我只有三件襯衫，必須不斷輪流洗，不知道是不是因爲我的生活尙未就緒，辦公室也還有待整理，我的襯衫往往只穿半天就髒了。如此一來，我只得常常穿著領口有貓腳印的襯衫去上班。

有時候我連在枕頭上都會發現貓腳印。應該是晚上馬卡麗緹小姐到我房間來「開床」的時候，貓跟著她進來後又被關在裡頭。

貓這麼髒其實不令人意外，只要把手放在長廊欄杆上再拿起來手就黑了。我每一次回家，用鑰匙開啟四道門鎖，把手指伸進落地門外的百葉門葉片中拉開門再關上手就髒了，進房時我得把手舉高以免留下手印，並且立刻到洗臉臺去洗手。

洗完手擦乾之後我就覺得好多了，彷彿重新擁有了一雙手，然後才開始碰觸或挪動身旁僅有的幾件物品。我得說馬卡麗緹小姐的確把房間打掃得頗爲乾淨，她會撢灰塵，每天都撢灰塵，但有時候，我若摸到某些她搆不著的地方（她個子很矮，手也很短），手一縮回來就是一層灰，只好立刻再去洗手。

問題最嚴重的是書：我把書按順序放在她給我的那個置物架上，只有那些書才讓我有在家的感覺。辦公之餘的空閒時間，我很樂意待在房間裡好好看上幾個鐘頭的書。可是那些書不知道積了多少灰塵，我從書架上選一本書，翻開之前得先拿抹布把書封、書口都擦一遍，之後用力拍打，還會有一堆灰塵跑出來。然後我得先洗手，再躺到床上去看書。一翻開書，剛才所有功夫都白費了，指腹會感覺到有一層灰，而且那層灰越來越厚，破壞我閱讀的樂趣。我站起來，回到洗手臺再洗一次手，這時候我會覺得身上的襯衫褲子也一樣都是灰塵。我想回頭看書，可是我現在手洗乾淨了，一點都不想要再弄髒，只好決定出門。

可想而知，出門的每一個步驟：百葉門、門鎖都會讓我的手比先前更髒，但我只能忍耐，直到我回到辦公室爲止。一踏進辦公室，我就立刻奔向廁所洗手，可是辦公室的擦手巾上頭都是黑手印，我爲了把手擦乾，又再度弄髒了手。

我剛到那個機構上班的前幾天，一直在努力整理我的辦公桌。我被分配到的那張桌子上頭堆滿了東西：文件、信件、檔案夾、舊報紙。總之，那張桌子在我來之前就像是垃圾場，凡是沒有明確去處的東西都堆放在那裡。我的第一個衝動是一口氣把東西全部清空，但後來我發現裡頭有編輯期刊一定用得到的資料，以及其他應該有用的東西，於是我告訴我自己要慢慢過濾。結果我不但沒丟掉任何東西，反而還堆了更多東西，不過至少桌子上不再雜亂無章，我努力讓所有東西歸定位。可以想見原本留在那張辦公桌上的文件滿是灰塵，就連新文件也被舊文件厚厚的灰塵波及。我呢，我很在意我所建立的秩序，特別交代負責打掃的太太不能動我的桌子，結果文件上的灰塵日復一日囤積起來，尤其是文具類的信紙、抬頭信封等等，短短幾天工夫就看起來舊舊髒髒的，讓人不想再碰。

那張桌子的抽屜也是同樣情況。裡頭有一疊疊十多年前的紙張，上頭全是灰塵，見證了那張桌子經歷過公部門和私人企業的漫長生涯。不管我在那張桌子上做什麼，只要幾分鐘後我就覺得必須去洗手。

我的同事阿梵德洛博士的手（他的手很小很纖細，但是有某種神經僵直問題）永遠是乾淨的，保養得很好，指甲很有光澤，很整齊，而且都很尖。

「不好意思，您，」我問他，「不覺得，待在這裡一陣子之後，雙手，您一定看過，雙手就會弄髒，對吧？」

「或許是吧，」阿梵德洛博士總是一臉痛心疾首的表情，「您恐怕摸到了灰塵沒撢乾淨的某樣東西或文件。您若不介意，我要給您一個建議，最好讓桌面永遠保持淨空狀態。」

阿梵德洛博士的辦公桌的確是淨空的，一塵不染，光可鑑人，僅有那一刻他正在看的文件，還有他手上拿著的一支原子筆。「這是習慣。」他接著說。「總裁很重視這點。」沒錯，柯韃工程師也這麼跟我說過：能保持辦公桌淨空的主管，永遠不會讓事情拖著，會立刻替問題找到解決方案。不過柯韃從來不待在辦公室，他來也只停留十五分鐘，讓人用大張圖表跟統計數據跟他報告，他快速交代屬下大概的處理方式，分派不同任務給這個人或那個人，也不管任務的難易度如何，匆匆叫來速記員聽寫幾封信，邊往外走邊在信件上簽名，然後就離開了。

阿梵德洛博士則否，他早上和下午都待在辦公室裡，感覺上有很多工作要做，也讓速記員和打字員有很多工作做，但他就是能讓自己辦公桌上的文件停留時間不超過十分鐘。這件事讓我百思不得其解，我開始觀察他，發現所有文件在他桌上停留短暫時間後會立刻出現在其他地方。有一次我親眼看到他手上有幾封信不知該如何處理，便走到我桌子旁（我正好離開去洗手了）把信放到我桌子上，藏在一份檔案夾下面，之後隨即從口袋拿出手帕把手上的灰塵擦掉，再走回去坐在自己的位子上，他桌上只有跟一張白紙邊緣對齊的原子筆。

我本可以突然現身讓他措手不及，但我看到就夠了，我知道事情是怎麼回事就夠了。

由於我是從長廊進入房間的，我對馬卡麗緹小姐公寓的其他空間始終未曾得見。她一個人獨居，出租面向中庭的兩個房間給我和我鄰居，而這位房客鄰居我只認識他三更半夜和一大清早的沉重腳步聲（我後來知道他是警官，白天從不在家）。除此之外的公寓空間應該很大，只有馬卡麗緹小姐一個人使用。

有時候我不得不去叫她，因爲有人打電話找她。她聽不見電鈴，所以應門的人也是我。她戴上助聽器的時候就聽得很清楚，跟教區的教會朋友講電話沒完沒了聊天是她的消遣娛樂。「電話！馬卡麗緹小姐！有人打電話找您！」我對著公寓放聲大喊，沒有用，我去敲門，也沒有用。幾次下來我發現起居室、客廳、飯廳，全都塞滿了老舊的浮誇家具，上頭有各式燈罩、擺飾、相框、小型雕像和月曆，這些房間都很整齊乾淨，打過蠟亮晶晶的，扶手沙發椅上披著白色鈎花巾，一丁點兒灰塵都沒有。

最後我總會在這些房間的其中一間找到馬卡麗緹小姐，她不是在專心給木頭拼花地板打蠟，就是在擦拭家具，身上穿著一件褪色的晨褸，頭上綁著頭巾。我動作誇張地指著電話的方向，耳背的她轉身就跑，用對貓講話一模一樣的語調開始她聊不完的電話。

我回到我的房間，看著支撐洗手臺的托架和燈罩上一個指頭厚的灰塵，頓時怒火中燒。那個女人花一整天時間把她的每個房間打掃的跟鏡子一樣光亮，在我房間卻只用抹布隨便擦擦。我走去找她，決定要用手勢和表情給她難堪。結果我在廚房找到她，而這個廚房的狀況比我房間還糟：沒有打蠟的餐桌骯髒老舊，廚櫃裡堆著髒兮兮的杯子，地磚殘破汙黑。我一句話都說不出來，因爲我明白廚房是那個房子裡馬卡麗緹小姐眞正生活的唯一地方，其他空間，那些布置得美輪美奐、不斷打掃打蠟的房間是一種藝術品，她把她所有的美夢都投注在上面，爲了維持那些房間的完美無瑕，她逼迫自己不去使用，不以主人之姿而是清潔婦的身分踏入那些房間，其他時間就在汙垢和灰塵中度過。

《淨化》期刊是雙周刊，副標題是「談廢氣、化學排放和燃料產品的空汙問題」，是 EPAUCI（工業城市都會環境淨化）機構出版的刊物。這個機構跟其他國家的同性質協會互通有無，會互相寄送期刊跟手冊，常常舉行國際研討會，主要針對嚴重空氣汙染問題。

我從沒關心過這個議題，但我知道辦一份探討特定主題的刊物沒有想像中困難。要注意國外雜誌，翻譯一些文章，有了這些再加上向通訊社訂閱特定新聞，全部放在一起就成了。每期固定有兩、三位技術撰稿員會提供稿子，以及機構本身不管再怎麼沒有作爲，總會有個公告或會議議程之類的黑體字欄位，還有廣告主會要求刊登廣編企畫文，以宣傳他取得的某個新專利。如果舉辦研討會，那就可以用一期來作專刊，從頭到尾全包，萬一還有多的論文和報告，可以在遇到有三、四欄空白不知道拿什麼東西補的時候，分幾期陸續刊登。

刊末文章通常是社長要寫的，不過柯韃工程師永遠都很忙（他是好幾家企業的常務理事，所以能夠留給我們這個機構的時間很零星），所以他開始要我幫他代擬草稿，依據他眉飛色舞對我鉅細靡遺說過的那些概念發揮就好。我要在他回來的時候交稿子給他過目。柯韃工程師常常旅行，因爲他的企業在全國都有據點，不過在眾多身分中，他是這麼跟我說的，EPAUCI 總裁這個單純的榮譽頭銜讓他最有成就感。「因爲，」他進一步解釋，「那是爲了理念而戰。」

我這個人沒有理念，也不打算有任何理念，我只想幫他寫一篇他想要的那種文章，好保住我的飯碗，不用比別人寫的好，也不要比別人寫的壞，能繼續過那樣日子就好，不用過得比別人好，也不要過得比別人壞。我熟知柯韃工程師的立論（「若是大家都能遵循我們的做法，環境淨化早已……」）和他偏好的論述模式（「我們不是空有理想，這點不容誤解，我們是實際行動派……」），我可以寫出他要的東西，一字不差。不然我還能寫什麼？寫我自己心裡想的？那肯定會是一篇精彩的文章，我可以向大家保證！對運作正常、積極生產的世界懷抱樂觀美好遠景的文章！我只需把我的心情顛倒過來（這對我來說並不難，就跟反過來對自己發脾氣差不多）就能得到與總裁心聲吻合的必要靈感完成文章。

「我們即將找出揮發性殘渣問題的解決之道，」我這麼寫道，「越接近畢其功之日，」我已經預見柯韃工程師滿意的表情。「就越應該積極推動私人企業的技術提升，同時尋求已多次被敦促的公部門……」這時候柯韃工程師應該會拿筆把我寫的這句話框起來，「以開明態度共同攜手合作……」

我大聲把這篇文章讀給阿梵德洛博士聽。他保養得宜的小手放在辦公桌正中央一張白紙上，以一貫面無表情的彬彬有禮態度看著我。

「怎樣，您覺得不好？」我問他。

「沒那回事，沒那回事……」他急著分辯。

「文章結尾是這樣的：『在對抗工業文明可預見的大災難這個議題上，我們要再度重申，在自由擴張的經濟與必要的人類保健之間絕對不會有（從來沒有過）任何矛盾，』」我不時偷看阿梵德洛博士的反應，但他始終盯著眼前的白紙。「『我們不眠不休排煙的工廠煙囪和我們大自然無可比擬的藍天綠地之間也一定能和諧共處……』如何，您有什麼看法？」

阿梵德洛博士雙眼無神、雙唇緊閉盯著我看了一會兒之後說：「是這樣的，您的文章其實，我們這麼說吧，把我們機構宗旨的最終本質表達得很清楚，這點很好，而且您盡力了……」

「喔……」我嘟囔了一聲當作回應。坦白說，我原以爲會從他這麼一個客套的人口中聽到更直接的讚美。

兩天後柯韃工程師進辦公室，我把稿子拿給他看。他當著我的面，看得很仔細。等他看完之後，整理好稿子的順序，看似要從頭再讀一遍的樣子，結果他說：「好。」然後想了一會兒，又說，「好。」再度停頓之後開口說：「您還年輕。」他以爲我會抗議但我沒打算這麼做。「別誤會，這句話沒有負面意思，讓我把話說完。您還年輕，對事情很有信心，看得很遠。不過，您讓我把話說完，這個問題很嚴峻，沒錯，比您的文章所預測的更爲嚴峻。我們從人的角度來看：幾個大城市面臨極爲嚴重的空氣汙染威脅，我們有分析數據，眞的很嚴重。正因爲污染很嚴重，所以我們才要解決它。我們如果不去解決，早晚我們的城市也會因爲廢氣而無法呼吸。」

他站起來，來回踱步。「我們不能粉飾太平。我們跟其他人不一樣，其他人明知道應該要關心環境問題，卻嗤之以鼻視而不見。還有更糟的，甚至有人落井下石。」

他站到我面前，壓低聲音說：「或許是因爲您還年輕，所以誤以爲大家都跟我們有共識。其實不然。我們是少數，裡外不是人的少數。我說眞的，我們裡外不是人。但我們沒有因此氣餒，我們振臂疾呼，我們採取行動，我們解決問題。我希望能在您的文章裡看到更多這些，您明白嗎？」

我完全明白。捏造與我自己立場相左論述的內心憤恨不平讓我離題了，但我現在得把文章帶回正軌。三天後要再拿給柯韃工程師看。我通篇改寫，花了三分之二的篇幅描述歐洲各城市如何受廢氣所害的景況，另外三分之一的篇幅則提出一個模範城市作爲對比，也就是我們所在的這個城市，乾淨，空氣清新，與適度將生產企業集中是有關係的……云云。

我爲了能夠專心，把文章帶回家躺在床上寫。一道陽光斜斜照入中庭，從玻璃落地窗映入室內，我隔著空氣中數不盡的浮塵粒子看著那道光。床罩恐怕吸納了不少浮塵，再過一會兒，我想大概就會有一層黑色灰塵覆蓋其上，跟百葉門的葉片一樣，跟長廊的欄杆一樣。

我把新稿子拿給阿梵德洛博士看的時候，他似乎不討厭。「我們城市跟其他城市之間的對比，」他說，「想必是您遵照總裁指示所做的安排，寫得很不錯。」

「不是，不是，不是工程師跟我說的，是我自己的想法。」我的同事不相信我有能力獨立完成任何一件事，讓我有些悻悻然。

但柯韃工程師的反應出乎我意料之外。他把稿子放在桌上，搖搖頭，立刻說。「您誤會我的意思了，您誤會我的意思了。」然後他開始告訴我這個城市的工業生產數據，包括每天燃燒的煤炭和柴油量，有多少內燃機在街上跑。然後告訴我氣象學的數據，然後拿歐洲北部幾個主要城市的這個跟那個數據做比較。「我們是多霧的工業大城，這點您一定知道，所以我們也有廢氣問題，我們的廢氣問題不比其他城市少。所以我們不能像國內其他競爭城市那樣企圖美化自己，說我們的廢氣比他們少。這一點你可以在文章裡寫清楚，應該寫清楚！我們是環境污染問題最嚴重的城市之一，但同時我們也是最努力想要解決這個問題的城市！同時！您明白嗎？」

我明白，我也明白我們之間永遠不可能互相明白。那些黑漆漆的房屋立面，那些灰濛濛的玻璃窗，那些不能倚靠的窗臺，那些幾乎被抹去的臉孔，那隨著深秋腳步接近此刻不再有壞天氣濕溽氣味的霾，彷彿變成一種物體本質，彷彿所有人所有物一天一天逐漸失去形狀，失去意義和價值，所有那些對我而言代表整體貧乏的本體，對他那樣的人來說表徵的應該是至高無上的財富和權力，是毀滅危機也是悲劇，夾在中間，能讓自己油然生出一種英雄氣概。

我重寫第三次。這一次總算順利過關。柯韃工程師只對結尾（「我們的社會未來的確會面臨一個嚴峻問題。我們將來能找到答案嗎？」）有意見。

「會不會顯得太沒把握？」他問我。「讓人覺得很沒信心？」最簡單的作法就是把問號拿掉。「我們將來能找到答案。」改成這樣，也不要驚嘆號，很有自信，很冷靜。

「這樣會不會太平淡？太官樣文章？」

那就乾脆讓同一句話重複兩次好了。一句用問號，另一句不用。「我們將來能找到答案嗎？我們將來能找到答案。」

但是這樣不是把問題拖著不處理，丟給遙遠的未來嗎？不然把時態改爲現在式吧。「我們能找到答案嗎？我們能找到答案。」聽起來不怎麼樣。

寫文章就是這樣，只要改一個逗號，接下來就得改一個字，再來就要改一整句的結構，然後全部重來。我們討論了半個小時，我建議讓疑問句跟肯定句用不同時態處理：「我們將來能找到答案嗎？我們現在已經著手尋找。」總裁非常滿意，從那天起，他對我的能力再也沒有過任何質疑。

一天夜裡，我被電話鈴聲吵醒。那鈴聲比平日的鈴聲長，表示是來自外縣市的長途電話。我開燈，接近凌晨三點。我還沒決定要不要下床，奔向走道，在黑暗中拿起話筒之前，在我從睡夢中驚醒之前，我已經知道打電話來的人是克勞蒂亞。

她的聲音從話筒中汩汩流出，彷彿來自另一個星球，我睜著惺忪睡眼，感覺看到了些火花閃爍，刺眼強光，其實是她來勢洶洶的聲音起伏，是不管她說什麼都會有強烈感染力的那份激昂，傳到我那裡來，傳到馬卡麗緹小姐公寓四壁徒然的走道上。我意識到自己從未懷疑過克勞蒂亞遲早會找到我，其實我這段時間以來一直在等她找到我。

她完全沒打算問我我之前怎麼了，爲什麼會到這裡來，也沒有解釋她是怎麼找到我的。她有好多事情要告訴我，卻說得鉅細靡遺又含混不清，她那個圈子的事都是如此，我感到陌生且格格不入。

「我需要你，快來，立刻就來。你搭第一班火車來……。」

「呃，我在這裡有事……，那個 EPAUCI 機構……。」

「喔，那你要是看到**受勛者**……，告訴他……」

「我不會看到他，我只是小……。」

「親愛的，你現在就要出發了，對不對？」

我要怎麼告訴她我講電話的這個地方到處都是灰塵，百葉門葉片上覆蓋了一層摸起來沙沙的黑垢，我的襯衫領口有貓腳印，但這裡是我唯一可能棲身的世界，是世界上唯一可能的世界，而她的世界，唯有當成視覺上的海市蜃樓對我而言才有可能存在呢？她根本不會聽我說，她太習慣俯瞰一切，我生活中諸多困境她視而不見也是理所當然。她跟我的關係說穿了就是她心不在焉高高在上的結果，所以她始終沒意識到我不過是一個來自鄉下地方的平庸廣告人，沒有未來，沒有企圖心，所以她始終待我如上流社會的富豪、貴族和藝術家等等那些她往來密切之人。而我正是在那樣的場合中，在某個夏天，像在游泳池邊常會看到的畫面，被介紹給她認識的。她不想搞清楚我是誰，因爲如此一來她就得承認她錯了，所以她持續把才華、品味、聲望這些我沒有的東西加諸在我身上，而我究竟是誰，那是支微末節的問題，她又何必爲了支微末節的問題自打嘴巴。

這時她的聲音變得溫柔多情：雖然我沒說，但那一刻是我所期待的，因爲只有熱情奔放的時候，讓我們有所不同的那一切才會消失，讓我們就只是我們，誰是誰並不重要。我們才剛說了幾句甜言蜜語，我背後玻璃門內的燈就亮了，還聽到低沉的咳嗽聲。那是我隔壁房客警官先生的房門，就在電話旁。我立刻壓低聲音，繼續說完剛才被打斷的話，但我現在知道有人在聽自然有所保留，在表達愛意時多了幾分顧忌，最後簡化成不痛不癢、語意含糊的囈語。隔壁房間的燈熄了，電話線另一端則傳來抗議：「你說什麼？大聲一點？你要說的只有這樣？」

「我這裡有人……。」

「什麼？你跟誰在一起？」

「不是，你聽我說，這裡，那個，我會吵醒其他房客，時間不早了……。」

但她已經生氣了，那不是她要的答案，她要的是我的回應，要我表現出熱情，她要的是能把阻隔在我們之間的距離化爲烏有的某個東西。但我的答案卻是如此小心翼翼，哀怨悲嘆，冷淡自持。「不是，克勞蒂亞，別生氣，我跟你保證，我拜託你，克勞蒂亞，我……」隔壁警官房間的燈再度亮起，我的愛情告白頓時變成嘴唇貼著話筒擠出來的唧唧哼哼。

洗碗工在中庭滾動白鐵啤酒桶，馬卡麗緹小姐在她黑漆漆的房間裡吱吱喳喳說個不停，不時嘻笑兩聲，彷彿有客人來訪。隔壁房客用南方方言冒出一串髒話。我打著赤腳站在走道磁磚地板上，電話線另一端克勞蒂亞的聲音深情款款向我伸出雙手我結結巴巴努力走向她可是每一次我們之間的橋快要搭好的下一秒就斷裂成碎片互相碰撞讓所有愛的話語隨之一一化爲粉末飄散。

那次之後，電話鈴聲會在白天黑夜任何時候響起，克勞蒂亞有時昏黃有時繽紛的聲音闖入那條狹窄的走道，猶如一頭豹縱身躍入牠未察覺的陷阱中，但也因爲不知情的緣故，所以再一蹬躍便跟來時一樣找到逃生出路，而且對發生了什麼事渾然不知。至於我，夾在煎熬和愛情、喜悅和冷酷之間，看著她加入這醜陋荒涼的戲碼中，加入烏巴諾．拉塔齊啤酒屋點菜的「湯麵一份，細麵」擴音聲波中，加入馬卡麗緹小姐留在水槽裡那些髒兮兮的鍋碗瓢盆中，我以爲她的影像也應該會留下污漬。結果不然，她走在無瑕鋼索上一溜煙而去，什麼都沒發現，每次都留下我一個人待在沒有她的空虛裡。

克勞蒂亞有時候雀躍，無憂無慮，笑著說些牛頭不對馬嘴的事情尋我開心，我便也感染她的好心情，然後中庭、灰塵就更讓我覺得沮喪，因爲我會忍不住想人生或許可以不一樣。有時候克勞蒂亞陷入極度焦慮，她的焦慮情緒加上我住的地方種種問題，以及《淨化》期刊的編輯工作，便讓我困坐愁城，滿腦子只等著她下一通更情緒化的電話在深夜打來，若是她傳來的聲音跟我預期的不一樣，聽起來很開心或有氣無力，彷彿完全不記得前一天晚上的焦躁不安，我在重獲自由前會先感到茫然無依。

「我沒聽錯吧？你從西西里島的陶爾米納打電話來？」

「對，我跟朋友一起來的，這裡好美，你快來，搭飛機來！」

克勞蒂亞每次都從不同城市打電話來，不管她的心情是低落或高昂，她每次都要我立刻去找她好跟她分享她當下的心情。每次我都跟她細細解釋爲什麼我無論如何不可能成行，但是克勞蒂亞完全沒聽進去因爲她還沒聽我把話說完就已經開始新的話題，通常是責怪我，有時候會出其不意稱讚我，因爲某些我不經意脫口而出的用詞讓她覺得討厭或喜歡。

當長途電話時間已到，輪值白天或晚上的接線生說「通話即將中斷」的時候，克勞蒂亞會丟出一句：「那你什麼時候到？」一副我們已經說定的樣子，我只能含糊其辭回答她，把最後的約定挪到我應該打給她或她一定會打給我的下一通電話中繼續討論。我有把握克勞蒂亞會再度改變她的計畫，我儘速動身這個要求會再度被提出，但是因爲情況不一樣了所以自然有理由再往後延期。其實我心裡不免懊惱，我的不能成行並非絕對，例如說，我可以預支下個月的薪水然後找個理由請假三、四天。讓我煎熬的，是我的猶豫不決。

馬卡麗緹小姐什麼都聽不到。她若經過走道看見我在講電話，會對我點點頭打招呼，對我內心的糾結起伏一無所知。隔壁房客就不一樣了。他在房間裡聽得一清二楚，被迫以他警察辦案的本能參與我每個錯愕反應。幸好他很少在家，所以有幾通電話頗爲從容自在，偶爾在克勞蒂亞配合的情況下，我們能達到琴瑟和鳴狀態，每句話都充滿柔情蜜意，發自內心，低迴不已。但是有時候她熱情奔放，我卻整個人卡住，只用單字回答她，說話迴避閃躲，因爲警官站在門後，距離我只有一公尺。有一次他房門半掩，我看到留著小鬍子的他黑著臉上下打量我。他個子矮小，老實說，若是換做其他場合，我對他根本不會有任何印象，可是在那裡，深夜時分，在那個倒楣鬼才會住的地方我們第一次打照面，接了一通長途電話情話綿綿半個鐘頭的我，和結束値勤工作的他，兩個人都穿著睡衣，自然會看對方不順眼。

跟克勞蒂亞講電話，常常會提到社會名流人士，那是她往來的朋友。我呢，一則是我根本不知道那些人，再者，我完全不想引起任何注意。所以若是我非回答她不可，只得用迂迴方式避免說出人名，她不懂我爲何這樣因而大發雷霆。我對政治向來敬而遠之，因爲我不喜歡受人關注，現在我成爲半官方機構的工作人員，給自己訂下的規矩是一問三不知。一天晚上克勞蒂亞不知道打什麼主意，問了我幾位議員的事，當下我非得回答不可，可是警官就站在房門邊。「你說的第一個，對，第一個……」

「誰？你說的是誰？」

「就那個啊，對，胖胖的那個，不是，比他瘦一點……」

總而言之，我愛她。但我不快樂。她又怎能理解我的不快樂呢？有些人寧可自棄過黯淡生活是因爲他承受過傷慟，遭遇過不幸。也有人之所以做此選擇是因爲他擁有他無法承受的幸福。

我固定在幾家賣簡餐的小餐館用餐，這個城市裡經營這類餐館的都是托斯卡尼人，而且彼此有親戚關係，當服務生的女孩則都來自托斯卡尼同一個小鎭阿爾托帕修，她們在這裡虛度青春，心裡始終惦念著阿爾托帕修，難以融入這個城市，晚上也只跟來自阿爾托帕修的男孩出去，這些男孩不是同在餐館廚房裡工作，就是在機械工廠工作，後者的活動範圍也都繞著餐館打轉，把這裡當成家鄉郊區沒事就來兜晃，這些女孩跟這些男孩結婚後，有些會回到阿爾托帕修，其他人則留下來待在親戚或同鄉開的餐館裡工作，努力存錢，期待將來開一間自己的餐館。

不難想像誰會來這些餐館用餐：除了每天都不同的過路客外，常來不外乎單身的男性上班族，也有單身的女性上班族，以及學生和軍人。過一陣子，這些客人熟識後就開始換桌跟人聊天，再來索性併桌，一群原本不認識的陌生人最後養成了一起吃飯的習慣。

大家也常跟那些托斯卡尼女服務生開玩笑，當然都是沒有惡意的玩笑，問她們有沒有男朋友，插科打諢一下，沒有話題的時候就盯著電視看，聊聊最近節目上誰討人喜歡誰討人厭。

我不來這套，除了點餐之外我從不開口，而且我點的餐都一樣，牛油義大利麵配燙青菜，因爲我要減肥，我也從來不叫那些女服務生的名字，儘管她們的名字我都記起來了，但我還是選擇說「小姐」，以免讓人誤以爲我是熟客：我是碰巧走進那家餐館的，我不是熟客，即便我可能會每天報到不知道持續多久，但我希望感覺自己是個過客，今天在這裡明天在那裡，否則我會神經緊張。

我一點都不討厭他們，餐館工作人員和顧客都是討人喜歡的好人，我也很享受那樣和樂融融的氣氛，要是氣氛不融洽，我反而會覺得少了什麼，但是我寧願當旁觀者，不打算參與其中。我避免跟其他客人交談，也不打招呼，因爲想也知道，初相識時都沒事，之後就會黏在一起。一個人開口問：「今天晚上有什麼計畫？」於是大家便一起看電視，一起看電影，於是從那天晚上起你開始跟一群你根本不在意的人結伴，得告訴他們所有關於你的事，得聆聽所有關於他們的事。

我會找一張沒有人的小桌子坐下，打開那天的早報或晚報（我上班途中買的，先瀏覽一下標題，其他則等到了餐館才看），從頭到尾重看一遍。報紙對我很有用，尤其是我找不到空桌必須跟人併桌的時候：我埋首看報紙就不會有人跟我說話。不過我還是會想辦法自己坐一桌，於是盡可能延後用餐時間，這樣等我到的時候，大部分顧客都已經離去。

麻煩的是會有杯盤狼藉的問題。我常常坐到前一位客人剛離開的桌子，上頭亂七八糟，我只能避開不看，等服務生來把髒碗盤收走，把殘渣清乾淨，再換一張新桌布。有時候清掃工作做得很匆忙，在桌布和餐巾之間還夾雜些許麵包屑，這會讓我很難受。

我研究過，最好的情況是，以午餐爲例，服務生以爲不會再有客人上門，把所有桌子整理乾淨好爲晚餐做準備，然後全體人員包括老闆、服務生、廚師、洗碗工在一張桌子上擺好餐具，終於準備坐下來自己用餐的時候，我就走進去，開口問：「哎，太晚了，已經不供餐了嗎？」

「怎麼會晚？看您想坐哪裡都可以！麗莎，你招呼一下客人。」

我選一張乾乾淨淨的桌子坐下，一名廚師回廚房去忙，我看報紙，慢慢吃，聽他們那一桌說笑嬉鬧，聊聊家鄉的事。在一道菜和另一道菜之間我可能得等上一刻鐘，因爲服務生都坐在那裡吃飯聊天，最後我只好出聲說：「小姐，一個柳橙……」，他們會立刻回應：「馬上來！安娜，你去啦！不然就麗莎去！」但我不介意，這樣我反而高興。

我吃完，看完報紙，把報紙捲起來拿在手中，走回家，上樓回我房間，把報紙扔在床上後去洗手。馬卡麗緹小姐會觀察我回來的時間和我再度出門的時間，等我一離開，她就會到我房間來拿報紙。她不好意思問我，所以都偷偷拿去看然後在我回來前再放回床上。她大概是覺得有些丟臉，彷彿她的好奇心有失穩重。畢竟她只看一種消息：訃聞。

有一次我進門看到馬卡麗緹小姐手中拿著報紙，她很沒面子，覺得需要解釋一下：「我偶爾會拿報紙來看看訃聞，不好意思，您也知道，是這樣的，有時候，我會在訃聞看到認識的人……。」

因爲延後用餐這個想法，某些晚上我會先去看場電影，時間已晚，離開電影院時腦袋昏昏沉沉的，閃爍的霓虹燈周圍一片漆黑且常常籠罩一層秋天薄霧，抹去了城市的空間尺度。我看看時間，告訴我自己小餐館恐怕已經打烊，既然我脫離了正常的時間軌道就很難再回去，決定到我家樓下的烏巴諾·拉塔齊啤酒屋，站在櫃檯前隨便吃點東西。

從街道上進入室內，不僅是從黑暗進入光明，隨之改變的還有世界的密度。室外凌亂、變化不定、稀疏，室內到處都是堅固的形體，有厚度的量體，有重量，外表顏色鮮艷亮麗，有櫃檯上火腿薄片的紅色，服務生身上奧地利傳統風格制服的綠色，還有啤酒的金黃色。裡頭擠滿了人，我走在路上習慣把路人當成沒有臉孔的影子，我自己也是他們之中沒有臉孔的一個影子，在這裡我卻赫然發現了各式各樣的臉孔，有男有女，跟水果一樣有顏色，每一個人都跟其他人不同，大家彼此互不認識。我本來還希望能在他們之中繼續如鬼魅般不被看見，後來我發現我變得跟他們一樣，而且影像清晰到就連鏡子都能照出早晨到現在又長出來的鬍渣，無從隱藏，包括在室內點燃的每一根香菸飄到天花板集成的濃煙也很不一樣，有自己的輪廓和自己的厚度，不會改變其他事物的本質。

我遠離人群聚集的櫃檯，背對著大廳每張桌子傳來的笑聲話語，一看到有高腳椅空出來便坐下去，企圖贏得服務生的注意，希望他能在我面前放張紙杯墊，一杯啤酒，還有菜單。我夜夜不成眠守著這個啤酒屋，我知道它每個鐘頭的變化，每一個動靜，還有每天夜裡順著生鏽的欄杆爬上來、而今讓我的聲音淹沒其中的喧鬧。我費了九牛二虎之力才有人理會。

「我要牛油馬鈴薯麵。」我說。櫃檯服務生總算聽見了，對著麥克風吟誦：「牛油馬鈴薯麵！」我想著這句話的抑揚頓挫從廚房擴音器傳出來會是怎樣，彷彿我同一時間既在櫃檯前，也躺在樓上我的房間裡，我努力把那些吃吃喝喝歡樂人群密密交織的說話聲和杯盤刀叉的鏗鏘匡啷聲打碎，讓它們在我腦袋裡緩緩沉澱，直到我能認出每天晚上聽見的聲音爲止。

表面上看來我在這個世界的線條和顏色中認出了我覺得唯一可棲身的另外那個反向世界。但或許眞正的反向世界是燈火通明、大家都睜著眼睛的此一世界，而萬事萬物唯一重要的面向其實都躲在陰影裡，烏巴諾．拉塔齊啤酒屋之所以存在不過是因爲在黑暗中能聽到那個變形的聲音說：「牛油馬鈴薯麵一份！」，因爲白鐵啤酒桶轟隆隆滾動，因爲街道上的薄霧被啤酒屋招牌霓虹燈和透出模糊人影的朦朧方框玻璃窗劃出一道缺口。

一天早晨我被克勞蒂亞打來的電話吵醒，但那不是長途電話，她人在城裡，在火車站，那一刻剛剛抵達，她打電話給我是因爲從臥鋪車廂下車的時候，她眾多行李中的一個皮箱不見了。

我趕到的時候正好看見她從火車站走出來，身後跟著一排行李搬運工。數分鐘前她跟我講電話的焦躁不安，在此刻笑靨盈盈的臉上完全看不出來。她是十分美麗優雅的女子，每一次我見到她都爲之驚艷，彷彿我忘記了她的模樣。她突然對這個城市充滿好感，對我搬來這裡住的決定非常肯定。那天天色灰暗，但克勞蒂亞對陽光，對街道上的色彩讚不絕口。

她在大飯店租了一個公寓套房。對我而言，走進飯店大廳，跟門房打招呼，用電話通報，跟電梯小弟一起搭電梯，我一直覺得很不自在，有些畏縮。克勞蒂亞讓我很感動，她說是來辦事但或許是爲了看我，所以在這裡停留幾天，我既感動又尷尬，因爲我必須面對我跟她生活模式上的巨大差異。

儘管如此，我還是在那個手忙腳亂的早晨排除萬難，匆匆進了辦公室一趟，預支了下個月的薪水，好應付接下來幾天的特殊安排。麻煩的是不知道要帶她到哪裡去用餐，我對高級餐廳和當地特色餐廳毫無概念。但第一件事，我已經想好了，要帶她去山丘上走走。

我叫了一輛計程車。我現在才發現在那個城市裡，薪水超過某個標準的，人人都有自己的車（就連我的同事阿梵德洛博士都有），但我沒有車，反正我也不會開車。我從來不覺得那有什麼重要的，但是克勞蒂亞來了，我突然覺得很丟臉。克勞蒂亞反而覺得理所當然，因爲，她是這麼說的，我這個人如果開車肯定天下大亂。讓我很不以爲然的是她太過低估我的實務能力，但又認定我有其他才華，雖然她也說不清究竟是什麼才華。

總之，我們叫了一輛計程車。偏偏我招到一輛車破破爛爛的，司機是個老先生。我試著把這些免不了會出現在我生活周遭毫無道理、亂七八糟的事情當笑話看，但是她並未因爲那輛計程車的破敗而有任何不悅，彷彿塵埃不沾，我眞不知道應該鬆一口氣還是更自暴自棄任憑命運擺布。

我們沿著環繞城市東邊的綠色樹籬往山上前進。秋天的金色陽光不僅照亮白晝，也讓鄉間的色彩多了一份金碧輝煌。坐在那輛計程車裡，我摟著克勞蒂亞，我若能沉浸在她對我的愛意中，或許道路兩旁飛馳而過畫面模糊（爲了能摟著她，我把眼鏡拿掉了）的綠色和金色人生也會對我張開雙臂吧。

去餐廳前，我讓年邁司機帶我們到一處可以眺望城市全貌的至高點。我們下車，戴著黑色寬沿帽的克勞蒂亞原地轉圈，裙襬隨之飛舞。我跳上跳下指著這裡那裡，告訴她那裡是高聳入雲的阿爾卑斯山脈白堊山巔（我胡亂說了幾個山峰名，其實我根本認不出來），這裡是有小鎮道路點綴、層巒起伏的山丘，下方的城市貌似由或暗淡或發光的細小鱗片密密排列而成的一張網。我突然有一種蒼茫感受，不知道是因爲克勞蒂亞的帽子和裙子，還是因爲眼前所見。雖然是秋季，天空清澈，仍可見到各式各樣的凝結物飄浮：山腳下有濃霧，河面上有暮靄，一朵朵雲被風吹得東奔西跑。我們倚著矮牆眺望，我環著她的腰，看著多變的景色，立刻覺得需要做個分析，我對我自己無法用專業術語介紹那些地方和自然現象感到很不滿意，她卻可以隨時將湧上心頭的巨大愛意轉化成彼此毫無關聯的話語。就在那時候我看到了。我一把抓住克勞蒂亞的手腕，用力握著：「你看！你看那裡！」

「什麼東西？」

「下面那裡！你看！它會動！」

「什麼？你看到了什麼？」

要怎麼解釋給她聽呢？在冷空氣層依濕度而形成的雲或霧不是灰色，就是淡藍色或偏白色，甚或是黑色，它並沒有太大不同，但是很難界定那是什麼顏色，我說不上來是偏褐色還是瀝青色，這朵顏色奇怪的烏雲似乎一會兒邊緣顏色變深，一會兒中央顏色變深，看起來髒兮兮的，而且除了髒，還會不斷改變密度，這點也跟一般的雲不一樣，它很重，彷彿貼著地面和五彩繽紛的綿延城市緩緩飄移，這一端漸漸消失後，另一端又長出來，而且總是會留下如黑色線頭般的殘架，永遠收不乾淨。

「是煙雲！」我對著克勞蒂亞大喊。「你看到那個了嗎？那是一朵煙雲！」

她完全沒聽進我說的話，心思都放在她瞥見空中飛過去的鳥群上，而我則站在原地看，那是我第一次站在雲外看著時時刻刻籠罩著我的那朵雲，這段時間我一直住在那朵雲裡，那朵雲也住在我身體裡，然後我明白無論周圍的世界多麼絢爛，我在乎的只有它。

那天晚上我帶克勞蒂亞到烏巴諾．拉塔齊啤酒屋用餐，因爲除了簡餐餐廳外，我不知道其他地方，很擔心會誤入所費不貲的昂貴餐廳。像克勞蒂亞這樣一名女子走進烏巴諾．拉塔齊啤酒屋，一切待遇都截然不同：穿著傳統奧地利風格短外套的服務生全都愣住了，給了我們一個好位子，推來啤酒屋特色餐點的餐車。我努力擺出白馬王子的瀟灑姿態，但同時又覺得他們已經認出了我是住在中庭樓上的租屋房客，是那個站在櫃檯吃快餐的過路客。這種心情讓我變得很不自在，講話時言語乏味，很快就惹惱了克勞蒂亞。我們開始吵架吵不停，我們的聲音淹沒在啤酒屋的喧鬧中，但是盯著克勞蒂亞一舉一動的不只是服務生，還有其他客人，大家無不好奇陪在這位美麗、優雅、有自信的女子身邊的怎麼會是一個如此寒酸的男人。我發覺我們吵架的過程大家都在看，一方面也是因爲克勞蒂亞向來不在乎身邊的人，所以毫不掩飾她的態度。我覺得所有人都等著克勞蒂亞盛怒下站起來拋下我拂袖而去，讓我變回原本的無名小卒原形，就跟牆壁上的霉漬一樣渺小。

結果跟平常一樣，吵完架後緊接著的是情意綿綿的和解。用餐結束，知道我住在附近的克勞蒂亞說：「去樓上你那裡吧」。

眞是的。我之所以帶她來烏巴諾·拉塔齊啤酒屋是因爲像樣的餐廳我只知道這一家，不是因爲離我住的地方近。我光想到她瞄一眼大門恐怕就能看穿我住在怎樣的地方便如坐針氈，只能指望她是隨口說說。

豈料她眞的要上樓。我誇大其詞告訴她那個地方有多糟，把找房子過程說得極爲荒謬，但是走在樓梯上、穿過長廊的她，只注意到那棟房子不容忽視的建築古老之美，還有老公寓才提供的機能便利。我們一進房間，她就說：「你幹嘛亂說？這個房間好美！你有什麼不滿意的？」

我立刻衝去洗手臺洗手，然後才幫她脫外套，因爲我的手又髒了。她沒有，她的纖纖玉手猶如羽毛，在佈滿灰塵的傢俱間翩翩飛舞。

房間很快就被那些格格不入的東西佔據：有面紗的帽子，狐皮披肩，天鵝絨外套，烏干紗襯裙，緞面高跟鞋和絲襪。我努力把每樣東西都塞進衣櫥和抽屜裡，因爲我覺得若留在外面，不用多久就會有煤煙落塵覆蓋。

此刻克勞蒂亞的白皙玉體躺在床上，那張床若是大力拍打就會揚起一層飛塵，她伸長手，從旁邊書架上拿了一本書。「小心，都是灰塵！」她已經打開書一頁頁翻著，然後把書丟到一旁。我看著她宛如少女的酥胸，玫瑰色的堅挺乳尖，想到書頁灰塵可能落在那上頭，讓我備受煎熬，我伸手掠過她的乳房，看似溫柔輕撫，其實是想清除我認爲飄落她胸前的些許塵埃。

而她的皮膚光滑、柔嫩、無瑕。我眼見電燈光束中有一片極細微粒盤旋翱翔，即將降落在克勞蒂亞身上，我撲上去摟住她，想替她遮掩，保護她，代她承受所有灰塵，讓她倖免於難。

她離開後（她對我的陪伴感到失望，覺得無趣，但明明是她無理取鬧把她的個人感受推託說成是別人的錯），我便加倍投入編輯工作，一方面是因爲克勞蒂亞來訪讓我耽誤了不少工作，導致下一期出刊的進度落後，一方面也是爲了避免想她，還有就是我不再像剛開始那樣，覺得《淨化》雙周刊關注的議題事不關己。

還缺刊末文章，但是這一次柯韃工程師沒有留下任何指示。「您就自由發揮吧，麻煩了。」我剛開始下筆時，依舊慷慨激昂、擲地有聲，但是寫著寫著，我開始描述我看見盤據在城市上空的那朵煙雲，發生在那朵雲裡面的生活百態，老房子立面有許多凸出物，也有許多凹槽，全積滿了汙垢，現代房子立面平滑，材質單一方整，上頭淡淡的黑印一點一點擴散，上班族的襯衫白領也是如此，至多維持半天潔白。我寫說沒錯，還有人住在煙雲外，或許他能永遠待在雲外，也有人可以走進雲中在那中央停留片刻後離開，不沾染一丁點兒黑煙或煤渣，不影響其生活節奏，不改屬於另一個世界的美麗容顏，然而重要的是煙雲內的一切，而非煙雲之外，唯有深入煙雲之心，呼吸著每個早晨灰濛濛的空氣（冬天的道路早已隱蔽在濃霧中），才能觸及事實真相，或許能進而得到解脫。我隨即意識到那文章通篇都是針對克勞蒂亞而寫，沒拿給阿梵德洛博士看我就連忙撕掉了。

阿梵德洛博士這個人我始終摸不透。某個星期一早上你走進辦公室，發現他怎麼了？曬黑了！沒錯，他的臉不再是平日那張如死魚般慘白，而是介在紅色和褐色之間，額頭和五官都有曬傷痕跡。

「你怎麼了？」我問他（我們最近直接以『你』相稱，不再用敬語）。

「我去滑雪。初雪，非常完美，很鬆軟。你這個星期天要不要一起來？」

從那天開始，阿梵德洛將我視爲他可以分享滑雪點滴的知己。知己，沒錯，因爲他跟我談滑雪的時候，他關注的不僅是技巧的純熟、行進間的精準度、設備的功能或化爲一張白紙的雪地風景，身爲一位無懈可擊、絕對服從的職員，他偷偷挑釁的是他的工作，他高姿態冷笑，再委婉酸幾句：「呵，那才叫『淨化』！空氣汙染的事，我就留給你們其他人去擔心吧！」然後立刻修正：「我是開玩笑的……」但我聽得出來，即便是忠貞不二的他，對 EPAUCI 這個機構和柯韃工程師的理念完全不認同。

一個星期六下午我遇見阿梵德洛，他全副滑雪裝備，頭上的遮陽鴨舌帽很像烏鴉鳥喙。他正走向被滑雪男和滑雪女團團包圍的一輛巴士，以一貫的自負態度跟我打招呼：「你留在城裡嗎？」

「我是啊。出城有什麼用？明天你就又回到這個大染缸了。」

他的眉頭在鳥喙狀的遮陽鴨舌帽下糾成一團。「星期六、日如果不出城，這城市還有什麼用？」說完便加快腳步走向巴士，他對大家在車頂擺放滑雪用具的方式頗有意見，頻頻出言糾正。

對阿梵德洛和其他成千上萬的人而言，城市就是一個週間埋首於灰暗工作中以便周末可以離開的地方，城市是一個失落的世界，是一個研磨機，可以生產讓人離開數個鐘頭後再回來的工具。爲期數個月的滑雪季結束後，阿梵德洛轉而投入踏青、釣鱒魚，夏天時分不是到海邊，就是登山，還有，他開始玩攝影。阿梵德洛的人生史（跟他有私交之後，我開始一年一年建檔）就是他的交通工具史：剛開始是機踏車，然後是速克達，再來是摩托車，現在開的是小汽車，可以想見未來會換成越來越舒適、快速的房車。

最新一期《淨化》應該要送印了，可是柯韃工程師還沒看過我寫的稿子。那天我在 EPAUCI 等他，他沒出現，接近傍晚時分他打電話來讓我到他 Wafd 的辦公室去，把稿子帶給他，因爲他不方便走開。他還派了他的司機開車來接我。

柯韃工程師在 Wafd 工廠擔任常務董事。我蜷縮在大型房車後座，手中捏著裝了稿子的信封放在膝蓋上，車子經過郊區幾個陌生社區，沿著一堵無窗的牆行駛，站在寬敞柵欄門口的警衛對車子敬禮後我們轉進牆內，司機放我在行政大樓階梯口下車。

柯韃工程師坐在他辦公室的辦公桌後，身旁圍著一群主管，在討論帳務或生產計畫，好多張大型圖紙攤在桌上，幾乎快擺不下。「請稍候一下，」他對我說。「我馬上就好。」

我看著他的背後，他背後那面牆是一片玻璃，好長一片玻璃窗，可以鳥瞰工廠全景。在那個起霧的晚上，只能依稀看到幾個黑影，近景是進料輸送機的剪影，將一桶桶鐵屑（我想應該是）往上送。可以看到裝著鐵屑的桶子上升時不斷抖動，還會輕微搖晃，不僅讓那臺礦料運送機的剪影變得模糊，我覺得還同時揚起了密密的粉塵，落在柯韃工程師辦公室的玻璃窗上。

就在那時候，工程師叫人開燈，在外頭一片漆黑的對映下，玻璃窗忽然看似蒙上了一層細細的金鋼砂，理應是鐵屑，卻更像是銀河系裡的大氣塵埃。窗外的黑色剪影消失不見，遠方的大煙囪反而變清楚了，每一根煙囪上頭都彷彿戴了一頂可笑的紅帽，在這些豔紅火舌上頭則有色彩對比強烈的黑色翅膀展開，彷彿一道墨水潑向天空，夾雜幾個白熾燃點持續上升盤旋。

柯韃工程師跟我確認《淨化》樣稿的時候，立刻展現出不同於 EPAUCI 總裁的熱情和懇切，跟我和 Wafd 的主管一起討論裡頭每一篇文章。我在編輯辦公室裡多次以天生反骨的員工身分對他大放厥詞，宣稱我自己在心理上是站在煙雲那邊的，是煙雲派去潛伏在最大敵人陣營中的情治人員，此刻我明白我玩的遊戲多麼幼稚，因爲柯韃工程師正是煙雲的主人，是他讓煙雲二十四小時吹向城市的，EPAUCI 不過是煙雲的附屬品，是爲了給予替煙雲效力的人一絲希望，希望自己的人生不會只有煙雲，同時頌讚其偉大。

柯韃工程師對這一期很滿意，決定派車送我回家。那天晚上霧很濃，司機開得很慢，因爲除了車燈的微弱燈光外什麼都看不見。先前總裁在他的樂觀主義驅使下，勾勒出未來城市的藍圖，花園住宅區，工廠外有花壇和清澈水流圍繞，還有火箭裝置可清除煙囪冒出的黑煙。他指著玻璃窗外，空無一物的玻璃窗外，彷彿他所想像的一切都已經在外頭就緒。我聽他侃侃而談，發現他身兼能幹的企業家及夢想家，而且這兩種身分相輔相成，不知道該心生崇拜，或是心生恐慌。

車子開到某個地方，我以爲快到家了。「停車，停在這裡就好，我到了。」我跟司機這麼說。我跟他說再見，謝謝他之後就下車了。等車子離開後，我才發現我錯了。我在一個全然陌生的地方下車，而且放眼望去什麼都看不見。

我持續以報紙做掩護，在餐廳一個人用餐。我發現還有另外一個客人跟我做同樣的事。有幾次因爲沒有空位，我們必須併桌，就各自拿著摺好的報紙面對面吃飯。我們看的報紙不同，我的是一般大眾看的那份報紙，也是城裡最大報。我沒有任何理由非得特立獨行看跟其他人不一樣的報紙，或是（如果我看的是跟我同桌那個人的報紙的話）表現出我的政治立場偏向極端，好讓別人注意我。我跟任何政治主張和政黨都保持距離，不過有幾個晚上，坐在餐廳裡的我放下報紙時，同桌的那個人說：「可以借我嗎？」他指著我的報紙說，同時把他的報紙遞過來：「我的也可以借您看……」

所以我瞄了幾眼他的報紙。他的報紙跟我的報紙可以說正好相反，不只是主張的理念相反，所關注的事情在我那份報紙上根本不存在：員工被解雇，機械工人一隻手被卡在齒輪裡（而且還刊登了這些人的照片），家庭收入統計表等等。最特別的是，那份報紙在努力經營文章的起承轉合，用美女離婚之類的娛樂新聞吸引讀者的時候，總是用雷同的、重複的、晦暗的文字表達，標題也著重於強調事情的陰暗面。就連報紙的印刷色調也偏灰，排版很密，版面單調無變化。我忍不住心想：「喔，這個我喜歡。」

我把這個印象告訴同桌那人，想當然耳閉口不對某些新聞和評論發表意見（但他已經開口問我對某則亞洲新聞的看法），同時婉轉表達我的某些負面批判，因爲我覺得他不是一個能接受別人批評的人，我可不想跟人發生任何爭執。

不過他似乎已有定見，所以我對那份報紙的溢美之詞恐怕流於虛矯、不倫不類。「您知道嗎？」他說。「這份報紙未達設定標準，還不是我想要的樣子。」

這個年輕人個子不高，但是比例很好，一頭褐色捲髮，梳理得很仔細，娃娃臉，皮膚白裡透紅，五官細緻端正，黑色睫毛很長，氣質穩重，帶些高傲。穿著打扮是經過精心搭配的，絲毫不馬虎。「還有很多地方說得太籠統，不夠精確，」他接著說。「尤其是那些關於**我們**的事。這份報紙仍然與其他報紙太過雷同，我心目中的報紙應該要盡可能站在它的讀者那邊，應該要提供生產製造業那個世界裡發生的所有事情最科學、最準確的資訊。」

「您是某間工廠的技術人員嗎？」我問他。

「我是專業技術工人。」

我們是這麼認識的。他叫歐馬爾·巴薩魯茲。當他知道我在 EPAUCI 上班的時候大感興趣，問了我好一些事，以便寫進他的一份報告裡。我建議他參考幾份刊物（隨處可見的那種；還洩漏了一些辦公室機密給他，當然用微笑提醒他拿捏分寸），他拿出一本小小的行事曆，像填寫個人人事資料那樣條理分明地做筆記。

「我負責數據分析，」他說。「在我們的組織裡，這一塊很落後。」我們穿上外套走出餐廳。巴薩魯茲的休閒風外套線條俐落，他還有一頂防水鴨舌帽。「很落後。」他繼續往下說。「但我認爲這部分至關緊要……。」

「您工作之餘還有時間做這些研究？」我問他。

「是這樣的。」他回答我說（始終帶著居高臨下、賣弄學問的自負口吻）。「這跟一個人做事的方法有關。我白天八小時在工廠工作，幾乎每個晚上都要開會，星期天也不例外。重要的是能夠組織分工。我組成了一個研究小組，有些是我們工廠的年輕員工……」

「像您這樣的……很多嗎？」

「很少，越來越少。我們一個一個被開除。早晚有一天您會在這裡，」他指了指報紙。「看到我的照片，圖說是『另一人遭工廠報復性開除』。」

我們在寒夜中邊走邊聊，我縮在大衣裡，豎起了領子；穿著高領的歐馬爾．巴薩魯茲氣定神閒，說話時，從細薄雙唇間吐出淡淡白煙，偶爾會把手伸出口袋以強調他談話的某個重點，而且會停下腳步，似乎在那一點沒有被闡述清楚之前無法繼續往前進。

我沒再聽他說話。我心想，像歐馬爾．巴薩魯茲這樣一個人，不但沒有試圖逃離包圍著他的灰色煙霾，反而還將其轉化爲一種道德價值，一種內在規範。

「關於霾害……」我說。

「霾害？是，我知道柯韃想要當一個現代的工業大亨……淨化空氣……讓他去說給他的工人聽吧！就算要淨化，也不是他一個人來做……那是社會機制問題……我們若能改變社會機制，就可以解決霾害的問題。我說的是我們，不是他們。」

他邀請我跟他一起去參加城裡幾家工廠工會代表舉行的大會，我坐在煙霧瀰漫的大廳最後一排。歐馬爾．巴薩魯茲坐在主席臺上，身旁其他代表都比他年長。室內沒有暖氣，大家都穿著厚外套，頭戴帽子。

有話要說的人輪番起立站在主席臺旁發言，每個人對大家說話的態度都一樣，持平，言簡意賅，發言模式是展開話題，並且將不同議題連結起來，這應該是他們約定好大家都應該配合的討論模式。從臺下聽眾的竊竊私語，我發現有人說了一句引發爭議的話，不過即便發言具爭議，也都隱而不顯，總是從同意先前他人所說開始。看起來很多發言的人是衝著歐馬爾．巴薩魯茲來的，斜坐在主席桌上的這個年輕人從口袋掏出一個裝菸草的皮雕小袋，還有一根短柄英國菸斗，用他不大的手慢吞吞地把菸斗裝滿菸草，一口接一口抽得很認真，半闔著眼，手肘抵著桌子托著一邊腮幫子。

大廳內全是煙。有人提議把高處一扇氣窗打開一會兒，冷風吹進來空氣頓時新鮮許多，但是沒過多久霧也飄進來，從大廳這頭到那頭全都看不見了。我坐在我的位子上看著那群人的背影，在寒風中動也不動，有人的衣領豎起，主席臺上那一排人影都裹著大衣，有人站著發言，他像頭熊一樣身形壯碩，被濃霧籠罩的每一個人，和他們說的話語，都背負著不放棄的堅持。

克勞蒂亞二月回來找我。我們在公園走到底臨河的高級餐廳吃午餐。我們隔著玻璃望著外頭的河岸風光和植栽，有一種老派典雅畫作中的繽紛氛圍。

我們話不投機。討論的話題是：美。「男人喪失了美感。」克勞蒂亞說。

「美需要不斷創造。」我說。

「美就是美，美是永恆的。」

「美永遠是衝突的結果。」

「沒錯，希臘人就是！」

「跟希臘人有什麼關係？」

「希臘文明，是美！」

「然後呢……。」

「然後……。」

我們可以繼續這樣下去說到第二天。

「這個公園，這條小河……。」

（「這個公園，這條小河……」我心想。「美得無濟於事，聊以自慰罷了。古代之美根本無法抵擋新世代之醜。」）

「這條鰻魚……。」

餐廳正中央有一個玻璃缸，是水族箱，裡頭有幾條肥美鰻魚游來游去。

「你看！」

有幾個客人走到玻璃魚缸前，他們都是有身分地位的人，生活優渥、重視美食的一家人：父親、母親、大女兒、正值青春期的兒子。他們身旁站著餐廳經理，身著燕尾服、白襯衫，體型魁梧，手中拿著很像小孩捕捉蝴蝶用的網子。那家人看著鰻魚，神情嚴肅而專注，母親忽然舉起手來指著其中一條，餐廳經理將網子伸進玻璃魚缸內，手腳俐落地網住那條鰻魚，撈出水面。鰻魚在網子裡面掙扎扭動，餐廳經理將裝著嘴巴一開一闔的鰻魚的網子當作長矛夾在腋下往廚房走去，那家人目送他離開後，坐回桌前，等待鰻魚烹煮過後送回來。

「太殘酷……。」

「是文明……。」

「一切都很殘酷……。」

我們沒叫計程車，走路離開。草地和樹木都被河面揚起的水霧覆蓋，但那是自然現象。克勞蒂亞裹著一襲尖領皮草，手上有皮手筒，頭上戴著皮帽。我們是一對入畫的戀人。

「好美……。」

「你好美……。」

「有什麼用？反正……。」

我說：「美是永恆的。」

「呵，幹嘛重複我剛才說過的話？」

「我沒有，正好相反……。」

「跟你講話好辛苦。」她說。

克勞蒂亞轉身走上林蔭大道，打算一個人離開的樣子。貼著地面有一層薄霧，身穿皮草的她走路時彷彿足不著地。

晚上我陪克勞蒂亞回到飯店，發現大廳裡全是穿著燕尾服的男士和晚禮服打扮的女士。原來是飯店爲了狂歡節，舉辦慈善化裝舞會。

「太棒了！你陪我去嗎？我去換晚禮服！」

我不適合化裝舞會那種場合，覺得渾身不自在。「可是我們沒有邀請函……我穿的衣服也不對……。」

「我哪需要邀請函……你當我的護花使者就好……。」

她跑上樓換衣服，我不知道去哪裡好。到處都是第一次穿晚禮服的年輕女孩，進入舞會大廳前忙著補妝，興奮地吱吱喳喳說不停。我站在角落裡，把自己想成是送包裹過去的店員。

電梯門開了，克勞蒂亞身穿一襲蓬蓬裙，粉嫩胸口掛著一串珍珠項鍊，還拿著一個亮晶晶的面具。我只得停止扮演店員，走上前陪在她身邊。

我們走進舞會大廳後，所有人都盯著她看。我找到一副面具遮臉，那是一個有大鼻子的滑稽面具。我們進入舞池，克勞蒂亞一直轉圈，其他人紛紛讓開好看她跳舞。我舞技極糟，只想待在人群中，就當作是玩躲貓貓。克勞蒂亞發現我一點都不開心，更別說樂在其中了。

跳完一支舞，我們經過一群站在舞池邊的男士準備入座。「啊！」我跟柯韃工程師竟然遇個正著。他身穿燕尾服，頭上戴著一頂橘色的高禮帽。我只得停下來跟他打招呼。「眞的是您，博士，我覺得是您，又覺得不是！」他嘴裡這麼說，眼睛卻看著克勞蒂亞，我聽懂他的意思是說萬萬沒想到我會跟一位如此出眾的小姐在一起，我向來獨來獨往，身上就那麼一件上班穿的西裝。

於是我幫他們互相介紹。柯韃親吻克勞蒂亞的手背，再把她介紹給其他跟他站在一起的老先生，克勞蒂亞總是心不在焉、眼高於頂，根本沒把對方的名字聽進去（我則不停在心裡驚呼：「見鬼了！居然是他！」因爲那些全是工商界大老級人物）。之後柯韃也向他們介紹我：「這位博士是我們那份期刊，你們知道的，就是我擔任社長的《淨化》期刊的編輯……。」我發現他們面對克勞蒂亞都變得有些膽怯，盡說些蠢話，讓我覺得自己膽子大了一些。

我意識到有什麼事情就要發生了，柯韃正準備邀請克勞蒂亞共舞。我開口說：「是這樣沒錯，那麼我們回頭見……。」我大動作向他們致意後就帶著克勞蒂亞重新回到舞池裡。她說：「你說說看，你不是不會跳舞嗎，現在是怎麼回事？」

我只知道，在他們莫名所以的情況下，我陪在克勞蒂亞身邊出現，徹底破壞了他們的心情，這是我唯一獲得的成就感。「**恰恰恰**。」我口中哼唱，假裝跳著連我都不知道是什麼的舞步，只輕輕握著克勞蒂亞的手，好讓她自己舞動。

既然是狂歡節，我何不好好放鬆一下？小號手奮力嗚哇嗚哇把他們原本旁分的瀏海都吹亂了，一把把彩色紙屑像廢墟粉塵落在男士燕尾服和女士裸露的肩膀上，落入乳溝和領口裡，原本掛著流星的彩帶從水晶吊燈垂落地板，如今在舞者踩踏下變成一團團廢紙，彷彿剝去外在彩飾後只剩下光禿禿的纖維，也像是全面摧毀後掛在斷垣殘壁間的斷落電線。

「你們之所以能夠接受這個世界如此醜陋，是因爲你們知道非摧毀它不可。」我對歐馬爾．巴薩魯茲這麼說，有點蓄意挑釁，這樣才有意思。

「等一下。」他放下快送到嘴邊的咖啡杯。「我們可沒說：越壞就越好。我們希望越來越好。我們既非改良主義路線，也非激進主義路線……。」

我有我的堅持，他有他的定見。跟克勞蒂亞那一次公園之約結束後，我就一直在搜尋能讓我們死氣沉沉的陰鬱人生擁有意義的一個世界新畫面，能取代並拯救所有失去的美……尋找世界的新面貌。

歐馬爾．巴薩魯茲拉開黑色皮革手提包的拉鍊，拿出一份圖文並茂的雜誌。「您看。」裡頭有系列攝影作品，主角是某個亞洲民族，頭戴毛皮帽，腳穿毛皮靴，悠哉地坐在河邊釣魚。另一張照片裡是同一個民族的人去上學，老師指著寫在床單上的陌生語言字母。還有一張照片拍的則是節慶中，所有人都戴著龍頭，在這群龍人前面領頭的是一輛牽引機，上面放了一幅肖像畫。最後一張照片是兩個男人，依舊戴著毛皮帽，在操作車床。

「您看。這個，」他說。「就是世界的另一面。」

我看著歐馬爾．巴薩魯茲說。「你們沒有毛皮帽，沒去釣鱒魚，也沒跟龍玩耍。」

「所以呢？」

「所以，你們跟他們完全不像，除了這個。」我指著車床。「你們早就有了。」

「話雖如此，其實我們跟他們並無不同，因爲需要改變的是自覺，我們跟他們都一樣，但我們會在改變外在之前，先從新的內在開始……。」歐馬爾．巴薩魯茲邊說邊翻著手上的雜誌。另一頁有煉鐵高爐和額頭上架著護目鏡、一臉堅毅表情的工人照片。「那時候顯然也有問題，沒有什麼是一蹴可幾的……。」他說。「短時間內，肯定不容易：工業生產……，不過一定會向前邁進……像現在，舉個例子來說，就不會再發生……。」他又絮絮叨叨重複平常說的那些事，日復一日掛心的那些問題。

我心裡清楚，不管改變成眞或不成眞，他其實比他以爲的更不在乎，因爲他眞正關心的是他的生活模式，無論如何不能改變。

「永遠都會遇到難題，想也知道……沒有天堂這回事……我們也不是聖人……。」

如果知道沒有天堂，聖人會不會想改變自己的生活呢？

「上星期我被開除了。」歐馬爾．巴薩魯茲說。

「接下來呢？」

「我就忙工會的事。或許今年秋天會有行政人員職缺空出來。」

他正準備去 Wafd，那天上午有過一場不小的騷動。「您跟我一起去嗎？」

「欸，我不能被人看見在那裡出現，您應該知道爲什麼。」

「我也不能被看見，否則會連累同志。我們在附近找一家咖啡館待著。」

我跟他一起去了。隔著那間小咖啡館玻璃窗，我們看到輪班的工人從工廠柵門走出來，或牽著腳踏車把手，或擠進電車裡，每個人都一臉倦容。有人事先接到通知，一進咖啡館就立刻走向歐馬爾·巴薩魯茲，他們漸漸形成一個小組，聚集在角落裡交談。

我聽不懂他們討論的話題，便坐在一旁研究從工廠柵門蜂湧而出、滿腦子只有回家和星期日的難以計數的那些工人，和停下來跟歐馬爾·巴薩魯茲談事情的這些頑固份子和硬漢的臉有何不同。我看不出任何可以區分二者的差異，同樣老成或早熟的臉，在同樣環境下長大的孩子，不同的是內在。

然後我開始研究歐馬爾·巴薩魯茲這些人的臉和他們說的話，看看能不能區分出誰在現下這個情況仍然堅信：「那一天終將到來……。」，誰又跟歐馬爾·巴薩魯茲一樣，不管那一天來不來，都不會有所改變。我發現我分辨不出來，因爲所有人都是後者，儘管有少數幾個人因爲不耐煩或行事直率看起來像是前者。

後來我已經沒什麼好研究的，只好抬頭看著天空。那是初春時節，郊區住家上頭的天空蔚藍、明亮又清澈，但是如果仔細看，仍會看到一些陰影，像泛黃老照片會有的毛邊，像是透過有光譜儀的望遠鏡看出去會見到的畫面。即便是如此美好的季節，也無法把天空清乾淨。

歐馬爾．巴薩魯茲戴起一副厚重的黑框眼鏡，在那群人的圍繞下持續說個不停。他個子小小的，看起來很能幹，有些高傲，說話帶點鼻音。

我在《淨化》上轉載了一則外國報紙報導原子輻射的空汙新聞。小小一則，柯韃工程師看樣稿的時候沒注意到，印出來之後看到了，派人叫我去見他。

「我的老天，我非得盯著每一件事才行，我需要有一百隻眼睛！」他說。

「您爲什麼會想到要轉載這則新聞？我們這個機構要關心的不是這類問題。拜託！而且您完全沒有事先告知！這種事非常敏感！現在好了，一定會有人說我們在做什麼宣導！」

我說了幾句話爲自己辯解。

「對不起，因爲這則新聞談的是汙染，我原以爲……。」

我告辭準備離開的時候，柯韃工程師把我叫住。「嗯，請問一下，博士，您眞的相信原子輻射危機這件事嗎？我的意思是，已經這麼嚴重了嗎……？」

我知道一場科學家會議上提出的幾個數據，便說給他聽。柯韃工程師聽我說完，悻悻然表示同意。

「我們怎麼會生活在這麼恐怖的年代啊，博士！」他突然間暴怒，之後又恢復我熟悉的柯韃工程師模樣。「但是這個風險我們必須承受，親愛的博士，我們不能回頭啊，因爲賭注太大了，親愛的博士，這個賭注太大了！」

他低頭沉思片刻後，接著往下說。「我們，在我們這個領域，不是我們要高估自己，但是我們該做的都做了，我們該貢獻的都給了，我們對得起大家。」

「這是當然，柯韃工程師。我對此從未質疑，柯韃工程師。」我們對看，有點尷尬，有點心虛。此刻煙雲似乎變小了，勉強稱得上是一朵小雲，跟正在肆虐的原子輻射相比，它不過是朵稀疏的捲雲。

我離開前，又說了幾句籠統含糊、表示肯定的話，這一次依舊看不出來他的立場究竟是支持或反對煙雲。

那次之後，我避免在標題上提及爆炸或放射性之類的字眼，但是在每一期的技術新聞專欄中，我總會插入相關議題的一些資訊，或是有某些文章提及排碳量百分比或都市空間空氣中有輕油排放物及後續對人體造成的影響等數據時，我就會插入與原子輻射相關的類比數據。柯韃工程師沒再跟我說什麼，其他人也沒有，而我不但沒有因此而鬆一口氣，反而更進一步確認了《淨化》根本沒有人看。

我有一個檔案夾裡全是核輻射的資料，因爲我以訓練有素的眼睛看報搜尋可用消息跟文章的時候，老看到跟那個議題相關的報導，就另外留起來。再加上EPAUCI機構跟一個通訊社以關鍵字「空氣汙染」訂購剪報，而我們越來越常收到討論原子彈的文章，越來越少收到跟霾害相關的報導。

所以我每天都會看到各種可怕疾病的統計數字，漁民在海上遇到致命雲團的故事，用鈾做實驗後生下雙頭豚鼠的例子。我抬頭看著窗外，已經六月下旬，夏天卻還沒開始，天色昏暗，每天薄霧壓頂，到了下午整個城市更籠罩在世界末日的光線中，街上的行人彷彿身體都蒸發了，只留地面的影子被拍攝下來。

季節的正常運作似乎變了樣。歐洲有颶風橫行，夏天剛開始會有好幾天受靜電困擾，然後連下好幾個星期的雨，突然變熱，又突然變回三月春寒。報章媒體不認爲這些氣候異常跟原子彈效應有關，抱持這個看法的只有幾個孤傲的科學家（而且很難確認這個看法的可信度）和少數匿名族群，而這些人呢，大家都知道，永遠張開雙臂接受任何光怪陸離之事。

聽馬卡麗緹小姐胡亂說些原子能的事情，提醒我那天早上出門一定要帶傘，也讓我神經緊繃。是沒錯，拉開百葉門，望向青黑色的中庭，在看似明亮的天光下出現密密麻麻的斑紋跟污點，彷彿在那瞬間從天空落下了一片肉眼看不見的微塵粒子，害我差點往後退。

這些欲言又止之重變成了一種盲目的恐懼，讓原本最輕鬆的天氣話題都變得難以承受。現在大家都避免討論天氣，若非得說下雨或天青，都會覺得有種罪惡感，彷彿在逃避我們應負的某個責任。阿梵德洛博士一整個星期都在期待周末踏青，他對天氣擺出假裝不在乎的態度，讓我覺得虛假又懦弱。

我做了一期《淨化》裡頭所有文章都在談放射性。就連這一次也沒人找我麻煩。並不是眞的沒人看，他們看了，眞的看了，不過這種事情似乎是習慣成自然，就算有人寫人類毀滅之日將近，恐怕也沒有人在乎了。

包括那些時事週刊也開始報導一些叫人不寒而慄的新聞，不過大家好像只注意美女巧笑倩兮的彩色封面照片。其中一期週刊還用克勞蒂亞穿泳裝擺出滑水姿勢的照片當封面。我用圖釘把那張照片釘在我租的房間牆壁上。

每天上午和下午我都會前往辦公室所在的那個綠蔭大道社區，有時候會想起我第一次來到這裡的那個秋天，覺得看到任何東西都可以是一種天啟，覺得沒有任何事比我內心的感受更灰暗，更淒涼。即便現在，我的目光依舊只搜尋隱而不顯的徵兆，除了徵兆之外我一律視而不見。什麼東西的徵兆？永無止盡環環相扣的徵兆。

有幾次我在那個社區看到一頭騾子拉著一輛推車，是二輪推車，走在外側行車道上，車上載滿布袋。也看過那輛車停在某個大樓門口，拉車的騾子垂著頭，那堆白色布袋最上頭坐著一個小女孩。

後來我發現那一帶不僅有一輛騾車，而是有好幾輛。我也不知道我是從什麼時候開始注意的，一個人明明看見許多東西卻不在意，說不定他看見的這些東西對他有影響，但他沒有發現，等他開始把一樣東西跟另一樣東西連結起來後，突然間一切便有了意義。看到這些騾車，雖然我沒有放在心上，卻讓我平靜下來，因爲應該走在鄉間的騾車出現在擠滿汽車的都市裡，這個不尋常的巧遇提醒我世界並非只有一種態度。

總之，我開始注意那些騾車。綁著辮子的小女孩坐在堆積如山的白色布袋上看兒童日報，之後從大樓門內走出一個身材高大的男人，手中拎著幾個布袋丟到車上去，放掉手煞車後，對騾子說：「咿……。」，便駕車離開，小女孩始終坐在最上頭看報。他們停在另一個大門外，那男人從車上卸下幾個布袋，往門內走。

前方不遠處，對向的外側行車道上有另一輛騾車，車夫座位上坐著一個小老頭，把偌大布包袱頂在頭上爬上爬下的是一名女子。

我漸漸發現我如果看到騾車，那天的心情就比較開朗，也比較有自信，而那天每次都是星期一。於是我明白星期一是洗衣工駕車來城裡送乾淨衣物，收走髒衣服的日子。

既然我知道了，就不會再對這些洗衣工的騾車視而不見。只要早上去上班的時候看到一輛騾車，我就會跟自己說：「沒錯，是星期一！」隨後我便會看到另外一輛，走在對向車道上，後頭跟著一隻吠叫的狗，還有另一輛在前面較遠的地方正要離開，我只能看到車尾，車上的布袋是黃白條紋的。

離開辦公室回家的時候我改搭電車，會經過人多吵雜的另外幾條路，在其中一個路口交通被迫停擺，因爲一輛大直徑輪子的洗衣工騾車行進速度緩慢。我瞥向次要道路，看到一頭騾子載著換洗衣物布袋停在紅磚道旁，一個戴著草帽的男人正在卸貨。

那天我繞了比平常更大一圈才回到家，途中不斷遇到洗衣工騾車。我發現那對這個城市而言如同一種節慶，因爲大家都很開心能把被煙燻黑的髒衣服送走，重新穿上亞麻色白衣衫，即便那白維持不了多久。

之後那個星期一我決定跟著洗衣工走，好看看他們送完乾淨衣服，領回新工作後，回到什麼地方去。我隨興而走，一會兒跟著這輛騾車，一會兒跟著那輛，走到一半我明白了，大家經過那幾條路走到最後其實是往同一個方向前進，當他們在路上交會或恰好一前一後的時候，會粗聲粗氣打招呼、開玩笑。我跟著他們走了好遠，一直走到我累了，在我跟他們分道揚鑣之前，我知道原來有一個洗衣工聚居的村落，他們全都住在貝圖拉船塢外的郊區。

一天下午，我去了那裡。我經過一條橫跨小河的橋，那裡算是鄉下地方，大卡車呼嘯而過的道路兩旁是一排民宅，屋後緊鄰草地。我沒看見任何洗衣工。因為設水閘而斷斷續續的運河旁有幾家小吃店，店門口有陰涼的遮陽棚。我穿過遮陽棚下，眼睛盯著每一個打穀場旁的籬笆空地和每一條小徑。我越走離民宅越遠，成排柳樹低垂到地面上，形成若隱若現的運河河岸。走到底，走過垂柳，我看到一片草地上有點點白帆迎風飛揚：是晾曬的衣物。

我步上一條小徑。那片開闊草地上滿是與人同高的繩子，掛在繩子上的則是整個城市的換洗衣服，一件挨著一件，塌軟不成形，曝曬在太陽下的布料全都皺巴巴的。周圍每一片草地都是同樣景象，一長串一長串的繩子上曬著白皙皙的衣服（有的草地是空的，但上頭一樣架了上下平行的繩索，看起來很像是沒有葡萄的葡萄藤架）。

我在這些白色曬衣場之間走來走去，突然放聲大笑。一處運河水閘上有一個浣洗池，挽起袖子、穿著五顏六色衣服的洗衣女工高高抬起她們紅潤的臉龐談天說笑，年輕人挺著衣服下結實的胸膛來回穿梭，頭上綁著頭巾的臃腫老婦用渾圓的手臂前前後後抹肥皂，支著手肘使勁擰著糾成一團的衣服。他們之中還有幾個戴草帽的男人搬來一籃籃衣服分批堆放，不然就加入大家用馬賽肥皂洗衣服，或用擣衣棒敲打。

我既然看到了，而且沒有什麼想說的，或進一步探究的，就轉身離開了。大馬路旁長出一點稀疏的草，我小心翼翼踩在那上頭，以免鞋子被塵土弄髒，也可以離橫衝直撞經過的卡車遠一點。我在草地、籬笆和垂柳間看到湧出的地下水，幾間低矮房屋外掛著告示牌「蒸氣清洗，貝圖拉船塢洗衣合作社」，曬衣場上有幾名女子像採收葡萄一樣，帶著籃子把繩子上的曬乾的換洗衣服收起來，陽光下的田野風光在白色之外展現了綠，潺潺流水中滿滿都是藍色泡沫。那其實並無特別之處，但我不過想找到能夠留在眼底的幾個畫面，或許那樣已經足夠。

跋[1]

文／米凱雷・拉茍[2]

《困難的愛》故事集選錄了伊塔羅・卡爾維諾一九五八年出版的大部頭著作《短篇小說集》部分文章，再集結從未發表、但風格方向大致相同的數篇短篇小說。跟其他出版時間接近的短篇（《宇宙連環圖》，一九六五年出版；《時間零》，一九六七年出版）相比，選入這本書第一部份的短篇可說是卡爾維諾「具象」時期的創作。不過顯而易見的是他試著讓敘述的故事與「其他」指涉交錯，並不時賦予故事人物或其境遇象徵和激勵的意義，預告了他後期創作的「抽象」情境和幾何架構。

《困難的愛》故事集一開始是著名的泳客「奇遇記」，女主角的泳褲在大海中不見了，半裸體的她不知道該如何回到岸上（不能做她自己，不能展現她原始的樣貌，如同被群體綁架）。一則又一則奇遇記看下去，便會看到〈詩人奇遇記〉，他面對大自然拙於言語和情感，卻深陷在「困難的」人類故事中難以自拔。〈讀者奇遇記〉中被迫面對「眞實人生」的讀者心中唯一的眞實是書中世界，或他領悟的書中世界。接在這第一部份「寓言」短篇故事後面的是兩個中篇，分別是〈阿根廷螞蟻〉和〈煙雲〉，這兩個完成於五〇、六〇年間的作品是一大亮點，開啟了一種現代短篇小說類型（卡爾維諾稱之爲「思辨短篇小說」），同時也提供了與讀者就不同時代的議題和情境對話的空間（從意識形態化僞科學的危機到資產階級復辟帶來的新氣象）。〈煙雲〉就清楚呈現了新資本主義崛起帶來的困惑、異化和潰散，讓一九六〇年之後在義大利和其他國家展開的論戰（尤其是「工業與文學」這個議題）提早開打。

《困難的愛》故事集一書中可見兩條平行發展的路線。如前所述，第一條路線是跟《宇宙連環圖》同一時期的短篇作品（值得注意的是，一九六七年以幾何學觀念創作的〈汽車駕駛奇遇記〉是我們紛紛陣亡的「靜止」結構創作的研究作品之一）。

而第二條路線的優秀作品，也可以說是代表作品，則是小說《監票員的一天》（一九六三年），故事重建了一個年輕左派激進分子在身心障礙收容所（柯托雷紐殘障之家[3]）參與協助選舉投票的經驗，以精神分裂和智能不足的選票對抗「政治」行爲。

這兩條研究路線（或是卡爾維諾其他路線）的交集點是未能完全如願的一個內在期許，期許在故事中發現辯證面，透過敘事和故事尋找更具說服力的認識方法，似乎每一次卡爾維諾都努力想要藉由眞實經歷的問題去指出或釐清這一點。

這本書的出版有另一個有趣的觀察點，那就是前言。雖然前言並未署名，但是大家立刻推斷該文出自作者之手。這份草稿或「總結」讓我們今天更了解這位作家的養成，他的某些選擇，還有他所偏愛或銘記在心的評論，如帕維斯、維多里尼和費拉塔，令人意外的是竟然包括了四〇、五〇年代被視爲「官方文化」代言人的伽齊（不幸在二次世界大戰期間以小資產階級和非都會淪陷區爲主的義大利文化界確是如此，當時的左派路線以新寫實主義霸權之名夸夸而談，社會上則殷殷期盼文學切勿遺忘三〇年代和二次大戰期間的偉大經歷，不要再躲進祕密會社的修辭貝殼裡窩居）。

這個作者序看似語調輕鬆，但或許正是因爲它直言不諱，反而提供了許多省思空間。此文說明了卡爾維諾創作環境的「政治」氛圍，也給予回應。文學評論往往刻意強調卡爾維諾的創作元素，如嘲諷、疏離、理性初衷和發掘眞相後的矛盾，不合邏輯情境中的理性成分等等，這篇文章留下了記錄，也做了說明。除此之外，可在文中欣賞到作者自謙且自覺的自我評論，一如讀者可以在〈詩人奇遇記〉中所見：詩人（或現代社會中的人）面對絕美靜謐的大自然失去了熱情（和話語），被迫不斷重新發現遭逢劫難的歷史強加於人類的醜陋面。

1（譯註） 此文於一九七〇年八月二十七日刊載於《統一報》（L'Unità）第八頁，標題爲〈愛之所以困難及其故事〉（La difficoltà di amare e la sua storia）

2（譯註） 米凱雷·拉荀（Michele Rago），義大利作家，卡爾維諾朋友。

3（譯註） 柯托雷紐殘障之家，由柯托雷紐神父（Giuseppe Agostino Benedetto Cottolengo, 1786-1842）創辦的機構，專門收容身心殘障人士。

附錄一

年表參考文本簡寫說明如下：

Accr 60　《義大利作家肖像畫》（*Ritratti su misura di scrittori italiani*），阿克洛卡（Elio Filippo Accrocca）編著，圖書會社出版社（Sodalizio del Libro），威尼斯，一九六〇年。

AS 74　〈觀眾自傳〉（Autobiografia di uno spettatore），費里尼著，《四部電影》，艾伊瑙迪出版社，都靈，一九七四年；另收錄在《聖喬凡尼之路》（*La strada di San Giovanni*），蒙達多利出版社，一九九〇年。

BO 60　〈分成兩半的共產黨員〉（Il comunista dimezzato），與卡羅・波（Carlo Bo）對談，《歐洲》（*L'Euoropeo*）雜誌，一九六〇年八月二十八日。

Cam 73　菲迪南多・卡蒙（Ferdinando Camon）著，《作家這個職業》（*Il mestiere di scrittore*），與巴薩尼（G. Bassani）、卡爾維諾、卡索拉（C. Cassola）、莫拉

維亞（A. Moravia）、歐提耶利（O. Ottieri）、帕索里尼（P. P. Pasolini）、普拉托里尼（V. Pratolini）、羅威爾西（R. Roversi）、佛波尼（P. Volponi）多位作家訪談，噶爾臧提出版社，米蘭，一九七三年。

Conf 66 《對照》（*Il Confronto*）雜誌，II，一九六六年七—九月。

D'Er 79 〈卡爾維諾〉（Italo Calvino），接受馬可・德拉莫（Marco d'Eramo）訪問，《勞工世界》（*Mondoperaio*），第三十二期，一九七九年六月六日，pp. 133–138。

DeM 59 〈帕維斯是我的理想讀者〉（Pavese fu il mio lettore ideale），接受羅貝托・德・蒙提切利（Roberto De Monticelli）訪問，《日報》，一九五九年八月十八日。

EP 74 〈巴黎隱士〉，龐塔雷利出版社（Pantarei），瑞士盧卡諾，一九七四年。

Four 71 〈卡爾維諾談傅立葉〉（Calvino parla di Fourier），晚國家報出版社（Libri – Paese Sera），一九七一年五月二十八日。

GAD 62 回答詢問《走過困難年代的那一代》（*La generazione degli anni difficili*），艾托雷・A・阿貝東尼（Ettore A. Albertoni）、艾齊歐・安東尼尼（Ezio Antonini）、雷納托・帕米耶里（Renato Pamlmieri）合編，拉特札出版社

（Laterza），巴利（Bari），一九六二年。
LET 69 〈描寫物件〉（Descrizione di oggetti），《中學文選讀本》，編著卡爾維諾、強・薩里納利等，藏尼克利出版社，第一冊，波隆尼亞，一九六九年。
Men 73 〈介紹〉（Presentazione），《裝幀樣本》（1959–1967），多娜特拉・菲雅卡里尼・瑪奇（Donatella Fiaccarini Marchi）編著，大學出版社（Edizione dell'Ateneo），羅馬，一九七三年。
NA 73 〈回答關於極端主義的四個問題〉（Quattro risposte sull'estremismo），《新議題》，第三十一期，一九七三年一、二月。
Nasc 84 〈我當卡爾維諾有些累了〉（Sono un po' stanco di essere Calvino），朱利歐・納西本尼（Giulio Nascimbeni）訪問，《晚郵報》，一九八四年十二月五日。
Par 60 回答米蘭一家報紙的問題，《謬論》（Il Paradosso），青少年文化雜誌，V. 23–24，一九六〇年九–十二月，pp. 11–18。
Pes 83 〈當代人的品味〉（Il gusto dei contemporanei），《第三期，卡爾維諾》，佩薩羅市人民銀行（Banca Popolare Pesarese）發行，佩薩羅（Pesaro），一九八七年。
RdM 80 〈如果在秋夜一個作家〉（Se una sera d'autunno uno scrittore），盧多薇卡・

李琶・迪・梅安娜（Ludovica Ripa di Meana）訪問，《歐洲》雜誌，第三十六期，47，一九八〇年十一月十七日，pp. 84–91。

Rep 80　〈那天坦克車摧毀了我們的希望〉（Quel giorno i carri armati uccisero le nostre speranze），《共和報》，一九八〇年十二月十四日。

Rep 84　〈不知所措的詩人忍不住的嘲諷〉（L'irresistibile satira di un poeta stralunato），《共和報》，一九八四年三月六日。

Scalf 85　〈當年我們十八歲〉（Quando avevamo diciotto anni......），《共和報》，一九八九年三月十一日。

Spr 86　斯皮里亞諾，《那十年的熱血澎湃（1946–1956）》（*Le passioni di un decennio*），噶爾臧提出版社，米蘭，一九八六年。

附錄二

年表譯註

1（譯註）Mario Barenghi，任教於米蘭比可卡（Bicocca）大學，研究義大利當代文學。

2（譯註）Bruno Falcetto，任教於米蘭大學當代語文學系。

3（譯註）Germana Pescio Bottino，生平不詳。

4（譯註）Claudio Milanini，任教於米蘭大學當代語文學系。

5（譯註）Pancho Villa（1878 – 1923），是一九一〇－一九一一年間墨西哥革命的英雄人物，推翻獨裁政權。

6（譯註）與愛國主義及民族主義相反，認爲人類都屬於同一精神共同體，國族之間的經濟、政治關係應該更有包容性。

7（譯註）Giuseppe Mazzini（1805 – 1872），義大利統一運動的重要人物。一八三一年創立青年義大利黨，提出「恢復古羅馬榮光」的口號，期許義大利半島成爲統一的共和國。

8（譯註）十八世紀成立於英國，是歐洲帶有烏托邦及宗教色彩的一種兄弟會。宣揚博愛思想及美德精神，探索人類生存的意義，號召建立和平理想的國家。

9（譯註）Peter（Pyotr）Alexeyevich Kropotkin（1842 – 1921），俄國革命家，創立無政府共產主義，主張取消私人財產和不平等的收入，按需要分配。

10（譯註）Balilla，成立於一九二六年，旨在「加強少年的體育及德育」，凡九歲至十三歲的少年都需加入。

11（譯註）Joseph Rudyard Kipling（1865 – 1936），生於印度孟買的英國作家。主要著作有《叢林奇譚》（*The Jungle Book, 1894*）、印度偵探小說《基姆》（*Kim, 1901*）。一九〇七年獲得諾貝爾文學獎。

12（譯註）Bertoldo, Rizzoli 出版社在米蘭於一九三六年七月十四日至一九四三年九月十日期間出版的幽默嘲諷周刊。

13（譯註）Marc' Aurelio，一九三一年三月十四日於羅馬創辦的幽默嘲諷雙周刊，以報紙形式每週四、六出刊。所有重要插畫家都曾與 Marc' Aurelio 合作過，包括知名導演費里尼十八歲時就在此展露繪畫天分。

14（譯註）Settebello，一九三三年於羅馬創辦的幽默嘲諷周刊，以報紙形式出刊。

15（譯註）Gruppi Universitari Fascisti（簡稱 GUF），一九二〇年正式成立，在大學校園中招募認同法西斯黨的大學生。團員被墨索里尼視爲未來的領導階層，許多知名藝文人士如導演安東尼奧尼、帕索里尼當年也曾經是法西斯大學團的成員。

16（譯註）Totò，原名 Antonio De Curtis（1898－1967），知名舞台劇、電影演員，堪稱義大利的卓別林。

17（譯註）Eugenio Scalfari（1924－），義大利知名記者、作家及政治家。年輕時曾加入法西斯大學團，並擔任〈羅馬法西斯報〉（Roma Fascista）主編。一九五五年與他人共同創辦義大利激進黨，並擔任〈快訊〉周刊（L'Espresso）社長。一九七六年創辦〈共和報〉（La Repubblica），是義大利龍頭報業之一。

18（譯註）Johan Huizinga（1872－1945），荷蘭語言學家及歷史學家。一九四二年遭德國人逮捕囚禁，一九四五年荷蘭重獲自由前病逝。

19（譯註）Eugenio Montale（1896－1981），義大利里古利亞省熱內亞人，寫詩、寫新聞、寫樂評。一九七五年諾貝爾文學獎得主。

20（譯註）Carlo Pisacane（1818－1857），義大利革命家，曾參與羅馬共和國的誕生。著有《一八四八－四九年在義大利半島上的戰爭》（*Guerra combattuta in Italia negli anni 1848－49*）。

21（譯註）Gabinetto Vieusseux 是由原籍瑞士的銀行家及出版家維耶穌克斯（Giovan Pietro Vieusseux）於一八一九年在翡冷翠創建的文化機構，是十九世紀義大利文化與歐洲文化的重要交流中心。藏書豐富。

22（譯註）一九四三年九月八日是二次世界大戰中義大利與同盟國簽署停戰協定的日子，同時揭開了義大利國內抗德游擊戰的序幕。

23（譯註）德國納粹於一九四三年九月八日入侵佔領義大利，反法西斯團體及政黨於九月九日在羅馬成立的跨黨派組織，主張與同盟國並肩作戰。

24（譯註）Solaria，是義大利作家卡洛奇（Alberto Carocci）於一九二六年創辦的文學雜誌，許多義大利重量級作家如蒙塔雷、維多里尼，雷歐內．金茲伯格（Leone Ginzburg）及卡達等。

25（譯註）Delio Cantimori（1904－1966），義大利歷史學家、哲學家，曾擔任艾伊瑙迪出版社顧問，與妻子共同翻譯馬克思《資本論》，是最早的義大利文版。

26（譯註）Norberto Bobbio（1909－2004），義大利哲學家、歷史學家及政治學家，公認爲二十世紀義大利文化界最具代表性的知識份子。

27（譯註）Giulio Bollati（1924－1996），出版社創辦人朱利歐的主要夥伴，後擔任出版社總編輯。因與朱利歐理念不和，一九七九年辭職離開。

28（譯註）Paolo Boringhieri（1921－2006），負責艾伊瑙迪出版社的科學系列叢書（ESE）。一九五七年向艾伊瑙迪出版社買下該叢書，另成立柏林葛耶利出版社，於八〇年代出版榮格全集。

29（譯註）Daniele Ponchiroli，生平不詳。卡爾維諾一九五九—六〇年間赴美訪問參觀時，定期寫信給他，後收錄在《巴黎隱士》中，名爲〈美國日記 1959－1960〉。

30（譯註）Luciano Foà（1915－2005），一九五一年擔任艾伊瑙迪出版社祕書長，主導尼采全集的出版工作。

31（譯註）Fedele D'Amico（1912－1990），義大利音樂學家、樂評家。

32（譯註）Augusto Del Noce（1910－1989），義大利政治學家、哲學家。一九八四年獲選爲參議員。

33（譯註）Mario Motta，生平不詳。一九五〇—五一年間擔任《文化與現實》主編。

34（譯註）Officina，一九五五年在波隆尼亞（Bologna）創辦，以發表新詩爲主，批判戰後的新寫實主義，堅信文化理念可以推動社會改革。

35（譯註）Paolo Monelli（1891－1984），義大利知名記者。

36（譯註）Marguerite Caetani（1880－1963），美國記者、藝術收藏家，嫁給巴斯亞諾王子羅佛列多．卡塔尼（Roffredo Caetani）後入籍義大利。

37（譯註）Giorgio Bassani（1916－2000），義大利作家，曾擔任 Feltrinelli 出版社總編輯。

38（譯註）卡爾維諾過世後，收入《在你說喂之前》（*Prima che tu dica pronto*）短篇小說集，於一九九三年出版。

39（譯註）Romano Bilenchi（1909－1989），義大利作家。

40（譯註）Paragone. Letteratura，一九五〇年由藝術史家龍奇（Roberto Longhi）創辦的文學藝術月刊，分爲文學及藝術兩冊，分別採藍色及紅色封面。此處所謂《比較。文學》雜誌，實指文章發表在《比較》的文學單冊中。

41（譯註）Elsa De Giorgi（1915－1997），義大利演員、導演、舞台設計師。參與劇場及電影演出。

42（譯註）作家 Vasco Pratolini（1913－1991）所寫的歷史小說，背景爲自一八六一年統一開始到法西斯時期的義大利，對無產階級及資產階級的眞實生活多所著墨。透過命運多舛的小工梅特洛清楚描繪勞工運動、社會黨成立、工會勢力崛起的社會寫照。但太過強調寫實風格，文學厚度不足，引發文學是否應爲政治理念服務的論戰。

43（譯註）Socialismo reale，是義大利用以形容共產國家的說法之一。

44（譯註）「解凍」、「去史達林化」是指一九五三年史達林死後，蘇聯的共產國家由上到下逐漸取消對史達林個人崇拜的自由化政策，關鍵點是一九五六年召開蘇聯共產黨第二十次代表大會時，赫魯雪夫於會中明確指責史達林及史達林主義。

45（譯註）Mario Alicata（1918－1966），抗德游擊隊員、記者、政治家。爲義共中央委員會委員，一九六二年任黨報《統一報》社長。

46（譯註）賈伊梅・品托（Giaime Pintor, 1919－1943）年輕時即與金茲伯格、帕維斯同爲艾伊瑙迪出版社成員，加入抗德游擊隊，年僅二十四歲便在戰爭中身亡。設在艾伊瑙迪出版社內的義共黨團支部便以他命名，以茲紀念。

47（譯註）Poznan，波蘭中西部重要工商業大城。一九五六年六月二十八日當地勞工以「麵包與自由」爲口號，發動反共產獨裁暴動，遭時任波蘭戰爭部的蘇聯將軍以武力鎮壓，死亡百餘人。

48（譯註）一九五六年十月二十三日至十一月四日期間，匈牙利老百姓對政府及其親蘇政策不滿，自發性走上街頭的全國性革命運動，因蘇聯軍隊入駐匈牙利鎮壓而宣告結束，史稱匈牙利十月事件。

49（譯註）《安地列群島的對峙》後收錄在《在你說「喂」之前》（*Prima che tu dica pronto*）書中。

50（譯註）Nuova Corrente，一九五四年創辦的文學評論及哲學季刊。

51（譯註）Premio Bagutta，一九二六年在米蘭成立的文學獎。

52（譯註）Cantacronache，一九五七年在都靈成立，由音樂家、文人、詩人組成，旨在透過音樂鼓吹社會責任。最初的想法是收集抗戰期間的民謠，後來走向用歌詞反應眞實的社會面貌。

53（譯註） Fiorenzo Carpi（1918－1997），義大利鋼琴家、作曲家。

54（譯註） Laura Betti（1928－2004），義大利女演員、歌手。是導演兼詩人帕索里尼的好朋友。

55（譯註） Piero Santi（1912－1990），義大利音樂家。

56（譯註） Luciano Berio（1925－2003），義大利前衛音樂家，也是電子樂的開路先鋒。

57（譯註） Un ottimista in America。卡爾維諾臨時決定不出版的理由，請參考《巴黎隱士》p. 16（時報出版）。

58（譯註） Aldo Capitini（1899－1968），是最早在義大利鼓吹甘地非暴力主義的哲學家、教育家，被譽為義大利甘地。

59（譯註） 一九六一年九月二十四日由卡皮提尼發起的和平遊行從佩魯嘉（Perugia）出發，步行到二十公里外的阿西西（Assisi），宣揚反暴力、反戰爭。卡皮提尼說：「……讓大家知道和平主義、非暴力主義面對既有的惡並非被動接受，而是會主動出擊的……」。實至今日，這個和平遊行活動仍維持每兩年一次。

60（譯註） Il Giorno，一九六六年創辦於米蘭的報紙，為與當時第一大報晚郵報有所區別，特別加強財經、文化、娛樂新聞。

61（譯註） Questo e altro，一九六二年創辦的文學雜誌，至一九六四年停辦，共出刊八期。

62（譯註） Angelo Guglielmo（1929－），義大利文學評論家，'63 團的創辦人之一。

63（譯註） Sergio Tofano（1886－1973），多才多藝，身兼演員、導演、插畫家、作家等數職。

64（譯註） Ernesto Che Guevara（1928－1967），出生於阿根廷的革命家，參與了卡斯楚發動的古巴革命。認為解決社會不平等的方法就只有世界革命。

65（譯註） Hans Magnus Enzensberger（1929－），德國作家、詩人、翻譯家。公認為德國當代思想家，二〇一〇年獲得哥本哈根大學頒發的索寧獎（Sonningprisen），以表彰他對歐洲文化的貢獻。

66（譯註） 本名 Marie－Henri Beyle，Stendhal 是筆名。法國作家，最知名的作品有《紅與黑》、《帕爾馬修道院》。

67（譯註） Cibernetics，亦稱「控制論」，四〇年代出現的一般系統理論，是對自我控制、自主性及階層性秩序的研究，後被不同科學領域加以引用推廣，發展成超學科領域的研究，

68（譯註） Rendiconti，由《工廠》原班人馬於一九六一年創辦的文學雙月刊。

69（譯註） Zanichelli Editore，出版教育、專業書籍的出版社，字典及地圖冊也是重要出版品。

70（譯註） Giambattista Salinari（1909－1973），義大利語言學、文學學者。

71 Algirdas Julien Greimas（1917－1992），立陶宛語言學家、符號學家，提出「結構符號學」理論。在一九六八年發表的論文〈符號學限制的相互作用〉中提出了第一個符號學模型「格雷瑪斯矩陣」（Greimas square）。

72（譯註） Ouvroir de Littérature Potentielle，一九六〇年由葛諾及里昂（François Le Lionnais）共同創立，成員包括作家及數學家，旨在尋找新的文學結構及方式，以每個人喜歡的方式應用到寫作上。進行多種實驗，包括設定寫作上的限制，以創造新的文學形式。

73（譯註） Alfredo Jarry（1873－1907），法國作家、劇作家。作品《烏布王》（*Ubu Roi, 1896*）堪稱荒謬劇的代表。創造了'pataphysique 一詞，認為它是「虛構的科學，象徵性地將物品潛在的特質用線條表現出來。」

74（譯註） Collège de 'Pataphysique，一九四八年以雅里為首成立的藝術學派，在宣言中向大眾喊話：「不要被騙了：事情並不像那些瘋子以為的，說雅里的作品是為了譏諷，為了控訴人類行為及普世眞理；他也不是為了炫耀可笑的悲觀主義跟尖酸的虛無主義。相反的，他是為了尋找完美的和諧……。」Oulipo 是這個學派中的一個委員會。

75（譯註） Georges Perec（1936－1982），法國作家，Oulipo 重要成員，創作實驗性強，風格接近當時的新小說（Nouveau roman）。

76（譯註） François Le Lionnais（1901－1984），法國化學工程師、數學家，與葛諾共同創辦 Oulipo。

77（譯註） Jacques Roubaud（1932－），法國數學家、詩人、小說家。

78（譯註） Paul Fournel（1947－），法國作家、詩人、劇作家。1972 年正式加入 Oulipo，現為該工坊負責人，同時擔任啪嗒學院的董事。

79（譯註） Charles Fourier（1772－1837），法國哲學家、經濟學家、烏托邦社會主義思想家。批判資本主義社會，認為應推動集體利益與個人利益一致，消弭農村與城市之間的差異，並認為婦女解放是人民是否得到全面解放的衡量標準。

80（譯註） 後收錄至一九八〇年出版的《塵封》（*Una pietra sopra*）論文集中，共三篇文章，分別是〈給傅立葉 1：充滿愛的社會〉、〈給傅立葉 2：慾望的管理者〉、〈給傅立葉 3：告別。塵埃烏托邦〉。

81（譯註） Premio Viareggio，一九二九年在維亞雷久市創辦的文學獎，希望能提供更寬廣的文學視野。

82（譯註） Accademia dei Lincei，義大利最重要的科學院之一。之所以用猞猁命名，是希望所有科學家都具備猞猁獨有的銳利目光。

83（譯註）Premio Feltrinelli，藝術家 Antonio Feltrinelli 捐贈遺產，於一九四二年成立基金會，由義大利猞猁科學院管理。獎勵對象並不針對單一作品，而是候選人的整體專業貢獻。

84（譯註）Club degli Editori，是蒙達多利出版社於一九六〇年另創辦的出版社，出版品在書報攤以平價販售，也提供會員郵購，好讓經濟條件較差的讀者也能享受閱讀樂趣。

85（譯註）Guido Neri，生平不詳。

86（譯註）Carlo Ginzburg（1939－），雷歐內及納塔莉亞・金茲伯格的兒子，義大利歷史學家。

87（譯註）Gianni Celati（1937－），義大利作家、翻譯家、文學評論家。

88（譯註）Linus，義大利漫畫雜誌，以史努比漫畫中露西的弟弟「勒奈思」爲名。

89（譯註）Franco Maria Ricci（1937－），出版人、畫家、藝術收藏家、義大利珍本書收藏家。

90（譯註）Ludovico Ariosto（1474－1533），義大利文藝復興時期詩人，代表作爲《瘋狂的奧蘭多》（*Orlando furioso*）。

91（譯註）Francesco Lanza（1897－1933），義大利作家，也是知名的西西里滑稽劇作家。

92（譯註）Giambattista Basile（1566－1632），義大利巴洛克時期作家，率先利用童話寓言故事跟老百姓溝通。被譽爲「拿坡里的薄伽丘」。

93（譯註）Charles Perrault（1628－1703），法國作家。出自他筆下、膾炙人口的童話故事包括《小紅帽》、《藍鬍子》、《睡美人》、《小拇指》、《灰姑娘》、《穿長靴的貓》。

94（譯註）Giuseppe Pitré（1841－1916），義大利作家、人類學家。開啟採擷民間故事之風。

95（譯註）Robert Louis Stevenson（1850－1894），蘇格蘭小說家、詩人及旅遊作家，也是英國新浪漫主義的代表人物之一。

96（譯註）Ernst Theodor Wilhelm Hoffmann（1776－1822），德國浪漫主義作家、作曲家、畫家。

97（譯註）Carlo Fruttero（1926－），義大利作家。五〇年代開始與另一位作家盧辰提尼（Franco Lucentini, 1920－2002）聯合創作，包括新聞報導、翻譯、小說。二人也共同擔任蒙達多利出版社科幻系列叢書《鈾》（*Urania*）的主編。

98（譯註）回憶年輕時的游擊隊生活，當時他化名爲「聖地牙哥」（Santiago），以紀念自己在古巴的出生地。

99（譯註）Federico Fellini（1920－1993），知名義大利導演。年輕時從事過記者、編劇工作，後投入電影。其作品風格獨特，亦不乏自傳色彩。最膾炙人口的作品有《大路》、《8 1/2》、《甜蜜生活》、《阿瑪珂德》。一九九三年獲頒奧斯卡終身成就獎。

100（譯註）該文中文版收錄在《虛構的筆記本—費里尼自傳》（商務印書館）。

101（譯註）這兩篇文章收錄在《在你說「喂」之前》（*Prima che tu dica "Pronto", 1993*）。

102（譯註）Saul Steinberg（1914－1999），出生在羅馬尼亞的美國漫畫、插畫家。

103（譯註）La penna in prima persona（Per i disegni di Saul Steinberg），收錄在《塵封》中。

104（譯註）Fausto Melotti（1901－1986），義大利畫家、雕刻家，是二十世紀推動形塑藝術革新的重要人物。

105（譯註）Giulio Paolini（1940－），義大利觀念藝術家。

106（譯註）Lucio Del Pezzo（1933－），義大利新達達主義畫家、雕刻家。

107（譯註）Cesare Peverelli（1922－2000），義大利超現實主義畫家。

108（譯註）Valerio Adami（1935－），義大利畫家。從普普藝術擷取靈感，將日常事物用嘲諷、古怪的方式表現出來，發展出一種獨有的漫畫故事風格。

109（譯註）Alberto Magnelli（1888－1971），義大利畫家，風格抽象，接近立體主義及未來主義。

110（譯註）Luigi Serafini（1949－），義大利藝術家，他畫畫、雕刻、做瓷器，也設計電影海報（費里尼電影《月吟》（*La voce della luna*）），並加入新前衛團隊 Memphis，爲 Artemide 公司設計燈具。

111（譯註）Domenico Gnoli（1933－1970），義大利藝術家。從普普藝術出發獲得肯定，晚年走向形而上風格。

112（譯註）Giorgio De Chirico（1888－1978），義大利超現實畫派大師，也是形而上藝術始祖。

113（譯註）Enrico Baj（1924－2003），義大利畫家、雕刻家，風格受超現實主義及達達主義影響，也是帕啥學院成員之一。

114（譯註）Hiromu Arakawa（1973－），日本女性漫畫家，以《鋼之煉金術師》聞名於世。

115（譯註）收錄在《巴黎隱士》（Eremita a Parigi, 1994）。

116（譯註）La Repubblica，僅次於《晚郵報》的第二大報，由卡爾維諾好友斯卡法利創辦，一九七六年一月十四日推出創刊號。

117（譯註）Apologo sull'onesta nel paese dei corrotti，這是刊登在報上的標題，但原始資料上卡爾維諾訂的標題爲〈良心〉（La coscienza a posto）。

118（譯註）Tommaso Landolfi（1908－1979），義大利作家、詩人、翻譯家。語彙艱澀，風格接近超現實主義，與義大利主流文學相去甚遠。

119（譯註）Légion d'honneu r，是法國政府頒授的最高騎士團榮譽勳章，一八〇二年由拿破崙設立。

120（譯註）Toti Scialoja（1914–1998），義大利抽象表現主義藝術家。

121（譯註）Batignano，托斯卡尼省的一個小山城。

122（譯註）Margarethe von Trotta（1942–），德國新電影時期最重要的導演，作品展現高度政治、歷史、女性關懷。

123（譯註）Nanni Moretti（1953–），義大利編劇、製片及導演。有義大利的伍迪・艾倫之稱，作品風格嘲諷，自傳色彩濃厚，義大利政治、社會亂象也是他作品的主要題材。

124（譯註）李齊在一九八二年創辦的藝術雜誌，費加洛報譽爲「世界上最棒的藝術出版品」。二〇〇三年結束發行。

125（譯註）Gaius Plinius Secundus（23–79），古羅馬作家、博物學家、政治家。

126（譯註）Garzanti，一九三九年創辦於米蘭。主要出版品除文學作品外，亦有完整的專業辭典系列。

127（譯註）Montedison S.p.A.，產業包括製藥、能源、金屬、保險、出版，一九六六年成立，二〇〇二年倒閉。

128（譯註）Libri Scheiwiller，一九七七年由瓦尼・施赫威勒（Vanni Scheiwiller, 1934–1999）創辦的出版社，以藝術、文學作品爲主。

大師名作坊920

困難的愛故事集

作　者—伊塔羅・卡爾維諾
譯　者—倪安宇
主　編—嘉世強
編　輯—鄭雅菁
責任企畫—張燕宜、石璦寧
封面設計—陳文德
內文排版—李宜芝

董事長—趙政岷
出版者—時報文化出版企業股份有限公司
108019台北市和平西路三段二四〇號四樓
發行專線—（〇二）二三〇六—六八四二
讀者服務專線—〇八〇〇—二三一—七〇五
（〇二）二三〇四—七一〇三
讀者服務傳真—（〇二）二三〇四—六八五八
郵撥—一九三四四七二四時報文化出版公司
信箱—10899臺北華江橋郵局第九九信箱
時報悅讀網—http://www.readingtimes.com.tw
電子郵件信箱—liter@readingtimes.com.tw
法律顧問—理律法律事務所　陳長文律師、李念祖律師
印　刷—勁達印刷有限公司
初版一刷—二〇一五年八月二十一日
初版五刷—二〇二二年九月十三日
定　價—新台幣三六〇元
（缺頁或破損的書，請寄回更換）

時報文化出版公司成立於一九七五年，
並於一九九九年股票上櫃公開發行，於二〇〇八年脫離中時集團非屬旺中，
以「尊重智慧與創意的文化事業」為信念。

困難的愛故事集 / 伊塔羅 . 卡爾維諾 (Italo Calvino) 著 ; 倪安宇譯 . -- 初版 . -- 臺北市 : 時報文化 , 2015.08
面；　公分 . -- (大師名作坊 ; 920)

譯自 : Gli amori difficili

ISBN 978-957-13-6337-0(平裝)

877.57　　104012436

ISBN 978-957-13-6337-0
Printed in Taiwan